LA PROPHÉTIE DE LA CATHÉDRALE

CHRISTOPHE FERRÉ

LA PROPHÉTIE DE LA CATHÉDRALE

suspense

ARCHIPOCHE

Ce roman a été publié en 2015
sous le titre *La Révélation de Chartres.*

Notre catalogue est consultable à l'adresse suivante :
www.archipoche.com

Éditions Archipoche
34, rue des Bourdonnais
75001 Paris

ISBN 978-2-37735-826-7

Avertissement

Ce thriller s'inspire de faits réels. La description de la partie visible de la cathédrale de Chartres – architecture, sculptures, vitraux – et de sa crypte est parfaitement exacte et s'appuie sur des éléments incontestables.

Nul n'est tenu de croire à l'invisible, mais celui qui sait décoder les symboles gravés dans la pierre et le verre sera convaincu de sa présence.

« Il n'y a de dieu qu'Allah l'Unique. »

La profession de foi islamique est gravée trois fois en arabe sur le grand vitrail de la façade occidentale de la cathédrale de Chartres. Cette verrière monumentale, chef-d'œuvre de l'art roman, est consacrée à la vie du Christ.

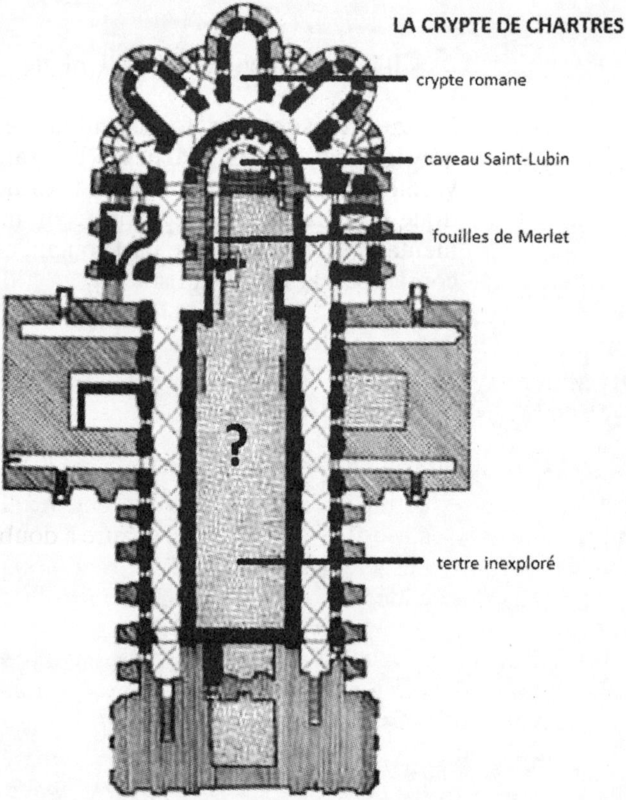

LA CRYPTE DE CHARTRES
crypte romane
caveau Saint-Lubin
fouilles de Merlet
?
tertre inexploré

Cathédrale de Chartres, un soir de mai.

Mary n'aurait jamais dû descendre dans la crypte en pleine nuit avec le vieillard au visage effrayant.

Une heure du matin venait de sonner dans le clocher gothique flamboyant, dont la flèche a été construite au début du XVIe siècle par Jehan Texier, dit de Beauce.

Il lui avait donné rendez-vous dans le narthex sud, à l'entrée de l'église souterraine, dont il possédait la clé, après la fin des visites guidées. Pourquoi là ? Elle n'en savait rien.

Comme convenu, elle avait pénétré dans la cathédrale par une porte entrouverte, puis elle avait tapé trois fois dans la grille de la crypte, et l'homme, un dénommé Charles de Saint-Germain, était apparu dans l'entrebâillement. Elle était rentrée, il avait refermé la serrure à double tour derrière lui, puis ils avaient descendu les marches qui mènent à la galerie longue de deux cent dix mètres.

Il aurait mieux valu qu'elle décline cette invitation, cette promenade sous terre, dans les entrailles d'un monde qu'elle n'aurait jamais dû approcher.

Ils marchaient dans une église située sous une autre église, une cavité romane sous la cathédrale gothique.

Notre-Dame-de-sous-Terre. La plus grande crypte de France.

Saint-Germain tenait un cierge entre ses doigts longilignes. Il n'avait pas allumé les petites ampoules qui, d'ordinaire, éclairaient l'endroit à la façon de lampes à huile antiques.

Mary était intriguée par la mise en scène.

Elle regarda les yeux qui la scrutaient de manière étrange et pénétrante.

Au début, ils ne parlèrent pas.

Seul le bruit des pas résonnait dans la galerie dont on ne voyait pas l'extrémité.

Un couloir sans fond.

Un antre médiéval.

Mary n'était pas rassurée. Elle n'osait pas parler la première. Bien qu'elle ait rencontré le vieillard à plusieurs reprises, elle ne savait pas grand-chose de lui. « Le spécialiste des mystères de la cathédrale », lui avait dit un ami historien, Frédéric Conte. Qu'est-ce que cela signifiait ? De quels mystères s'agissait-il ?

La cathédrale venait d'être restaurée. Le chantier, commencé quelques années auparavant, s'achevait. La statuaire, les enduits, les clés de voûte, les vitraux avaient été nettoyés méticuleusement, rendant à la cathédrale sa splendeur originelle. On avait restauré les verrières les plus célèbres du monde avec une minutie d'orfèvre. Elles avaient été démontées les unes après les autres, envoyées dans des ateliers de maîtres verriers, dépoussiérées, lavées à l'eau déminéralisée avant d'être remontées. On leur avait ajouté un double vitrage invisible qui, à l'extérieur, les protégeait de la pollution, du vent, de la pluie, du vandalisme. Les maîtres verriers avaient fait des découvertes stupéfiantes. Des couleurs, des personnages, des symboles, des allégories, des inscriptions avaient jailli de la crasse déposée par le temps.

Saint-Germain avait montré à Mary l'œuvre accomplie. Il l'avait aussi invitée chez lui, rue de la Tannerie, sur les berges de l'Eure, à côté d'un ancien moulin. Elle arrivait de New York où elle était étudiante en archéologie à l'université de Columbia. En avril, elle avait commencé un stage au sein du chantier de fouilles situé sur le parvis de la cathédrale destiné à retrouver des vestiges médiévaux, gallo-romains, et pourquoi pas celtiques. Ce chantier précéderait la construction d'un centre d'interprétation de l'art médiéval.

Le vieil homme et la jeune fille s'étaient pris de sympathie l'un pour l'autre, mais l'Américaine ne savait presque rien sur cet être au regard étrange, ni pourquoi il avait tant insisté pour la revoir à plusieurs reprises. Comme elle était belle, elle avait cru un moment qu'il avait de l'attirance physique pour elle, mais ce n'était pas cela. Il ne lui avait jamais montré aucun signe d'affection ou de tendresse. Il ne s'intéressait qu'à son travail d'archéologue, pas du tout à sa personne.

Elle s'était demandé pour quelle raison il lui avait donné rendez-vous dans la crypte à cette heure-là. Au début, elle avait décliné l'invitation. Elle s'était méfiée. Pourquoi ne pas descendre en plein jour, entre deux visites guidées ? Saint-Germain lui avait répondu que ce n'était pas souhaitable. « Trop de touristes, avait-il dit. Ils vont gâcher notre plaisir. Une visite approfondie, sans être dérangé, dans les entrailles du sanctuaire, n'est possible qu'après le coucher du soleil. »

La crypte était plongée dans un silence extraordinaire. À une soixantaine de mètres de l'entrée, sur la gauche, des fresques romanes vacillaient dans la lumière du cierge. Des saints de plusieurs mètres de haut, solennels, droits comme des piquets, regardaient les deux visiteurs. Qui étaient-ils ? Mary n'en savait rien. Elle connaissait les statues des trois portails mais curieusement, c'était la première fois qu'elle visitait la crypte creusée par l'évêque Fulbert au XIe siècle sous l'ancienne cathédrale romane.

La crypte est composée de deux galeries parallèles situées sous les deux bas-côtés de la cathédrale. Elles se rejoignent sous le déambulatoire en une abside percée de plusieurs chapelles rayonnantes, trois romanes, quatre gothiques.

Entre les deux galeries, sous la nef et le chœur, s'étend un tertre inexploré. Un tertre d'ombre et de mystère. Certains historiens, certains poètes, certains chamans l'appellent le tertre sacré.

Il se trouve à l'endroit de cathédrales disparues. Des cathédrales dont on ignore presque tout.

Une cathédrale paléochrétienne, construite vers l'an 500 sur des vestiges antiques, incendiée en 743 par les Wisigoths.

Une cathédrale mérovingienne[1], détruite par les Vikings en 858.

1. Les Mérovingiens ont régné de 431 (Clovis) à 751 (Childéric III).

Une cathédrale carolingienne[1], incendiée à son tour en 1020.

La cathédrale romane, bâtie par l'évêque Fulbert en 1020, s'est consumée en une nuit le 10 juin 1194, à l'exception de la façade occidentale et de ses deux tours.

Sur ses ruines a jailli la Merveille de l'art gothique.

1. Les Carolingiens ont régné de 751 (Pépin le Bref) à 987 (Louis V).

— Comment vous appelez-vous ? demanda le vieillard.

Cette question sembla incongrue à la jeune fille. Jusque-là, il ne s'était jamais enquis de son nom. Le long de la rivière, dans la grande maison du XVIe siècle, ils avaient discuté des heures de l'histoire de la cathédrale, mais ils n'avaient pas parlé d'eux, de leur passé, de leur présent.

— Mary, répondit-elle d'une toute petite voix. Mary Kennedy.

— Mary, quel joli prénom ! En fait, on me l'avait dit, mais je voulais en être certain. Je voulais l'entendre jaillir de votre bouche exquise. Votre prénom est magnifique, n'est-ce pas ? Dans une église consacrée à la Vierge, il résonne comme un psaume.

— Et vous ?

— Ce soir, je m'appelle Jacques de Molay ! cria-t-il d'une voix puissante. Ce nom vous dit quelque chose ?

Mary connaissait l'histoire de France. Elle savait qui était Jacques de Molay: le dernier maître de l'ordre du Temple, brûlé vif sur ordre du roi Philippe IV le Bel le 18 mars 1314.

Les yeux de l'homme scintillaient comme des feux follets.

Elle le regarda d'un œil inquiet.

Jusque-là, elle l'avait trouvé chaleureux, et tout à coup, dans cette crypte, elle prit peur.

— Vous vous appelez vraiment Jacques de Molay ? bafouilla-t-elle d'une voix blanche. Je vous connaissais sous un autre nom. On m'a dit que vous étiez Charles de Saint-Germain.

— La nuit, sous la terre, je m'appelle Jacques de Molay, mais oui ! Pourquoi cette question ?

— Vous avez le même nom que le dernier maître des Templiers.

— Écoutez ma confidence. Ce nom n'est pas celui de mon état civil. Dans la vraie vie, je m'appelle bien Charles de Saint-Germain. Mais pour mes disciples, je suis Jacques, le glorieux Jacques, mort en martyr.

— Vos disciples ?

— Oui, ceux qui partagent le même secret que moi. Quelques élus répartis en Occident au sein de notre Légion. Leur capitale est Chartres. Chartres est la capitale mondiale de notre foi.

Un fou, se dit-elle.

Elle prit peur. Ses jambes tremblaient comme des feuilles secouées par une bourrasque d'automne.

— De quelle Légion parlez-vous ?

— Les Légionnaires de Dieu, vous ne connaissez pas ?

— Jamais entendu parler ! cria-t-elle. Monsieur, j'ignorais que vous faisiez partie d'une secte. Je suis archéologue. Je n'ai pas envie d'entrer dans votre mouvement. Vous êtes une sorte de Templier ? C'est cela ? Mais je croyais que les Templiers avaient disparu de la surface de la Terre.

— Vous faites erreur. Je ne suis pas un Templier et mon mouvement ne s'apparente nullement à une secte. Il s'agit d'un ordre destiné à protéger un secret. Le plus grand secret du christianisme. Nous sommes les descendants des Templiers. Les Templiers ont été exterminés, mais nous, nous sommes bien vivants.

Elle était affolée.

— Pourquoi m'avoir emmenée dans cette crypte ? Vous avez refermé à clé la porte derrière moi. Je suis prisonnière.

Elle tenta d'allumer son téléphone, mais il n'y avait pas de réseau.

L'homme posa sa main sur son épaule.

— Restez calme. Ici, rien ne peut vous arriver. Cette maison est celle du Dieu d'amour. La cathédrale est la représentation terrestre de la Jérusalem céleste. Elle est le temple exclusif de la Vierge préservée de la corruption. Il n'existe aucun tombeau. Vous verrez peu d'images de la crucifixion. Sur les portails et les vitraux, le fils de Dieu est vivant. Il trône dans toute sa gloire.

Elle regarda autour d'elle. L'obscurité s'étendait à perte de vue. Elle ne voyait pas l'extrémité de la crypte, ni d'un côté, ni de l'autre. Sa voix était cassée par la peur.

— Où m'emmenez-vous ? murmura-t-elle.

— Plus bas que la crypte romane s'étend la cathédrale carolingienne. Et derrière la cathédrale carolingienne se cache la cathédrale mérovingienne. Le saviez-vous ?

— Tous les historiens savent qu'il existe des vestiges sous la plupart des églises du Moyen Âge. Mais pourquoi m'enfermer ici après la fin des visites ?

— Mais voyons, pour être plus tranquille ! Je vous l'ai dit, et vous avez accepté ! De quoi vous plaignez-vous ? Les touristes jacassent et prennent des photos, sans parler de ceux qui regardent leur téléphone portable et jouent à des jeux idiots. Ils altèrent la pureté immémoriale de Notre-Dame-de-sous-Terre.

Ils longèrent les cinq chapelles absidiales puis, après avoir tourné à gauche, ils descendirent un escalier de dix marches.

— Bienvenue dans le caveau de Saint-Lubin, le lieu le plus sacré de la cathédrale. Ce cher Lubin, saint patron de Chartres, était évêque au VIe siècle.

Il avait l'air très exalté. Il montra un gros pilier dont la base se trouvait au fond d'une cavité rectangulaire entourée de grilles.

— Nous sommes sous le chœur. Cette énorme colonne ronde soutient le groupe en marbre de l'Assomption de la Vierge, réalisé par le sculpteur Charles-Antoine Bridan au XVIIIe siècle. La Vierge s'élève dans le ciel pur au milieu des nuées, soutenue par trois anges. Cette sculpture monumentale pèse plus de trente tonnes. Elle rappelle dans sa démesure les statues de Raphaël ou du Bernin. La colonne que vous voyez ici en est le piédestal invisible.

Le pilier était au trois-quarts saillant. Le dernier quart s'enfonçait dans un mur à l'appareillage irrégulier. Un mur composé de pierres, de mortier et de briques.

— Et ce mur, il date de quand ? Un morceau de l'église carolingienne ?

— La légende dorée prétend qu'il s'agit d'une maçonnerie gallo-romaine, mais c'est sans doute faux.

— On a retrouvé des vestiges celtes ?

— La tradition raconte qu'une grotte s'ouvrait ici, vénérée par les druides. Chartres était leur capitale. Ce lieu sacré se trouvait au cœur de la forêt des Carnutes qui s'étendait de la Seine à la Loire.

Mary connaissait l'histoire des Carnutes, mais cette crypte, dans la lumière vacillante du cierge, l'émouvait profondément. Elle regarda le mur dit gallo-romain qui clôturait la crypte côté ouest.

— Et derrière ce mur, qu'est-ce qu'il y a ?

L'homme semblait gêné par la question.

— Derrière commence l'obscurité, ou plutôt la lumière.

— Que voulez-vous dire ?

— Certains historiens disent que ce sont de simples remblais. D'autres affirment qu'il existe plusieurs cryptes remplies de merveilleux vestiges.

— Personne n'a jamais fouillé ?

— Certains ont commencé, mais ce n'est pas facile. Récemment, on a effectué des sondages avec des appareils type radar.

Son visage s'animait, ses yeux brillaient comme des feux ardents, ses mains tremblaient.

— Mary, je vous ai emmenée ici pour vous révéler une chose capitale.

Après l'avoir longuement regardée, il continua d'une voix hachée par l'émotion.

— Le tertre sacré, c'est la Pompéi du Moyen Âge. Curieusement, très peu de gens ont cherché à percer son mystère.

Ils revinrent sur leurs pas.

Sur le sol, un peu plus loin, se trouvaient trois dalles de béton que Mary n'avait pas remarquées à l'aller.

— Sous ces dalles, une cachette, murmura Saint-Germain d'une voix rauque. Elle a servi de refuge au voile de la Vierge lors du grand incendie de la cathédrale romane en 1194. Des chanoines l'ont descendue ici. Je vous parlerai un autre jour de ce voile, une relique que les pèlerins de toute l'Europe vénéraient. Je vais vous montrer une cavité encore plus étrange.

Avant l'escalier, sur la gauche, fermée par une barrière, commençait une longue galerie au sol tourmenté. Il fallait marcher sur deux planches en bois pour progresser.

Mary suivit le vieillard. Leurs ombres dansaient sur les parois grossières.

— Ici, les visiteurs ne viennent jamais. Trop dangereux. Attention à vous.

Sur la gauche, le mur était de bonne facture. Sur la droite, en revanche, ce n'était pas un mur. On avait creusé dans un remblai constitué de terre et de cailloux.

Au bout de quelques mètres, un escalier en bois montait vers une salle plus élevée. Le parcours, périlleux, ressemblait davantage à de la spéléologie qu'à une visite de cathédrale.

— Vous m'emmenez où ? demanda Mary d'une voix inquiète.

— Vous n'êtes pas au courant ? Cela m'étonne de la part d'une jeune fille cultivée comme vous. Il s'agit d'un souterrain creusé au début du XXe siècle par un historien appelé René Merlet. Aidé d'une équipe d'ouvriers, il a travaillé plusieurs mois pour tenter de comprendre.

— Comprendre quoi ?

Saint-Germain ne répondit pas.

Ils arrivèrent à l'extrémité du souterrain. Un cul-de-sac.

Sur la gauche, quelques marches menaient à une cavité sans issue.

— Ce soir, nous n'irons pas au-delà. Mais un autre jour, peut-être.

— Est-il possible de s'enfoncer plus loin ?

— Les initiés savent ce qui se cache.

— Que voulez-vous dire ?

— Vous ne faites pas partie des initiés, pas encore.

— Merlet n'a pas cherché à découvrir ce qui est dissimulé derrière ces murs ?

— Il a cherché un passage, mais il ne l'a jamais trouvé. Il a tout abandonné du jour au lendemain.

— Pourquoi m'avoir traînée ici ?

— Je voulais vous montrer cet endroit. La porte ! La porte de la vérité !

— Je ne comprends pas.

— Retenez bien ce que je vais vous dire. Derrière ces murs, se trouve la relique la plus sacrée de l'univers. On l'a enterrée sous la cathédrale suprême, conçue par des artistes et des théologiens de génie, les Léonard de Vinci du Moyen Âge. Ici, tout a une signification cachée.

Mary était partagée entre l'envie de fuir et l'envie de continuer à l'écouter.

— Quelle est cette relique ?

Elle eut l'impression que l'homme ne l'avait pas entendue.

— Regardez ce pilier…

Elle tourna la tête.

— La base d'un pilier cruciforme, poursuivit-il. Il remonte à l'époque carolingienne. Un vestige de la cathédrale construite après la destruction de la ville par les Vikings en 858. Or, les premiers piliers cruciformes ont été créés après l'an mil.

— C'est ça, le vestige exceptionnel ? s'écria Mary, dépitée.

— Ce pilier témoigne qu'à Chartres rien n'est jamais comme ailleurs. *Qui habet aures audiendi, audiat*[1] !

---

1. « Que celui qui a des oreilles pour entendre entende. » Évangile selon saint Matthieu, 11.5.

Mary reconnaissait des paroles que le Christ avait prononcées plusieurs fois à ses disciples. Elle réitéra sa question d'une autre manière.

— Vous m'avez emmenée ici pour me montrer ce pilier ?

— Nullement. Un jour, je vous ouvrirai la porte de la vérité.

— La vérité ? Mais de quoi parlez-vous ?

De nouveau, elle se demandait si ce n'était pas un affabulateur. Elle ne reconnaissait pas celui avec qui elle avait discuté de longues heures. La bougie donnait à son visage un aspect monstrueux.

— Yahvé est le Dieu unique, continua-t-il, créateur du ciel et de la terre, de l'univers visible et invisible…

— … et son règne n'aura pas de fin. Vous me récitez ce qu'on dit à la messe. C'est cela, le secret ?

Elle avait l'impression que l'homme n'entendait plus.

— Ils sont venus de loin, poursuivait-il, bravant les dangers de la longue route, portant la relique de l'amour infini.

— Je suis archéologue, je ne m'intéresse pas aux légendes. Je cherche, je regarde, j'analyse. Or, à part ce pilier, je ne vois rien.

— Bientôt vous le saurez. Au-delà de ces murs flotte l'esprit. Vous avez été choisie. Choisie !

— Choisie ? Mais choisie par qui ?

Le regard de l'homme la fixa intensément. La lueur de la bougie se reflétait dans ses yeux. Mary avait l'impression qu'ils allaient jaillir de leurs orbites.

— Tu es choisie par le Seigneur pour révéler la vérité au monde. La vérité se cache derrière cette porte. Nous entrerons dans la lumière. Les rois sont avec nous. Ne l'oublie jamais. Les rois sont avec nous !

Il regarda le mur du fond puis reprit.

— De l'Occident jaillira la lumière… La vérité… Le soleil couchant.

Le tutoiement étonna la jeune fille. Jusque-là, il l'avait vouvoyée.

Mais ce qui la frappa le plus, c'était l'expression de son visage. Elle avait brutalement changé.

Elle avait l'impression que Saint-Germain était envahi par une douleur atroce.

— Qu'avez-vous ? lui demanda-t-elle.

— Ils m'ont retrouvé… Ils m'ont retrouvé…

À ce moment précis, elle aperçut une rivière de sang jaillissant de son costume.

Elle comprit.

Il venait d'être atteint d'une balle en pleine poitrine.

Elle n'avait entendu aucun coup de feu.

Elle ne comprenait pas ce qui se passait. Sa surprise était totale.

Saint-Germain s'écroula sur lui-même comme un pantin. Au moment où il toucha le sol, le cierge s'éteignit.

Elle se retrouva dans l'obscurité. Effarée, elle s'abaissa vers lui.

— Qu'avez-vous ?

La voix du vieillard était quasi inaudible. Un râle sourd jaillissait de sa poitrine.

— Je vais mourir ! Je vais mourir !

Il la toucha de sa main droite.

— Mary, Mary, poursuivit-il. Écoutez-moi… Je vous en supplie… Les trois vitraux…

Il étouffait.

— Danse…

— Je vous écoute.

— Un initié… Allez, chantez…

— Chanter quoi ?

— Un soir… Chantez… Puer Natus… Mêlé… Mêlé…

Il ânonnait. Un râle sourd sortait de sa poitrine. Il respirait de plus en plus difficilement.

— Puer Natus… Vendredi… Crucifix… Soleil couchant…

Il sanglota quelques instants avant de reprendre.

— Méfiez-vous… Crimes… Nombreux crimes… Jamais résolus… Jamais…

Elle devinait qu'il cherchait à parler, mais il n'y parvenait plus.

Elle regardait vers l'entrée de la galerie. Elle ne voyait personne, et pour cause, le noir était total. Elle savait qu'il n'existait pas d'autre issue. Ils étaient coincés dans une souricière.

— On vous a tiré dessus ?

Il ne répondit pas.

— Mais vous n'êtes pas mort ! Je vais appeler à l'aide !

Elle essaya de nouveau d'allumer son téléphone, en vain. Il fallait qu'elle regagne la surface pour trouver du secours.

N'allait-elle pas mourir elle aussi ?

— Que dois-je faire ? demanda-t-elle.

Les sons qui sortaient de la bouche du blessé n'avaient plus aucun sens.

Elle caressa son visage. Elle effleura des torrents de larmes.

— Tenez bon, tenez bon.

Les spasmes du vieillard étaient terribles.

Elle prit sa main. Le pouls était faible, tellement faible.

Elle comprit qu'il ne s'en sortirait pas.

Elle entendit son dernier soupir, une plainte horrible qui déchira la nuit.

Seule dans l'obscurité effrayante.

Seule dans une église souterraine, un cadavre à ses pieds.

Le meurtrier était-il là, tapi dans l'ombre, à l'attendre ? Elle ne l'avait pas entendu venir. Il avait fait preuve d'une discrétion absolue.

Elle était pétrifiée.

Pour se rassurer, elle se dit que s'il avait voulu la tuer, il l'aurait déjà fait. L'instant suivant, elle pensa le contraire : l'absence de lumière la protégeait du tireur. Il attendait qu'elle revienne sur ses pas pour la massacrer.

Elle s'assit sur les marches carolingiennes quelques instants, la tête posée contre un mur. La pierre était froide. Elle n'entendait rien. Le silence était total. Elle espérait que le meurtrier était parti.

Elle tendit l'oreille.

Aucun bruit.

Au bout d'une dizaine de minutes, elle décida de fuir. Il fallait qu'elle retrouve le grand air, qu'elle se précipite vers le commissariat le plus proche pour tout raconter : l'expédition à la lueur d'un cierge dans les entrailles de la cathédrale, le coup de feu jailli de nulle part, la mort d'un homme qu'elle connaissait à peine. Allait-elle révéler les derniers mots, étranges, de Saint-Germain ? Elle n'en savait rien.

Doucement, sans faire de bruit, elle marcha dans la pénombre.

Elle craignait que jaillisse d'un recoin une silhouette à la façon d'un diable.

Elle n'avait aucun moyen de se défendre. Petite, effarée, sans lumière pour s'orienter, elle était à sa merci.

Elle s'arma d'une pierre qu'elle ramassa sur le sol.

Si, au moins, elle tombait sur un interrupteur ! Mais elle ignorait s'il y en avait un.

Elle entendit un bruit, comme un pas.

Elle n'avait plus rien à perdre.

— Il y a quelqu'un ? Il y a quelqu'un ? murmura-t-elle d'une voix dévorée par l'effroi.

Le silence comme seule réponse.

Était-ce vraiment un pas ? N'était-ce pas le fruit de son imagination malade ?

Après avoir marché sur les planches de bois, elle déboucha dans le caveau Saint-Lubin. Des points lumineux jaillissaient d'un compteur électrique suspendu à plusieurs mètres du sol, si bien qu'elle arrivait à distinguer légèrement l'intérieur du sanctuaire.

À droite de l'escalier qui montait vers la crypte romane, elle aperçut une silhouette trapue, pas plus grande qu'elle, qui semblait l'attendre.

Au début, elle espérait qu'il s'agissait d'une statue, celle d'un saint protecteur. Mais ce n'était pas une statue, c'était un être humain en chair et en os. Elle comprit quand elle le vit bouger.

Il s'avança vers elle.

Elle sentait que sa dernière heure était venue.

L'homme alluma une lampe de poche.

Sur sa tête, il portait une cagoule en cuir.

Mary faillit tourner de l'œil, mais son instinct de survie lui souffla que s'il l'attendait ainsi, c'est qu'il n'avait pas l'intention de la tuer.

Elle prit la première la parole.

— J'imagine que vous allez m'expliquer ce qui vient de se passer ?

— Absolument !

Sa voix était éraillée.

Il projeta la lampe sur son propre visage, comme pour effrayer la jeune fille. Il ressemblait à un bourreau de l'ancien régime. Derrière les fentes oculaires, Mary aperçut des yeux bleus magnifiques. Il avait un énorme grain de beauté sous l'œil gauche.

— Je vous attendais pour vous donner quelques éclaircissements. Dans notre Légion, nous adorons la pédagogie.

Allons bon, lui aussi fait partie d'une Légion, pensa-t-elle. *La même ?*

— Votre Légion ? Mais qui êtes-vous ?

Elle se dit qu'elle avait affaire à un malade mental. Cette Légion était un repaire de psychopathes. L'accoutrement, à la fois ridicule et effrayant, ne faisait que renforcer son sentiment.

— Nous n'avons nullement l'intention de tuer des innocents. Cela ne nous ressemble pas.

— Et ce crime ?

— Ce crime ? Mais il ne s'agit pas d'un crime ! Nous ne faisons que rendre la justice comme nos aïeux l'ont toujours rendue. La loi des Templiers n'a pas changé. La justice, vous savez ce qu'est la justice ? L'homme que nous avons tué a commis un péché mortel. Je vous attendais ici pour vous l'annoncer de vive voix. Je ne veux pas que vous ayez une mauvaise opinion de nous.

Elle étouffait de peur et de colère.

— La justice, dit-elle d'une voix glaciale, on ne la rend pas soi-même. Nous sommes dans un État de droit.

— Notre Légion est au-dessus de l'État.

Malgré sa panique, elle s'emportait.

— Quelle Légion ? Qui êtes-vous avec votre masque de carnaval ? Si le sang n'avait pas coulé, je croirais à une blague de mauvais goût.

En guise de réponse, il sortit un revolver de sa poche.

— Mademoiselle, je pourrais vous tuer avec cette arme munie d'un silencieux. Personne n'entendra. Mais je ne le ferai pas, car je n'ai aucune raison de le faire. Pour vous rassurer, je peux vous faire constater qu'elle n'est pas chargée.

Il lui tendit l'arme. Elle la saisit. Avec sa lampe, il lui montra que le barillet six cartouches était vide.

— Cela vous apaise ?

Elle ne savait que répondre. Elle lui rendit son arme. À quoi bon la garder ? Elle le posant dans sa main, elle constata qu'il portait des gants noirs.

Il reprit la parole.

— Pour l'instant, vous ne risquez rien.

— Comment ça, pour l'instant ?

— Jusque-là, vous n'avez rien commis qui soit contraire à nos lois.

Elle se sentait perdue. Elle ne savait pas si le type sortait d'un hôpital psychiatrique ou si son raisonnement monstrueux avait quelque rationalité.

Il poursuivit d'un ton solennel.

— Nous avons été trop cléments dans le passé, ce qui a failli nous perdre. Plusieurs fois l'équilibre du monde a été menacé à cause de notre indulgence. Nous ne pouvons plus nous le permettre.

Mary comprenait de moins en moins ce qu'il voulait dire. Elle pensa qu'elle avait affaire à un dingue qui squattait la crypte et qui n'acceptait pas qu'on empiète sur son territoire en pleine nuit.

— J'ai un pressant conseil à vous donner, poursuivit-il. Ne vous mêlez pas de nos histoires. Vous avez vingt ans, vous êtes une jeune archéologue très douée. Vous vous lancez dans un beau projet. Ce chantier est une chance pour votre carrière. C'est la première fois qu'une si belle mission vous est confiée. Ne gâchez pas tout, de grâce.

Il connaît tout sur moi, incroyable, se dit-elle.

— Votre contribution est admirable, ajouta-t-il, mais je vous en prie, n'empiétez pas sur nos terres.

— Vos terres ? Je ne les connais pas. Il est difficile de savoir si j'empiète ou non dessus.

— Oubliez tout ce que Saint-Germain vous a dit ce soir. Il a trahi son serment. Nous savons que vous l'avez rencontré plusieurs fois. Il ne devait pas vous emmener ici. Il connaissait l'interdiction. Il n'en a fait qu'à sa tête. Tant pis pour lui.

— Vous l'avez tué parce qu'il m'a fait visiter la crypte ?

— Je n'ai rien à ajouter, mademoiselle. Je vous laisse. Vous connaissez le chemin de la sortie ?

— Je n'ai pas la clé de la porte.

— Vous la trouverez sur le cadavre.

— Comment savez-vous que l'homme est mort ?

— Je suis un tireur hors pair. N'oubliez jamais cela ! Jamais !

Le rire sardonique résonnant sous les voûtes glaça le sang de Mary.

Sans plus rien dire, il remonta les marches de la crypte et disparut dans la nuit.

Meurtre dans la cathédrale. Mary pensa à la pièce de théâtre de Thomas Stearns Eliot consacrée à l'assassinat en 1170 de l'archevêque de Cantorbéry, Thomas Beckett, que la cathédrale de Chartres glorifie sur un de ses plus célèbres vitraux. Elle était seule, elle ne savait que faire. Remonter tout de suite à la surface ? Mais comment sortir ? Retourner vers le cadavre et prendre la clé ? Attendre la première visite et raconter ce qui venait d'arriver ?

Elle savait que l'homme cagoulé ne la tuerait pas *pour l'instant.*

Pour l'instant.

Ses paroles résonnaient dans sa tête comme de grands coups de cymbales.

Pour l'instant, vous ne risquez rien.

En quelques minutes, elle avait basculé dans un film d'épouvante dont elle ne comprenait pas le scénario.

Jusque-là, sa vie avait été un long fleuve tranquille. Son enfance en Nouvelle Angleterre avait été heureuse. Ses études à Columbia étaient brillantes. Un parcours sans faute, sans drame.

Elle essayait de percer des yeux la pénombre qui l'entourait. Seules les loupiotes du compteur électrique permettaient de distinguer les murs, la colonne centrale et la voûte en berceau.

Pas un bruit.

Le pas du meurtrier, après avoir résonné quelques instants, s'était estompé.

Par où était-il entré ? Par la même porte qu'eux ? Les avait-il suivis ? Elle se souvenait que Saint-Germain avait fermé la serrure derrière eux. L'agresseur possédait-il lui aussi une clé ? Par où était-il sorti ? Elle se perdait en conjectures.

Elle n'osait pas retourner vers le cadavre. Elle était en état de choc.

Elle décida de rester sur place, recroquevillée près de l'autel du caveau le plus profond de la chrétienté.

Le commissaire divisionnaire Pascal Grange enveloppait la jeune fille de ses grands yeux fauves. Elle était prostrée sur une chaise, dans un coin de la salle d'interrogatoire. Elle n'avait guère parlé depuis que deux policiers l'avaient menée ici, menottée, à l'heure où les premiers rayons du soleil éclaboussent les vitraux de la cathédrale.

Les visiteurs matutinaux de la crypte étaient tombés sur une jeune fille endormie qui, en se réveillant, avait elle-même indiqué qu'un cadavre gisait au fond de la galerie interdite au public. La police judiciaire était arrivée rapidement. Elle avait *gelé* la scène, comme on dit en langage technique, ce qui signifie que l'endroit avait été entièrement bouclé, fermé jusqu'à nouvel ordre, afin de procéder à des analyses scientifiques.

Puis Mary avait été emmenée pour un interrogatoire préliminaire à l'hôtel de police au 57, rue du docteur Maunoury.

Les journalistes locaux, prévenus par les badauds, se massaient devant l'édifice. Un crime dans la cathédrale, cela n'arrivait pas tous les jours. Un historien chartrain interrogé par *L'Écho républicain*, le quotidien local, prétendait qu'il n'y en avait pas eu depuis le Moyen Âge. Non seulement le crime était odieux, mais c'était un sacrilège. On avait souillé la Jérusalem céleste.

Le commissaire Grange proposa à la jeune fille un café, histoire de la mettre en confiance.

— J'ai appris que vous participiez au chantier de restauration de la cathédrale, demanda l'homme au physique athlétique.

— Pas tout à fait. Je m'occupe des fouilles qui commencent sur le parvis.

— Quel est votre métier ?

— Je suis spécialisée dans l'archéologie du Moyen Âge.

Elle ne voulait pas s'étendre sur un sujet qui n'avait rien à voir avec le meurtre.

Grange respira un grand coup.

— Et que faisiez-vous en cette heure avancée de la nuit dans la crypte ?

Pour la première fois depuis son arrivée à l'hôtel de police, elle protesta avec véhémence.

— Monsieur le commissaire, je comprends que vous accomplissiez votre travail avec la plus grande rigueur, mais sachez que je n'ai pas tué Charles de Saint-Germain.

— Comment savez-vous qu'il s'agit d'un meurtre ? On vous a retrouvé assez loin du cadavre.

— Tout simplement parce que j'ai assisté à cette mise à mort ignoble !

Elle se mit à sangloter, comme si la tension amassée pendant toute la nuit se déversait d'un seul coup.

— Je n'y suis pour rien... Je n'y suis pour rien...

Grange la trouvait touchante, presque émouvante. Il avait pitié d'elle. Sa belle chevelure blonde, ses traits délicats, ses yeux embués de larmes la faisaient ressembler à un ange de lumière.

— Sur la margelle du puits des Saint-Forts, précisa le commissaire, nous avons découvert un revolver muni d'un silencieux et d'une lunette de visée : un Manurhin MR-73. Le barillet six cartouches était vide. Je viens de recevoir le résultat des premières analyses. J'ai le regret de vous annoncer que votre ADN s'y trouve.

— Comment savez-vous qu'il s'agit du mien ? Vous n'avez fait aucun prélèvement.

— La police française l'a demandé à la police américaine qui nous l'a transmis immédiatement. Si vous le souhaitez, nous pouvons procéder à une nouvelle vérification ici même.

Mary se souvenait que dans le campus de Columbia, un meurtre avait été commis. On avait prélevé l'ADN de plusieurs centaines de personnes. Elle n'avait pas été inquiétée mais son empreinte génétique avait été conservée.

— Je n'y étais pour rien dans le crime de Columbia.

— Ce crime-là ne nous intéresse pas. Nous enquêtons sur celui-ci de cette nuit. Nous trouvons étrange d'avoir trouvé votre ADN sur le revolver, et aucun autre.

Elle raconta la scène : le meurtrier cagoulé portait des gants, il l'avait invité à vérifier par elle-même que l'arme était déchargée.

— Un piège ! hurla-t-elle. Je suis tombée dans un piège.

— La police scientifique est en train d'analyser la scène du crime, poursuivit le commissaire d'une voix grave. Elle récolte tous les indices, y compris les plus infimes.

Mary avait l'impression qu'un étau invisible se refermait sur elle. Elle se sentait démunie, impuissante.

— Vous allez retrouver de nombreuses traces de moi partout dans la crypte, puisque j'y étais ! Ça ne fait pas de moi une meurtrière. Quel aurait été pour moi l'intérêt de tuer un homme que j'aimais bien et qui m'aidait dans mon travail ? Je me sens…

— C'est cela que nous essayons de comprendre, coupa sèchement Grange. Une chose nous intrigue. Toutes les portes de la crypte étaient fermées à double tour. On vous a découverte accroupie à quelques mètres du cadavre. Vous étiez seule avec lui.

Elle regarda le commissaire. Sa haute taille, sa carrure de rugbyman, sa voix rauque, ses yeux de braise l'impressionnaient. En d'autres circonstances, elle aurait pu tomber sous le charme de cet athlète qui ressemblait à Jean-Paul Belmondo dans sa prime jeunesse.

— Saint-Germain m'a proposé de visiter la crypte en pleine nuit pour ne pas être dérangé par les touristes. Quelqu'un nous a suivis, nous ne l'avons pas entendu, jusqu'au coup de feu fatal. Cet homme possédait les clés. Il a réussi à ouvrir la porte, puis, après son crime, l'a refermée derrière lui. C'est assez simple à comprendre, non ?

— Comment le savez-vous ?

— Si j'avais commis le meurtre, je me serais enfuie avec l'arme. Ce n'est pas ce que j'ai fait !

Le raisonnement était logique mais Grange faisait celui qui n'avait rien entendu.

— Nous allons procéder à une vérification. Un test balistique. Je ne fais qu'appliquer le règlement. Cette analyse est obligatoire dès qu'on retrouve une arme sur le lieu d'un crime.

Il décrocha son téléphone.

— Maximilien ? Mary Kennedy doit subir immédiatement une analyse. Je veux savoir si des résidus de tir, poudre, fumée, particules de graisse ou de lubrifiant provenant du projectile, de la douille ou de l'arme se trouvent sur ses mains.

Quelques instants plus tard, un homme habillé de blanc, escorté de deux policiers, fit irruption dans la salle. La jeune fille, suivie de Grange, fut emmenée dans un petit laboratoire situé au dernier étage. Elle posa ses mains sous un microscope électronique à balayage relié à un ordinateur. Sur l'écran, on apercevait les mains. Pendant une quinzaine de minutes, le technicien procéda à plusieurs types d'analyse capables de détecter différents types de résidus.

— Négatif ! affirma-t-il d'une voix forte. Aucune trace suspecte nulle part.

— Vous voyez, s'écria Mary d'un ton triomphant, je suis innocente.

Grange la ramena dans la salle d'interrogatoire.

Découvrir des traces de poudre sur les mains de la jeune fille l'aurait arrangé. L'enquête aurait été close définitivement.

À quelques kilomètres de là, dans un ancien presbytère de la vallée de l'Eure, l'assassin se reposait sur un sofa bleu. Le dénommé Angus était sorti de la crypte par l'entrée situé près du portail nord, avait retiré sa cagoule, refermé à clé la porte derrière lui, puis, d'un pas tranquille, avait marché jusqu'à sa Xantia grise garée boulevard Charles-Péguy. Il avait roulé à petite allure près d'une heure sur la départementale qui longe la rivière, puis s'était garé dans une cour à l'abri des regards.

Avant de marcher sur les graviers, il avait observé un instant l'aube qui se levait doucement au-dessus des saules.

L'homme, un quinquagénaire à la barbe poivre et sel, au regard bleu intense, semblait animé d'un feu intérieur.

Avachi sur le sofa, il essayait de dormir, quand le téléphone sonna. Il décrocha.

Une voix claire de femme.

— Comment s'est passée votre promenade nocturne ? demanda la Papesse.

— Animée.

— Le renégat a-t-il courtisé la jouvencelle ?

— Il s'apprêtait à vendre la mèche. J'ai entendu ce qu'il disait. J'étais tout près. Il ne me voyait pas. Quand j'ai compris qu'il allait baver, j'ai tiré.

— Qu'a-t-il dit ?

— Rien qui nous menace.

— Il n'a pas eu le temps de tout balancer ?

— J'ai tiré juste à temps.

— Mort ?

L'assassin ne savait que répondre.

— Il a reçu une balle en pleine poitrine. Je l'ai vu s'écrouler.

— Pourquoi n'avoir pas tiré une deuxième fois ?

— Satolas m'a donné une arme avec une seule balle. Il m'était impossible de tirer deux fois.

Satolas était un pseudonyme.

— L'imbécile ! Et pourquoi ?

— Je n'en sais rien. C'est idiot.

La Papesse était en colère.

— Ensuite ?

— La demoiselle est venue vers moi. Je lui ai dit ce qu'il était convenu de dire en pareille situation. Dans un sanglot, elle a murmuré que le renégat n'avait pas survécu. Je ne suis pas certain qu'elle ait dit la vérité.

— Nous le saurons vite ! J'attends l'appel de notre indic. Vous lui avez fait toucher l'arme ?

— Elle est tombée dans le piège, l'idiote. Elle l'a prise à pleine main. Puis je l'ai posée sur la margelle du puits des Saints-Forts. En bonne historienne, elle va comprendre le symbole de la mise en scène.

Il éclata d'un grand rire.

— Ne dites rien à personne, s'écria la Papesse, même pas aux autres membres de la Légion. Vous n'avez pas oublié notre règlement ?

— Le silence ou la mort.

— Si l'Américaine n'est pas emprisonnée, il va falloir se débarrasser d'elle au plus vite. Vous connaissez les consignes ?

— Je les connais mieux que quiconque.

L'homme avait entendu le râle du vieillard. Sans en être certain, il supputait que l'homme était mort. C'était la quatrième fois de sa vie qu'il tuait. Il avait été nommé tireur attitré de la Légion. Un tireur hors pair. Dix ans d'entraînement dans les troupes d'élite de l'armée française, avant de changer d'affectation. Une affectation nettement plus lucrative.

Les trois premières fois, cela avait été plus simple. Les cibles étaient isolées. Il avait suffi de les suivre discrètement dans la campagne. Puis, au moment propice, sans témoins, il leur avait tiré une balle dans la tête à bout portant. Le spectacle était horrible, mais Angus prenait beaucoup de plaisir à tuer.

Contrairement au meurtre de la crypte, il n'avait même pas eu besoin d'enfiler sa cagoule.

Ceux qu'il avait tués le connaissaient, *mais les morts ne parlent pas.*

Dans la vie de tous les jours, il était un chic type qui travaillait dans un restaurant de Chartres. Un paravent commode. Quand les cibles l'avaient vu, elles ne s'étaient pas méfiées.

Tout le monde a le droit d'avoir une double vie, pensa-t-il en regardant le jour se lever par la fenêtre.

Un jour bleu, sans nuage.

Les trois premiers meurtres avaient eu lieu l'hiver dernier.

L'enquête policière n'avait rien donné. Aucun indice. Aucun lien entre les personnes assassinées, du moins en apparence.

Pour brouiller les pistes, Angus utilisait une arme différente à chaque fois, une arme fournie par Satolas, le maître des chasses.

Il n'avait jamais été inquiété. Il pouvait continuer à s'adonner à sa distraction favorite.

La nuit dernière, deux choses l'avaient pourtant ennuyé, et c'était un euphémisme.

D'abord, ce témoin embarrassant. Si l'affaire devait se compliquer, il n'était pas impossible que l'ambassade américaine intervienne. Ce ne serait pas de bon augure.

La deuxième était plus grave.

Angus avait fait couler le sang dans l'endroit le plus sacré de l'univers, un lieu inviolé, inviolable, depuis toujours.

Le serment qu'il avait prononcé des années auparavant stipulait qu'aucun crime ne serait autorisé dans l'enceinte de la Jérusalem céleste. Il avait trahi son serment avec l'assentiment de la Papesse. Ou plutôt, c'était elle qui l'avait poussé à l'enfreindre. Elle était pourtant chargée de faire appliquer la Loi dans toute la France.

Il aurait préféré accomplir sa mission à un autre endroit, mais il n'avait pas eu le choix. Il avait obéi aux ordres. Un Légionnaire ne désobéit jamais, sous peine de mort.

Il regarda le soleil illuminer les champs et les bois.

Il était inquiet.

Commettre un meurtre dans la crypte sainte n'était-il pas le signe que la Papesse perdait son sang-froid ?

Était-ce à cause de la Prophétie ?

Mary avait été jetée dans une cellule. Elle pensait au puits des Saints-Forts.

Pourquoi le revolver avait-il été déposé sur la margelle ? Cela avait-il une signification ?

Elle avait étudié l'histoire de ce puits, alors qu'elle ne s'était jamais intéressée au reste de la crypte. L'un de ses professeurs, spécialiste de la Gaule romaine, lui en avait parlé.

Ce vestige est plus ancien que toutes les cathédrales antérieures et que toutes les cryptes. Il remonte à l'époque celte. Il a été creusé à l'entrée d'une grotte où les druides, dit-on, accomplissaient leurs sacrifices. Ces druides vénéraient Belisama, la déesse-mère, divinité des sources et guérisseuse, qui avait donné son nom à la Beauce. Les eaux puisées dans le ventre de la terre attiraient les foules.

Une statue de la déesse-mère, dite de la Vierge devant enfanter, portant l'inscription *Virgini pariture*[1], avait existé avant la naissance du Christ. Le culte marial s'était développé dès les premiers temps du christianisme, reprenant une tradition plus ancienne. Cette statue a été recréée à l'époque romane sous le nom de Notre-Dame-de-sous-Terre.

Au début de l'occupation romaine, on a précipité des chrétiens dans le puits. Ces martyrs ont été appelés les « forts » et les « saints », d'où le nom. À moins que le « fort » ne désigne la citadelle romaine, construite non loin de là, et que le puits alimentait.

Pendant des siècles, la source de Chartres a été celle du miracle, comme celle de Lourdes à partir de 1858.

1. La naissance virginale.

Comblé au XVIIIe siècle par les chanoines qui se méfiaient des superstitions populaires, il a été redécouvert en 1904 par René Merlet. En creusant, il a retrouvé l'eau, la rivière des anciens.

Le puits creusé directement dans le calcaire beauceron, sans maçonnerie, fait trente-trois mètres de profondeur, l'âge du Christ à sa mort. L'ouverture supérieure est circulaire, mais le fond dessine un carré parfait d'un mètre de côté. Un angle est tourné vers le pôle nord, un autre vers le pôle sud, un autre vers l'ouest marin, le quatrième vers Jérusalem. C'est le puits des vents, comme l'est la rose, celui des quatre points cardinaux, puits unificateur, puits de lumière, puits de l'univers visible et invisible.

Le revolver avait été retrouvé sur un lieu de martyre. *Sûrement pas un hasard*, se disait-elle.

On avait voulu lui signifier que si elle n'abandonnait pas la partie, si elle s'entêtait, si elle n'en faisait qu'à sa tête, elle mourrait comme les premiers chrétiens de Chartres.

Ce geste fort amplifiait les paroles sinistres de l'homme cagoulé : « Pour l'instant, vous ne risquez rien. »

La phrase repassait en boucle dans la tête de la prisonnière.

Dans son cachot, elle prit alors une décision radicale, la plus sage de toutes. Une fois innocentée, elle abandonnerait le chantier, retournerait aux États-Unis et ne reviendrait jamais à Chartres. Ce crime l'avait écœurée. Elle ne souhaitait pas rester un jour de plus ici.

Une fois les analyses balistiques terminées, Pascal Grange, suivi par plusieurs policiers, emmena Mary menottée jusqu'au puits.

— Sur cette margelle, le revolver a été posé, s'écria-t-il d'un air sévère.

— Je n'y suis pour rien, répondit simplement l'archéologue.

— Nous n'avons relevé aucune trace à cet endroit, en dehors de votre ADN sur la crosse. Rien sur le puits lui-même.

— Si j'avais utilisé cette arme, je ne l'aurais pas laissée en évidence ici, à la vue de tous, mon ADN accroché dessus.

— Qu'auriez-vous fait ?

Elle réfléchit un instant.

— Eh bien, je l'aurais jetée dans le puits.

— Pas de chance, un mètre en contrebas, il est barré par une grille cadenassée.

La jeune fille était agacée.

— En tout cas, je ne l'aurais pas posée comme ça. Je me répète. J'aurais quitté la cathédrale pour tenter de me faire oublier, puis j'aurais balancé l'arme dans un égout ou dans la rivière. Je ne suis pas complètement folle. Vous qui êtes commissaire, avez-vous déjà vu un meurtrier rester à proximité du cadavre et de l'arme dont il vient de se servir en attendant qu'on vienne le cueillir ? C'est absurde, tout simplement absurde.

Grange savait que quelque chose ne collait pas dans cette histoire, mais il gardait ses remarques pour lui. Il était chargé de faire une première enquête destinée au Parquet. Un juge d'instruction serait saisi de l'affaire.

— Vous avez placé le revolver à l'endroit le plus ancien de la cathédrale. Y a-t-il un sens caché à ce geste ?

— Je me pose la même question que vous, mais si vous souhaitez une réponse, il faudra la demander au meurtrier, pas à moi.

La police scientifique avait retiré la grille et sondé le puits. Elle s'était dit que quelqu'un l'avait peut-être ouverte pour faire disparaître des indices, mais les recherches n'avaient rien donné. Rien qui permette de faire avancer l'enquête.

Le groupe continua l'inspection de la crypte.

Ce n'était pas encore une reconstitution, mais ça y ressemblait.

Au fond de la galerie creusée par Merlet, Mary raconta très précisément ce qu'elle avait vécu, en taisant ce que Saint-Germain lui avait révélé. Elle repassait ses derniers mots dans sa tête.

Mary, Mary… Écoutez-moi… Je vous en supplie… Les trois vitraux…

Danse…

Un initié… Allez, chantez…

Un soir… Chantez… Puer Natus… Mêlé… Mêlé…

Puer Natus… Vendredi… Crucifix… Soleil couchant…

Le regard inquisiteur de Grange se posa sur elle.

— Au moment de l'agression, à supposer que ce ne soit pas vous qui ayez tiré, Saint-Germain a-t-il dit quelque chose qui puisse nous mettre sur une piste ? Quels ont été ses derniers mots ?

— Il n'y a pas eu de derniers mots.

— Il est mort sur le coup ?

— Sur le coup.

Elle repensa aux larmes de Saint-Germain entrant dans l'éternité.

En retournant à l'hôtel de police, Pascal Grange s'entretint au téléphone avec Lucas Jouary, le juge d'instruction qui venait d'être saisi de l'affaire par le Parquet. Grange considérait que la jeune fille devait être incarcérée immédiatement, mais Jouary souhaitait l'interroger avant toute décision. Aucun mobile, pour l'instant, n'avait été découvert quant à l'origine du meurtre, elle n'avait aucun antécédent judiciaire, sa version des faits était cohérente, aucune trace de poudre n'avait été retrouvée sur ses mains. Seule sa présence sur les lieux du crime et son ADN la rendaient suspecte. Elle serait bientôt mise en examen pour meurtre, mais à ce stade, aucune preuve ne l'accablait.

Elle restait libre jusqu'à nouvel ordre mais placée sous contrôle judiciaire strict avec interdiction formelle de quitter la commune de Chartres sous peine d'emprisonnement. Un policier plaça autour de sa cheville droite un bracelet électronique qui permettait de suivre en temps réel le moindre de ses déplacements.

Après l'incendie de l'édifice roman, la cathédrale gothique a été élevée en un quart de siècle, de 1195 à 1220, si l'on excepte les deux portails latéraux construits ultérieurement. La dédicace de la cathédrale a eu lieu le 24 octobre 1260 en présence du roi saint Louis. Aucune grande cathédrale n'a été bâtie si rapidement. Il a fallu un siècle pour construire Notre-Dame de Paris, plus d'un siècle pour construire Amiens, Reims, Rouen, Bourges, Metz, Strasbourg. Quant à Beauvais, qui devait être la plus grande cathédrale du monde, elle n'a jamais été terminée.

Celle de Chartres, un gros bourg de Beauce, a été achevée en vingt-cinq ans, alors que les autres chantiers piétinaient.

Outre sa beauté stupéfiante, elle est aussi la cathédrale de tous les records : la rosace occidentale est la plus grande du monde, la nef la plus large de France, le transept le plus long, le chœur le plus vaste, la crypte la plus étendue. Dans aucune cathédrale gothique on ne trouve autant de personnages représentés – près de neuf mille –, autant de statues – trois mille cinq cents –, autant de portails sculptés – neuf. Les vitraux dominés par le fameux bleu occupent une surface totale de deux mille six cents mètres carrés. C'est la plus importante collection des XIIe et XIIIe siècles de la chrétienté.

Comment expliquer qu'une ville si petite ait pu enfanter le vaisseau amiral du Moyen Âge ?

En sortant de son interrogatoire, Mary retourna sur le chantier où elle travaillait, le bracelet caché sous son pantalon. Elle avait honte. Elle se sentait humiliée. Son nom avait été cité sur les pages actualités d'internet en tant que *témoin* du crime de la crypte. Sa mise en examen pour meurtre ne lui ayant pas été signifiée, elle n'était mentionnée dans aucun article. Elle n'était pas encore considérée comme une criminelle.

Sur le parvis, les fouilles avaient débuté. On avait retiré les massifs végétaux qui avaient orné l'endroit pendant des décennies. Le sol était creusé en surface. Un premier chantier avait eu lieu quelques années auparavant, on avait retrouvé les restes d'un cloître et de maisons canoniales, mais celui qui commençait était nettement plus ambitieux.

À Chartres, le meurtre de l'église souterraine alimentait les conversations. Charles de Saint-Germain était un notable connu et reconnu. Il était considéré comme l'un des grands spécialistes de la cathédrale, érudit et passionné. Depuis des décennies, il décryptait avec patience et abnégation les symboles dissimulés sur les portails et les vitraux. « Une vie entière ne suffit pas à connaître les détails de ce chef-d'œuvre qui plonge le visiteur dans une émotion infinie », aimait-il à rappeler.

L'Américaine fut assaillie de questions. Elle répondait qu'elle n'avait rien à dire. C'était une façon de se protéger, mais c'était aussi une exigence du commissaire Grange, qui lui avait signifié qu'elle devait à tout prix se taire pour les besoins de l'enquête.

Elle avait pourtant envie de parler, de se confier.

En arrivant à Chartres, elle s'était liée d'amitié à Frédéric Conte, un historien local qui conseillait les artistes chargés de restaurer la cathédrale. Il travaillait pour la société Lithos, qui restituait les enduits originels couleur sable. Ceux-ci avaient peu à peu remplacé la suie sombre déposée par les siècles.

En quelques jours, Frédéric et Mary étaient devenus inséparables.

Elle l'invita à déjeuner dans son appartement situé rue des Écuyers qui montait en forte pente.

Elle sortit un plat préparé du réfrigérateur, du poulet au curry, et le mit dans le micro-onde. Ils s'assirent autour d'une table en bois brut où elle dressa rapidement le couvert. Elle informa son ami qu'elle avait été placée sous contrôle judiciaire et qu'elle n'avait pas le droit de quitter Chartres.

— Que s'est-il exactement passé dans la crypte ? demanda-t-il sans détour.

Ce Beauceron de souche avait travaillé sur le chantier de plusieurs cathédrales – Laon, Metz, Troyes – avant de se consacrer totalement à celle de Chartres, *la merveille incomparable*, comme il l'appelait lui-même.

Ce crime était l'événement le plus considérable de sa vie.

— Je ne peux pas croire que vous avez assassiné Saint-Germain.

La jeune fille avait la chair de poule en repensant à sa nuit dans la crypte. Elle ne put réprimer un sanglot.

— Il a été tué au moment précis où il s'apprêtait à me faire une révélation, répondit-elle, très émue.

Elle observa par la fenêtre la tour romane de la cathédrale, celle que Charles Péguy qualifiait de « flèche irréprochable et qui ne peut faillir ».

Elle attrapa le plat dans le four à micro-ondes et le déposa sur la table. Elle remplit l'assiette de Conte à rabord.

— Le commissaire Grange me soupçonne d'avoir tué l'historien.

— Et vous ne l'avez pas tué ?

— Pourquoi l'aurais-je tué ? Je n'avais aucune raison de le faire. Je vous répète ce que j'ai dit à Grange : quel aurait été pour moi l'intérêt de commettre ce crime ? Il m'aidait dans mes recherches. J'avais une grande admiration pour lui. Il m'a appris beaucoup de choses. Il m'a donné des clés pour décoder les symboles médiévaux. Sa mort est pour moi douloureuse, mais aussi dommageable. Le chantier de fouilles perd un expert qui travaillait à titre bénévole pour nous.

— Le commissaire vous a laissée en liberté. Il a l'air de vous croire sur parole.

— Attention, ce n'est pas Grange qui a pris cette décision. Il n'a pas le pouvoir de m'emprisonner. C'est le juge d'instruction, Lucas Jouary, qui m'a laissé en liberté. J'ai rendez-vous avec lui tout à l'heure. Je lui donnerai ma version des faits. Il verra que je n'ai pas le profil d'une meurtrière. Il comprendra que je suis innocente. Mais je ne suis pas dupe : je vais être mise en examen pour homicide volontaire. Il n'y a aucun mobile, certes, aucun indice probant, mais je suis la seule suspecte pour l'instant.

Elle raconta à son ami le déroulement de la soirée dans le moindre détail, la descente dans la crypte, l'arrivée dans la galerie creusée par Merlet, le coup de feu, la rencontre avec l'homme cagoulé, les menaces.

— Pensez-vous que le meurtre a été prémédité ? demanda Conte.

— Oui et non.

— Que voulez-vous dire ?

Elle saupoudra son assiette de poivre blanc.

— Une épée de Damoclès était suspendue au-dessus de lui, prête à tomber à la moindre incartade.

L'historien fronça les sourcils.

— Incartade ?

— Eh bien, s'il ne m'avait pas parlé de ce fameux secret, il serait encore en vie.

— Comment le savez-vous ?

— Une intuition. Une simple intuition. Les paroles du meurtrier me confortent dans cette hypothèse. Pas de secret révélé, pas de meurtre. Saint-Germain a franchi une ligne rouge.

Entre deux bouchées de poulet, l'historien se caressa longuement la joue.

— Avez-vous parlé à Grange de l'homme cagoulé ?

— Bien sûr, mais je n'ai pas révélé ce qu'il m'a dit. Ni ce que m'a dit Saint-Germain. Je tiens à rester en vie.

Elle baissa les yeux.

Conte avala une nouvelle bouchée avant de reprendre.

— Vous avez peur ?

— Je suis épouvantée. D'un côté je suis soupçonnée de meurtre. De l'autre je suis menacée de mort.

— Qu'allez-vous faire ?

Elle ne répondit pas tout de suite. Elle ferma les yeux quelques instants en essayant de réfléchir.

— Vous allez m'aider à enquêter. Il faut que je comprenne ce que Saint-Germain a voulu me dire. Le mobile du crime est à chercher de ce côté.

Elle ferma de nouveau les paupières. Elle repensa aux paroles entendues lors de cette nuit funeste. Elle essayait de se souvenir de chacun des mots prononcés par la victime. Elle voulait découvrir des indices, même ténus.

Le tertre sacré de Chartres, c'est la Pompéi du Moyen Âge. Curieusement, très peu de gens ont cherché à percer son mystère.

Pourquoi un tel déchaînement de violence ?

Elle inspira un grand coup.

— Commençons par le commencement, voulez-vous ? Dans la crypte, Saint-Germain m'a dit qu'il appartenait à un ordre dont je n'avais jamais entendu parler : les Légionnaires de Dieu, descendants des Templiers. J'ai trouvé cette appellation tellement étrange que je me suis demandé s'il n'était pas en train de délirer. Les Légionnaires de Dieu, ça vous dit quelque chose ?

– Absolument rien. Et pourtant, je connais bien l'histoire du christianisme. Ce nom fait penser à celui d'une secte.

– Regardons sur internet, on trouvera peut-être quelque chose.

Elle sortit une tablette d'une serviette en cuir, l'alluma et tapa « Légionnaires de Dieu » sur un moteur de recherche. Au bout de quelques secondes, une page Wikipédia consacrée au sujet s'ouvrit.

– Les Légionnaires de Dieu… soupira-t-elle. Nous y voilà.

Elle lut à haute voix : « Les Légionnaires de Dieu, ou Légion de Dieu, est un ordre occulte international d'inspiration chrétienne non reconnu par l'Église catholique. Considérée comme une secte dans certains pays, la Légion de Dieu a été réformée à plusieurs reprises depuis sa fondation au XIVe siècle. Elle serait une émanation de l'ordre du Temple dissous par le pape Clément V le 13 mars 1312. Leurs membres sont appelés les Légionnaires (avec un L majuscule). Comme archétype de société secrète, immémoriale et toute-puissante, la Légion de Dieu apparaît dans la littérature ésotérisante comme succédant aux chevaliers du Graal et aux Templiers. Descartes, Leibniz, Comenius, Spinoza et Newton en auraient fait partie. Après la fondation de la fraternité, elle prit son essor sous différentes appellations au siècle suivant. Elle prône un état d'ultime sagesse et de complète réalisation. Ses membres sont appelés initiés ou chevaliers. Si l'ordre comporte de nombreuses branches concurrentes les unes des autres, il s'entend sur un point : l'Occident doit dominer, si besoin par la force, le reste du monde car la sagesse, l'art, la littérature de l'Ancien Monde sont supérieurs à tous les autres. Cette société est tellement secrète que certains observateurs ont même douté de son existence. »

— Je n'aurais jamais imaginé que Saint-Germain puisse appartenir à une secte. Quoi d'autre ?

Elle poursuivit : « L'ordre a été fondé par Martin Glücks, dit le chevalier Glücks. »

— Un Allemand ?

Mary avait basculé sur un autre site. Une page s'ouvrit, consacrée au fondateur de l'ordre : « Martin Glücks, encore appelé chevalier Glücks, Martin de Dieu ou le Saint chrétien combattant les infidèles est un personnage mythique, censé être le fondateur de la Légion de Dieu. De nationalité allemande, il serait né en 1278 et mort en 1394. »

— À cent seize ans ? Difficile à croire. Apparemment, son existence n'est pas prouvée historiquement.

— Écoutez la suite : « Selon certaines études universitaires, le personnage de Glücks aurait été inventé de toutes pièces par le fils de Jacques de Molay, dernier grand maître de l'ordre du Temple. »

La jeune fille poussa un cri.

— Jacques de Molay ! Jacques de Molay !

— Que se passe-t-il ?

— Dans la crypte, Saint-Germain m'a dit qu'il s'appelait Jacques de Molay. Saint-Germain se considérait comme la réincarnation du grand maître du Temple.

— Qu'en déduisez-vous ?

— Heu, presque rien… À Columbia, je n'ai jamais entendu parler des Légionnaires de Dieu. Des Templiers, oui, mais ils ont disparu depuis très longtemps. Je n'ai pas besoin de vous faire un rappel historique[1].

1. L'ordre du Temple était un ordre religieux et militaire international issu de la chevalerie chrétienne du Moyen Âge. À l'origine, les Templiers s'appelaient les Pauvres chevaliers du Christ et du Temple de Salomon. Ils accompagnaient et protégeaient les pèlerins en route pour Jérusalem. Ils participèrent aux croisades et à la reconquête de la péninsule ibérique. L'ordre s'étant enrichi de manière considérable, il devint une menace pour l'Église et les États. Il fut anéanti par le roi Philippe le Bel, qui envoya au bûcher cinquante-quatre Templiers, dont le grand maître Jacques de Molay, le 18 mars 1314.

– Lançons-nous dans l'étude des Légionnaires de Dieu, murmura Conte d'une voix peu convaincue.

Mary voyait mal par où commencer. Tout semblait compliqué. Elle prenait conscience de l'absurdité de la situation. Elle était devenue un personnage de Kafka, accusée sans raison, embourbée dans une histoire qu'elle ne comprenait pas. La Légion de Dieu était une secte sordide. Elle avait assisté à un règlement de compte sur fond de vengeance personnelle. Elle ne croyait pas vraiment à ce fameux secret. Le secret était un prétexte pour faire couler le sang.

Conte reprit la parole.

– Et avant de mourir, Saint-Germain ne vous a rien dit ?

– Il souffrait énormément. Il a prononcé des phrases inintelligibles.

Elle se demandait si elle devait en parler.

– Il a dit : « Les trois vitraux… ». Puis « danse »…

– « Danse » ? Rien d'autre ?

L'Américaine renifla. Elle était très émue.

– Puis il a dit : « Un initié… Allez, chantez… Un soir… Chantez… Puer Natus… Mêlé… Mêlé… Puer Natus… Vendredi… Crucifix… Soleil couchant… »

Conte la regardait d'un air ahuri.

– Quel charabia !

– Puer Natus, c'est du latin, bien sûr. Je connais bien le latin. Cela signifie « pour le nouveau-né ». Le Christ ?

– Je connais aussi le latin, mais aussi le grec, l'hébreu et l'arabe. Vous pensez que Saint-Germain vous a parlé du Christ ?

– Sans doute, mais pourquoi ? Quel rapport avec le mystère qu'il voulait me révéler ?

Elle avait laissé sa tablette allumée. Elle tapa « Puer Natus » sur son moteur de recherche. Elle poussa un cri : « *Puer Natus in Bethlehem* BWV 603 est un choral de la Nativité de Jean-Sébastien Bach, inspiré d'un chant grégorien, en sol mineur, pour clavier et pédalier. Le livret se clôt par une tierce picarde. »

Elle respira un grand coup.

— Pourquoi ne pas y avoir songé plus tôt ? Quand j'étais enfant, je le chantais à Noël.

Elle se mit à en fredonner les premiers vers :

Puer Natus in Bethlehem. Alleluia.
Unde gaudet Jerusalem. Alleluia.[1]

Sa voix était très belle, très douce.

— Cet air me rappelle les Noëls dans le Massachusetts. Mes parents, très croyants, étaient aussi de grands mélomanes. On raconte que les rois mages ont chanté cet hymne en arrivant à Bethléem.

— Une légende, rétorqua Conte. Mais elle est belle, tellement belle.

Mary regarda de nouveau par la fenêtre. Au loin, elle aperçut l'église Saint-André, édifice roman dont le chœur enjambait autrefois la rivière avant de s'effondrer.

Tout finit par s'écrouler un jour, pensa-t-elle. *Le bonheur, la liberté, la vie.*

Elle changea brutalement de conversation.

— À Chartres, en dehors de la cathédrale, il y a d'autres églises magnifiques.

— Certaines ont malheureusement été détruites : Saint-Saturnin, Saint-Hilaire, Saint-Martin-le-Viandier, Saint-Maurice, Saint-Michel…

Mary acquiesçait de la tête.

— En arrivant ici, j'ai visité Saint-Pierre, Saint-Éman, Saint-Aignan, Saint-André, Saint-Martin-au-Val, Sainte-Foy… Saint-Pierre est une deuxième cathédrale. Ses vitraux sont extraordinaires.

— Le sculpteur Rodin disait que Chartres était l'Acropole de la France. Cette colline au-dessus de l'Eure

1. Un enfant est né à Bethléem. Alléluia.
C'est pourquoi Jérusalem se réjouit. Alléluia.

symbolise le génie français du Moyen Âge. La cathédrale, c'est le Parthénon.

Mary soupira.

– Ou la grande pyramide de Gizeh. Un lieu de mort et de mystère.

Conte ne semblait pas l'avoir entendue.

– Saint-Pierre, ce sont les Propylées[1]. Vous savez pourquoi on trouve de telles richesses dans cette ville de taille moyenne ?

– Vous oubliez que je connais un peu l'histoire. Chartres était une université de premier plan. Elle était célèbre dans tout l'Occident. Le clergé de Chartres était proche du pouvoir royal. L'évêque Fulbert, bâtisseur de la cathédrale romane, était lié au roi Robert le Pieux. Au XIIIe siècle, quand l'immense vaisseau gothique a été construit, les grands du royaume ont donné de l'argent, beaucoup d'argent.

– En réalité, on explique mal pourquoi cette cathédrale a reçu tant de faveurs. À Paris, Notre-Dame n'a pas été aussi gâtée, alors qu'elle se trouvait à proximité du palais royal, au centre de la ville la plus riche d'Europe.

Mary repensait à un cours d'un professeur de Columbia. Chartres est l'archétype de la cathédrale gothique. Quand l'écrivain Huysmans, athée converti au catholicisme, projette d'écrire un livre consacré à un sanctuaire chrétien, il pense à Chartres. L'ouvrage s'appellera *La Cathédrale*.

– À l'école de Chartres, ajouta-t-elle, on étudiait l'Ancien et le Nouveau Testament, les pères de l'Église, mais aussi les auteurs de l'Antiquité, comme Aristote et Platon. Certains considèrent le Moyen Âge comme une période obscure, mais ici, les professeurs étaient des savants éclairés. Les théories d'Aristote étaient incompatibles avec le créationnisme chrétien, mais jamais Aristote

1. Entrée principale de l'Acropole d'Athènes.

ne fut condamné, bien au contraire, il était étudié par les clercs.

Conte la ramena à la rugueuse réalité.

— Que comptez-vous faire ?

— Soit je ne fais rien, et je vais être jugée pour meurtre. Vous connaissez un bon avocat ?

— J'en ai contacté un tout à l'heure en pensant à vous. Voici son numéro. Vous l'appellerez dès que je serai parti. Et sinon, quels sont vos projets pour les jours à venir ?

— À supposer que le juge d'instruction ne m'enferme pas suite à ma comparution, et pour le cas où je ne pourrai regagner les États-Unis, je dois à tout prix retrouver l'auteur du meurtre.

— Certes, mais comment ?

— Comment ? Mais vous allez m'aider, Frédéric ! Je me sens seule, très seule.

— Écrivez-moi ce que Saint-Germain a dit juste avant de mourir.

Elle coucha sur un papier ses derniers mots. Elle avait une excellente mémoire. Elle mit les phrases les unes au-dessus des autres pour essayer d'y voir plus clair.

Tu es choisie par le Seigneur pour dire la vérité au monde.
La vérité se cache derrière cette porte.
Nous entrerons dans la lumière.
Les rois sont avec nous.
Ne l'oublie jamais.
Les rois sont avec nous !
De l'Occident jaillira la lumière.
La vérité.
Le soleil couchant.
Les trois vitraux.
Danse.
Un initié.
Allez, chantez.
Un soir.

Chantez.
Puer Natus.
Mêlé.
Vendredi.
Crucifix.
Soleil couchant.
Méfiez-vous.
Crimes.
Nombreux crimes.
Jamais résolus.
Jamais.

Elle ne savait pas comment décrypter ce message alambiqué.

— Les trois vitraux, dit-elle sans conviction, peuvent désigner les trois verrières de la façade occidentale situées au-dessus du portail royal.

— Peut-être. Ces vitraux sont les plus anciens de la cathédrale. Ils remontent au XIIe siècle. Ce sont des vestiges de la cathédrale romane. On dit qu'il s'agit des plus grands vitraux romans de la chrétienté.

— Vous ne m'apprenez rien, Frédéric, mais quel rapport entre les vitraux et le meurtre ?

Elle ferma les yeux. Elle pensa aux trois célèbres verrières tournées vers le soleil couchant. Elle entendait les paroles de Saint-Germain : « De l'Occident jaillira la lumière. La vérité. Les trois vitraux. » Les trois vitraux sont consacrés au fils de Dieu. Le vitrail central, le plus grand, représente la vie du Christ. À gauche, on assiste à la Passion. À droite se trouve l'arbre de Jessé, ou ascendance de Jésus, composée de Jessé, David, Salomon, Roboam, Abias, Marie et du Christ lui-même.

À droite, l'Ancien testament. Au centre et à gauche, le Nouveau.

La lecture, comme dans l'écriture arabe, se fait de droite à gauche. Tous les vitraux ont le même but. Que la lumière pénètre dans les cœurs, exalte la foi des pèlerins dont les prières reviennent vers le Dieu de l'univers visible et invisible.

Mary se leva. Elle débarrassa la table et plaça la vaisselle dans l'évier. Puis elle regarda Conte fixement.

— Un vrai rébus, soupira l'Américaine. Un puzzle. Des morceaux éparpillés. Comment rassembler tout ça ? Je ne sais pas. Et demain, si ça se trouve, je serai en prison. Ou pire, je serai morte. On m'assassinera à mon tour.

Conte secoua la tête.

— Êtes-vous certaine que Saint-Germain avait toute sa raison ? Une balle en pleine poitrine, ça peut faire perdre les pédales, non ?

— Vous pensez qu'il disait n'importe quoi ?

— Cette histoire me semble abracadabrante. Pourquoi ne vous a-t-il pas révélé ce secret tranquillement chez lui, autour d'une tasse de thé ? Cela aurait été plus simple, non ?

— Comment voulez-vous que je sache ? Je ne peux pas lui demander. Il est mort !

Ils se turent de longues minutes. Puis Mary regarda sa montre.

— Laissez-moi, Frédéric. La police vient me chercher dans un quart d'heure. Elle m'emmène chez le juge d'instruction. Il ne faut pas qu'on nous voie ensemble. Vous deviendriez suspect. Après l'entretien, à moins que je ne sois coffrée, retrouvons-nous dans la chapelle Vendôme de la cathédrale.

Dans un lieu secret, quatre hommes venaient de prendre place autour d'une table ronde. Un feu immense crépitait dans une cheminée.

Ils prononcèrent à haute voix un serment qu'ils connaissaient par cœur à force de le répéter à intervalles réguliers :

Nous te jurons, Empereur, que jamais
Nous ne trahirons la Légion toute puissante
Sous peine d'être occis par le feu.
Jamais nous ne trahirons le Secret
Sous peine d'être souillé de sang.
Et toujours nous défendrons
La seule vérité juste et sainte.
Il est nécessaire que cède toute erreur,
Ténèbres, faiblesse, servitude, trahison
Qui se sont emparées des sciences, des œuvres
Et du gouvernement des humains.
Il n'est d'autre philosophie dans l'univers
Que celle qui ceint votre Couronne.

Puis Angus prit la parole seul.

— Nous avons été contraints d'appliquer la sentence suprême à l'un des nôtres. Il avait juré que jamais il ne révélerait l'existence de la relique que notre ordre est chargé de protéger depuis des temps immémoriaux.

Un homme aux yeux verts lui répondit d'un ton docte.

— Il est étonnant que cet homme ait eu l'audace de transgresser une promesse qu'il avait faite devant l'ensemble de notre communauté le 13 mai 1981, le jour de l'attentat contre le pape.

— Vous le savez. Ce n'est pas la première fois que nous mettons à mort un Légionnaire, poursuivit Angus. Mais c'est la première fois que nous le faisons en un lieu aussi sacré.

— Pourquoi ne l'avoir pas tué avant ? Il est toujours fâcheux de souiller de sang l'édifice le plus saint de l'univers.

— Nous n'étions pas certains qu'il nous trahirait. Notre règlement est clair. Seule la forfaiture est passible de mort. Aucun des membres de notre communauté n'ignore cette règle essentielle. Telle est notre Loi. Nous sommes illuminés par un autre soleil que celui des simples mortels. Qui appartient à notre fraternité sait qu'il subira la loi de la fraternité.

— Comment expliquez-vous que Saint-Germain, l'un des plus éminents de nos membres, ait décidé de trahir ?

— À cause de la Prophétie ? Ou à cause d'autre chose. Nous ne le saurons jamais. Mais je rappelle que les arcanes s'avilissent quand ils sont révélés. Et, profanés, ils perdent leur grâce. Ne jetons pas de marguerites aux pourceaux.

À quinze heures, des policiers vinrent chercher Mary à son domicile et l'emmenèrent jusqu'au bureau de Lucas Jouary, où l'attendait son avocat, Pierre Liochon, que Frédéric Conte lui avait recommandé. Un ténor du barreau. Juste avant d'être emmenée, elle avait discuté au téléphone avec lui. Il lui avait enjoint de parler le moins possible à Jouary et de ne faire aucune déclaration aux médias pendant toute la durée de la procédure. Liochon était persuadé de l'innocence de la jeune fille, mais il la trouvait d'une grande maladresse. Il n'avait pas compris pourquoi elle avait accepté de descendre seule dans la crypte avec Saint-Germain, ni pourquoi elle n'avait pas elle-même prévenu la police juste après le meurtre. Il avait décidé de ne rien dire pendant l'interrogatoire, sauf en cas d'absolue nécessité.

Lucas Jouary était un homme d'assez grande taille. Son accent du sud-ouest trahissait son origine toulousaine. Il avait l'habitude des affaires compliquées.

Après les formalités d'usage, le magistrat instructeur prit la parole.

Elle était agacée par sa voix péremptoire.

– La police scientifique vient de mener une perquisition chez Charles de Saint-Germain. Nous cherchons des indices, des preuves.

– En quoi cela me concerne-t-il ? s'écria la jeune fille qui refusait d'endosser l'habit d'accusée. Je suis la coupable idéale, certes, mais vous n'avez trouvé aucun mobile.

Le juge l'enveloppa du regard froid et impassible de l'homme habitué à juger les humains.

– Charles de Saint-Germain vous a-t-il fait des avances ?

— Des avances ? Que voulez-vous dire ? Vous voulez savoir s'il m'a draguée ? À aucun moment.

— N'avez-vous pas essayé de le repousser ? Nous supposons qu'il a tenté d'abuser de vous et que vous vous êtes défendue. Puis, en état de choc, vous vous êtes recroquevillée au fond de la crypte et vous vous êtes endormie.

— Un conte à dormir debout ! Jamais Saint-Germain ne m'a importunée.

Jouary déplia une feuille blanche sur son bureau.

— Pourtant, nous avons retrouvé des choses étranges chez lui. Notamment cette lettre.

Mary aperçut quelques mots griffonnés d'une large écriture maladroite.

— Charles de Saint-Germain en est l'auteur. La calligraphie est caractéristique.

Il lut à voix haute.

Bien cher frère,

Mary est une fleur blanche dont les trois pétales s'ouvrent sur l'amour universel.

Jouary se gratta la gorge :

— Avouez que c'est ambigu, n'est-ce pas ?

— À qui cette lettre est-elle adressée ?

— Nous n'en savons rien, c'est le problème. Nous l'avons découverte. Apparemment, elle venait d'être écrite. Je continue :

Elle a été désignée par le Seigneur pour connaître la vérité…

— Vous voyez que cette lettre n'a rien de sexuelle, coupa sèchement la jeune fille. Le registre est religieux.

Jouary poursuivit sa lecture comme s'il n'avait rien entendu.

Pour le cas, où il m'arriverait quelque chose, réservez-lui le meilleur accueil dans votre commanderie de Meslay. Vous connaissez mes consignes ? Appliquez-les à la lettre. Le temps est venu de révéler la vérité.

— Et ensuite ?

— C'est tout. La lettre s'arrête. Pas de signature, pas de date, pas de destinataire. Vous avez un commentaire à me livrer ?

— Cette lettre a des accents mystiques. Rien à voir avec un flirt.

— Il vous compare à une rose blanche.

— Que soupçonnez-vous ?

Jouary inspira un grand coup.

— Saint-Germain est un pervers qui, sous un motif religieux, vous a entraînée dans la crypte en pleine nuit. Il rêvait d'une aventure galante avec vous. La crypte n'est-elle pas un lieu idéal, coupé de tout, pour ce genre de chose ? À une heure du matin, personne ne pouvait vous entendre. Vous avez d'ailleurs signalé au commissaire que Saint-Germain avait refermé à double tour la porte derrière lui et qu'il n'avait pas allumé les lumières électriques. Ça sent le traquenard à plein nez, non ?

Mary était excédée.

— Si j'avais été agressée, je vous l'aurais dit. Ce n'est pas ce qui est arrivé.

— Le reconnaître aurait prouvé votre culpabilité. Je suis désolé de vous dire cela, mais c'est le seul mobile que nous avons trouvé jusque-là. Cette lettre nous conforte dans cette piste.

Elle haussa les épaules.

— Vous devriez vous demander à qui s'adresse ce message.

— Nous sommes en train d'enquêter.

— Meslay, c'est où ? Un lieu-dit ?

— Il existe deux Meslay en Eure-et-Loir, juste à côté de Chartres : Meslay-le-Grenet et Meslay-le-Vidame. Sans parler des trois autres Meslay dans l'ouest de la France. Nous ne sommes pas très avancés. Pas d'adresse, pas de nom. Comment savoir à qui était destinée cette lettre ? Vous avez une idée, vous ?

— Pas le moins du monde.

Le juge la toisa du regard.

— En tout cas, si vous avez une piste, n'hésitez pas à nous en parler.

Sa voix se durcit.

— Contrairement à ce que me suggère le commissaire Grange, je ne vous place pas en détention préventive car votre casier judiciaire est vide, nous n'avons aucune preuve formelle contre vous et vous êtes américaine. Ce dernier point joue en votre faveur. Nous n'avons pas envie d'avoir votre ambassade sur le dos. Vous n'êtes pas incarcérée, mais je vous rappelle qu'il vous est formellement interdit de quitter Chartres et que vous devez vous présenter immédiatement à toute convocation. Grâce à votre bracelet électronique, nous savons précisément où vous vous trouvez en temps réel. Toute fuite hors de la zone d'assignation peut vous coûter très cher.

Après un instant de silence, il reprit.

— De plus, votre passeport est confisqué. Vous me l'apporterez lors de votre prochaine comparution. Il sera mis sous scellés. À partir de maintenant, les douanes françaises savent qu'il vous est interdit de quitter le territoire. J'ai donné des instructions en ce sens. Si vous tentez de vous échapper par voie aérienne ou maritime, vous serez arrêtée avant même d'avoir pu embarquer. Je me laisse quelque temps pour réfléchir, comme le prévoit la Loi, mais il est probable que vous soyez mise en examen pour homicide volontaire, ce qui ne signifie pas que vous êtes forcément coupable.

Le piège dans lequel elle était tombée n'avait aucune issue. Elle avait espéré que la police trouverait un indice qui l'innocenterait, mais les choses s'aggravaient d'heure en heure.

Méfiez-vous… Crimes… Nombreux crimes… Jamais résolus… Jamais…

— Ai-je au moins le droit de continuer mon travail sur le chantier ? demanda-t-elle d'une voix ironique et désabusée.

— À partir du moment où vous ne quittez pas la commune de Chartres, que vous vous rendez à mes convocations et que vous n'entravez pas l'enquête, vous êtes libre de vos mouvements.

— Vous vous intéressez au chantier de la cathédrale, M. Jouary ?

La question embarrassa le juge. Il ne suivait l'avancée des travaux que de très loin. Le sujet ne le passionnait pas.

— Oui, bien sûr, bredouilla-t-il.

— Actuellement, l'équipe artistique et scientifique redonne à la cathédrale son lustre d'antan. L'édifice était noir de suie. Il devient blanc éclatant. Nous passons de l'obscurité à la lumière.

— Je suis au courant. Vous me prenez pour un ignare ?

Mary haussa les épaules.

— Ce n'est pas ce que j'ai dit. Au fait, monsieur, que comptez-vous faire pour me protéger ?

— Vous protéger ?

— Je peux être abattue comme un vulgaire gibier par mes ennemis.

Le juge, selon sa manie, se gratta l'oreille.

— Vos ennemis ? Mais qui sont vos ennemis ?

— Je n'en sais rien.

Jouary ne savait plus quoi dire. Les paroles de Mary le désarçonnaient. Il reprit la parole.

— Nous n'avons rien prévu pour assurer votre sécurité. À notre connaissance, il n'existe aucune menace à votre encontre. Mais n'hésitez pas à nous solliciter si vous avez des soucis. Vous connaissez le numéro de la police : le 17.

— Un numéro de téléphone ne me protégera pas des balles…

– Désolé, mais nous n'avons pas de policier disponible. Nous avons des problèmes d'effectifs. Merci, mademoiselle. Je vous rends provisoirement votre liberté. Mais attention, ne vous amusez pas à quitter Chartres !

Elle retrouva Frédéric Conte dans la chapelle Vendôme, gracile construction rajoutée au XVe siècle par les comtes éponymes dans le bas-côté sud de la cathédrale.

— Que vous a dit le juge d'instruction ? demanda l'historien à voix basse.

— Il m'a parlé d'une lettre retrouvée chez Saint-Germain. Très mystérieuse. Je ne lui ai pas dit ce que le mourant m'a chuchoté. Je n'ai pas confiance. Il m'accuse sans preuve.

— Il risque de vous accuser de dissimuler des éléments nécessaires à l'enquête.

Mary poursuivait d'une voix excitée.

— Sur la lettre, on parle de Meslay… Meslay, cela ne vous dit rien ?

— Il existe un Meslay à côté de Chartres. Meslay-le-Grenet. Je n'y suis jamais allé.

— Dans ses dernières paroles, Saint-Germain a prononcé ce mot : « Danse… Un initié… Allez, chantez… Un soir… Chantez… Puer Natus… Mêlé… Mêlé… Puer Natus… Vendredi… Crucifix… Soleil couchant… » J'ai enfin compris. Au début, je croyais qu'il s'agissait du verbe. En fait, c'est un nom propre. Il l'a répété deux fois. Je dois chanter le Puer Natus dans l'église de Meslay.

— Rocambolesque ! Pourquoi chanter dans une église ?

— Tout simplement pour rencontrer celui à qui était destiné la lettre.

— Ridicule ! Vous pensez que quelqu'un vous attend ? Vous venez de me dire que la lettre n'a pas été envoyée.

— Certes, mais si Saint-Germain m'a parlé de Meslay, c'est qu'il a mis au courant l'homme qui habite là-bas.

— Dans ce cas, attendez qu'il vous contacte. Vous n'allez pas enfreindre votre contrôle judiciaire juste pour vous égosiller dans une église.

Mary murmura.

— Il est hors de question que je reste les bras croisés en attendant le procès. Ce n'est pas dans mon tempérament.

— Et vous pensez que cet homme reste dans l'église nuit et jour à vous attendre ? Pourquoi ne vient-il pas à Chartres pour discuter avec vous ?

— Mais je n'en sais rien. C'est une hypothèse !

Elle avait allumé son portable et faisait une recherche sur internet.

— Jouary a raison. Il existe plusieurs Meslay. Comment savoir quel est le bon ?

Elle repensait aux paroles de Saint-Germain : « Écoutez-moi… Je vous en supplie… Les trois vitraux… danse… »

Tout à coup, elle poussa un cri.

— J'ai compris.

Elle regardait son écran avec des yeux perçants. Elle était très agitée.

— À Meslay-le-Grenet, dans l'église Saint-Orien, se trouve une danse macabre. Une peinture de la fin du XVe siècle. Étonnant ! Saint-Germain m'a parlé de « danse ». Ce n'est sûrement pas une simple coïncidence.

— Qu'en déduisez-vous ?

— Il faut que j'aille à Meslay-le-Grenet rencontrer le destinataire de la lettre.

Conte la regarda avec sévérité.

— Attention Mary ! Ne faites pas n'importe quoi. Vous oubliez que vous n'avez pas le droit de quitter la ville. Vous allez aggraver votre cas. Je ne pourrai rien faire pour vous.

Elle n'avait pas entendu. Elle regarda une carte sur son écran de téléphone :

— Meslay-le-Grenet n'est qu'à une quinzaine de kilomètres de Chartres. Une promenade !

— Assez loin pour que le juge d'instruction vous coffre, assez près pour qu'il vous retrouve. À votre place, je raconterai tout à la police et je la laisserai agir.

Elle n'écoutait pas.

— Quel jour sommes-nous ?

— Vendredi.

— Vendredi ? Saint-Germain m'a parlé de vendredi. Il faut que je chante le Puer Natus un vendredi soir.

Elle regarda sa montre.

— Il est temps que je parte.

Elle est devenue complètement folle, se dit Conte. *Cette histoire lui fait perdre la raison.*

Mary regarda un instant les vitraux gothiques flamboyants de la chapelle pour tenter d'y trouver du réconfort. Jamais elle ne s'était senti aussi seule, aussi triste. On l'accusait de meurtre, on lui déconseillait d'agir, on lui intimait de rester les bras croisés. Elle imaginait la suite. La police n'allait pas retrouver le coupable, faute d'indices et de mobile. Elle serait jugée par une cour d'assise pour meurtre, elle risquait de passer une dizaine d'années en prison.

Sur ces entrefaites, elle quitta la cathédrale et rentra chez elle. Elle regarda de nouveau sa montre. Dans une heure, le soleil se coucherait.

Elle se rendrait seule à Meslay.

Après avoir hésité quelques instants sur l'accoutrement à adopter en pareille circonstance, elle ressortit, coiffée d'un grand chapeau, lunettes de soleil enfoncée sur son nez. Elle se dirigea vers sa voiture, une Volkswagen Polo noire. Elle se mit au volant et démarra.

Une force invincible la poussait à agir.

Meslay-le-Grenet est un village agricole perdu au milieu de l'immensité de la plaine que rien ne distingue des autres villages beaucerons, si ce n'est son extraordinaire danse macabre, un chef-d'œuvre de l'art médiéval.

Mary était excitée et inquiète. Elle se demandait si elle ne faisait pas fausse route, et si cette escapade n'allait pas se retourner contre elle.

Mais elle n'avait plus rien à perdre.

La liberté ou la mort, se dit-elle en voyant le panneau lui indiquant qu'elle était arrivée à destination.

Elle se gara devant l'église Saint-Orien, un édifice campagnard doté d'un double pignon, au crépi jaunâtre, de taille modeste, surmonté d'un minuscule clocher couvert d'ardoises.

Le sanctuaire, à l'extérieur, n'avait rien de particulier.

Il fallait pénétrer dans le vaisseau pour être saisi par la grâce.

Elle entra. La lumière était tamisée. Il n'y avait personne.

Sur les murs, des deux côtés de la nef, une danse macabre datant de la fin du XVe siècle représentait des personnages emblématiques : le pape, l'empereur, l'enfant, l'usurier, l'ermite, trois morts et trois vivants.

Elle longea la fresque en regardant les figures figées dans un silence de catacombe.

Elle ne savait que faire. Elle se sentait ridicule, fragile, désemparée. Sur sa cheville droite, la froideur de son bracelet électronique lui rappelait qu'elle avait violé la Loi. Le commissaire Grange avait dû s'apercevoir qu'elle avait quitté Chartres. Savait-il qu'elle se trouvait à Meslay-le-Grenet ? Elle ignorait comment s'effectuait le contrôle à distance.

Elle pensait à ce que lui avait murmuré Saint-Germain avant de mourir.

Puer Natus… Meslay… Vendredi… Crucifix… Soleil couchant…

Les vitraux resplendissaient dans la lumière du soir.

Au centre de la nef, derrière l'autel, se trouvait un Christ crucifié sur une croix de bois vers lequel elle se dirigea.

Est-ce là que je dois chanter ?

Elle devait entrer en contact avec un individu. Elle ne savait pas qui. Elle ne savait pas pourquoi.

Un initié…

L'église restait désespérément vide.

À Meslay-le-Grenet, près de la danse macabre, se trouve un initié.

Par précaution, elle avait recopié les paroles du Puer Natus sur un papier, histoire de ne pas sécher.

Elle attendit près du crucifix un bon quart d'heure.

Dans dix minutes, s'il ne se passe rien, se dit-elle, *je rentre à Chartres et je me rends. Au moins, j'aurais tenté quelque chose.*

Au moment où elle allait partir, un petit homme entra dans l'église. Court sur pattes, pataud, un ventre proéminent, il était habillé d'une veste noire. Il avait le haut du crâne chauve, à la façon des moines représentés sur les boîtes de camembert.

Qui est-ce ?

Le soleil flamboyait derrière les vitraux.

Elle ne savait pas si elle devait chanter. Elle avait peur d'être ridicule.

Si elle ne le faisait pas, son voyage aurait été inutile, et pire, il la conduirait droit en prison.

Elle n'avait rien à perdre. Après tout, il n'était pas interdit de chanter dans une église.

Elle sortit le papier de sa poche et prit sa voix la plus douce et la plus belle :

Puer Natus in Bethlehem. Alleluia.[1]

L'homme s'était assis sur une chaise, à gauche de l'allée centrale. Il regardait droit devant lui et ne disait rien. Mary se demandait s'il avait quelque chose à voir dans son histoire à elle, ou s'il était là simplement par hasard.

Unde gaudet Jerusalem. Alleluia.[2]

Elle regardait le Christ sur sa croix.

Hic jacet in præsepio. Alleluia.[3]

Elle chantait de plus en plus fort. Elle s'époumonait.

Qui regnat sine termino. Alleluia.[4]

Elle était emportée par son chant, par son élan, par son envie de vivre.

Reges de Sabâ veniunt. Alleluia.[5]

L'homme continuait à l'écouter, sans bouger, sans rien dire. Il avait les yeux fixés sur elle.

Aurum, thus, myrrham offerunt. Alleluia.[6]

---

1. Un enfant est né à Bethléem. Alléluia.
2. C'est pourquoi Jérusalem se réjouit. Alléluia.
3. Là, dans une humble crèche, se trouve. Alléluia.
4. Celui qui règne au-dessus des cieux. Alléluia.
5. Et pèlerins royaux, longtemps annoncés. Alléluia.
6. D'Orient apportent l'encens, de la myrrhe et de l'or. Alléluia.

Mary n'alla pas jusqu'au terme du choral. Il était trop long. Elle se demandait si la police n'allait pas surgir d'un instant à l'autre. Elle tourna la tête vers une peinture représentant un jeune homme riant aux éclats derrière lequel se tenait la mort armée d'une faux.

Que faire maintenant ?

Elle regarda celui qui l'avait écoutée sans broncher.

Il la dévisageait, un sourire au coin des lèvres.

Il parla le premier.

— Vous aimez les rois mages ?

— Oui, répondit-elle, un peu étonnée par la question.

— Mademoiselle, vous avez une très belle voix.

— Trop aimable à vous.

Après un instant de silence, il poursuivit :

— Vous en connaissez la signification ?

— La légende dit que les rois mages ont chanté cet hymne en arrivant à Bethléem.

— En tout cas, c'est en pensant à eux que Jean-Sébastien Bach a composé ce magnifique morceau à partir d'un hymne plus ancien.

Il s'intéresse à ce que je viens de chanter, c'est bon signe, se dit-elle.

— Ce cantique évoque l'Épiphanie, poursuivit-il, un mot qui signifie littéralement « manifestation ». Celle de Dieu, bien sûr. Jusqu'à la fin du IVe siècle, l'Épiphanie était l'unique grande fête chrétienne. Chez les orthodoxes, aujourd'hui encore, elle reste la plus importante de l'année. Ce jour-là, Dieu se manifeste aux peuples de la Terre entière, bien au-delà du peuple juif, comme en témoigne l'arrivée des mages. Vous savez qui ils sont ?

— Melchior, Balthazar et Gaspard…

— Ces noms n'apparaissent pas dans les Évangiles canoniques, et seul Matthieu évoque les mages, sans parler de leur nombre. Je vous le cite de mémoire : « Jésus étant né à Bethléem de Judée, aux jours du roi Hérode, voici que des mages d'Orient arrivèrent à Jérusalem, disant : “Où est le roi des Juifs qui vient de naître ? Car nous avons vu son étoile à l'Orient et nous sommes venus l'adorer." »

Allons bon, il me fait un cours de catéchisme, se dit Mary, un peu déçue.

— Comment sait-on qu'ils sont trois puisque les Évangiles ne le disent pas.

— Les mages ont laissé la preuve qu'ils étaient trois.

— La preuve ? Mais quelle preuve ?

— La tradition chrétienne en dénombre trois. Certains Évangiles apocryphes également.

— Une tradition n'est pas une preuve. Vous n'avez pas répondu à ma question.

— Savez-vous pourquoi les chrétiens ont tenu à ce qu'il y en ait trois, et non deux ou quatre ?

Mary ne comprenait pas pourquoi il lui posait ce genre de question. Elle était pressée. Elle ne voulait pas perdre de temps avec des considérations théologiques.

Face au mutisme de la jeune fille, l'homme poursuivit :

— Au IIIe siècle, Origène, père de l'Église, a décidé qu'il y en aurait trois. Trois, nombre sacré.

— Le Père, le Fils, le Saint-Esprit, murmura Mary.

— Le chiffre trois se retrouve partout dans la symbolique chrétienne. Dans les textes saints. Dans les cathédrales. La cathédrale de Chartres en est un exemple.

La cathédrale de Chartres.

L'homme avait dit « la cathédrale de Chartres ».

La jeune fille regarda l'intérieur de l'église de tous côtés.

Et si quelqu'un arrivait pour mettre fin à leur conversation ?

La police ?

Le tueur cagoulé ?

La voix de l'homme s'assombrit.

— Il faut que nous quittions cette église maintenant. La nuit vient.

— Connaissiez-vous Charles de Saint-Germain ? chuchota la jeune fille qui n'avait plus rien à perdre.

— Je le connaissais mieux que quiconque.

Puis, après un silence.

— J'avais peur de ne pas vous voir.

Elle ne comprenait pas pourquoi on s'intéressait autant à elle.

— Où allons-nous ?

— Dans un lieu où nous ne risquons rien.

Mary respirait avec peine.

— Pourquoi ne pas être parti dès la fin du chant ? Monsieur, j'ai la police à mes trousses.

— Vous auriez hésité à me suivre.

Elle baissa les yeux, comme si elle avait honte d'exprimer ses sentiments.

— Je continue à avoir peur. J'ai peur de mourir.

— Vous n'avez pas confiance ?

Elle regarda le crucifix.

— J'ignore qui vous êtes. Vous pouvez me tuer.

— Si j'avais voulu le faire, vous seriez déjà morte.

— Certains meurtriers ne tuent pas dans les églises.

— Saint-Germain a été assassiné dans un sanctuaire. Je n'approuve pas ces méthodes infâmes.

— Où m'emmenez-vous ?

— Chez moi, lâcha le petit homme. Dans une ancienne commanderie.

Une ancienne commanderie.

Mary savait que les Templiers avaient couvert l'Europe et la Terre sainte de ces constructions où ils accueillaient les pèlerins en chemin pour Jérusalem.

— Chez vous ? Mais je ne sais même pas qui vous êtes.

— Je suis le curé de Meslay-le-Grenet. J'habite à deux kilomètres d'ici. Je vous attendais. Venez.

Ils sortirent de l'église au moment où le soleil disparaissait à l'horizon.

Mary gardait les yeux fixés sur le petit homme.

— Comment saviez-vous que je viendrai ?

— Saint-Germain m'avait prévenu que s'il devait mourir, il vous expliquerait comment me retrouver. Il est mort la nuit dernière. Je vous ai attendue ce soir.

— J'ai failli ne pas venir.

— Pourquoi ?

Mary se remémora l'horrible assassinat.

— Saint-Germain a reçu une balle en plein cœur. Il pouvait à peine parler. Il a bredouillé quelques mots mystérieux pour me permettre de vous retrouver. Je n'ai pas compris tout de suite.

— Saint-Germain était un être cher à mon cœur. Quelle haute érudition ! Quelle bonté ! Mais l'histoire de l'humanité est plus importante que nos pauvres vies.

Dans le ciel passaient des grives criardes.

Au loin, la cathédrale, très haute, sur un horizon sans aspérité. Du haut de ses deux flèches, Chartres fait signe de très loin aux voyageurs qui arrivent à travers la campagne. L'église magistrale s'impose à l'attention de la plaine.

Mary n'avait plus peur du petit homme. Elle savait qu'il n'allait pas la tuer.

Elle s'étonna que la police n'ait pas encore surgi.

Dans l'hôtel de police, Pascal Grange éructait. Le technicien chargé de contrôler les prévenus placés sous surveillance électronique, Jacques Bonpas, venait de l'avertir: Mary Kennedy avait quitté sans prévenir la zone où le juge d'instruction l'avait assignée.

— Savez-vous où elle se trouve, bon sang? hurla le commissaire. Certains journalistes, pour qui la culpabilité de Mary ne fait aucun doute, vont accuser les autorités de laxisme s'ils apprennent que la suspecte a violé son contrôle judiciaire.

Grange avait une autre raison d'être furieux: il craignait que la jeune fille se comporte de manière incontrôlable. Il était très inquiet.

Bonpas suivait la cavale sur un écran.

— Elle a fui Chartres par le sud-ouest en empruntant la D 921, puis elle a tourné à gauche vers Fontenay-sur-Eure. Actuellement, elle se trouve à Meslay-le-Grenet.

— Meslay-le-Grenet? hurla Grange. Mais que va-t-elle faire là-bas? Elle est folle! Elle ne bouge plus?

— Ça fait vingt minutes qu'elle est immobile.

— Nous allons avoir les médias sur le dos. J'imagine les manchettes: « *L'Américaine accusée de meurtre enfreint le contrôle judiciaire… Le lendemain du crime, Mary Kennedy va batifoler à la campagne…* »

Deux inspecteurs entouraient le commissaire.

— Messieurs, poursuivit-il, il ne faut pas que la presse apprenne ce qui s'est passé. Ce serait une catastrophe. Qu'une voiture de police la prenne en chasse immédiatement. Je me charge d'appeler les brigades de gendarmerie des environs de Chartres pour qu'elles participent à l'opération.

— Et après, qu’est-ce qu’on fait ? demanda l’un d’eux.

— On la ramène ici pour lui passer un savon ! Puis ce sera au juge d’instruction de décider de son sort. Personnellement, je la jetterais en prison.

Son visage était pourpre.

Mary savait qu'elle ne devait pas rester une minute de plus à Meslay. Chartres n'était qu'à quelques kilomètres. D'un instant à l'autre, une voiture de police pouvait débouler. Elle n'avait ni l'envie, ni les moyens de résister aux forces de l'ordre.

— Monsieur, s'écria-t-elle. Je suis placée sous contrôle judiciaire. Normalement, je n'ai pas le droit de quitter le périmètre de la ville.

— Nous allons discuter chez moi. Puis vous rentrerez tranquillement à Chartres. La police n'en saura rien.

Elle montra le bracelet qui enserrait sa jambe.

— Cet émetteur permet d'être repéré à des kilomètres.

— Je croyais qu'il n'était utilisé que pour les condamnés.

Elle essayait de se mettre en valeur.

— Certains prévenus en portent un, mais les charges ne sont pas assez lourdes pour m'enfermer. De plus, je suis américaine. Et puis le juge d'instruction a sans doute estimé que ma place sur le chantier était importante. J'ai le droit de continuer à fouiller le sous-sol du parvis.

Le petit homme semblait embarrassé par la situation.

— Que voulez-vous faire ?

— Il faut en urgence que je me débarrasse du bracelet, mais je ne sais pas comment faire.

Au loin, ils entendirent la sirène deux tons d'un véhicule de police.

Le visage de Mary changea de couleur.

— C'est pour moi ! Fuyons !

Elle se dirigea en courant vers sa Polo.

— Monsieur, je vous en supplie, accompagnez-moi.

Ils montèrent tous les deux dans la voiture qui démarra en trombe.

La voiture de police qui déboula dans Meslay ne possédait pas d'instrument capable de localiser Mary en direct. Un agent communiquait avec Bonpas, qui suivait la cavale sur l'écran. Par radio, ce dernier indiquait aux policiers le chemin à suivre. Cela ralentissait considérablement la traque, et comme Mary conduisait vite, elle réussit à semer ses poursuivants.

— Que faisons-nous ? demanda-t-elle d'un air effaré à son passager.

— Je connais un forgeron à Châteaudun, une ville située dans le sud du département. J'espère qu'il pourra vous retirer ce bracelet. Je sais que vous êtes innocente. Il ne faut absolument pas que vous alliez en prison. J'ai des choses très importantes à vous dire. Continuez à rouler, je vais vous guider. Nous allons passer par des chemins de terre qui ne sont indiqués sur aucune carte. Prenez à droite, vite.

La Polo s'engagea dans une allée boueuse qui menait à un bosquet d'arbres.

Flamel attrapa son téléphone.

— Allô Justin ? J'ai un service à vous demander.

En quelques mots, il expliqua la situation à son interlocuteur, en lui précisant que la jeune fille était injustement accusée.

Il raccrocha.

— C'est bon, dit-il. Il nous attend. Nous arriverons dans moins d'une heure.

Il posa un regard doux sur la jeune fille.

— Ça va mieux ?

— Je me demande pourquoi j'ai été enrôlée de force dans cette sanglante histoire. Je n'ai rien demandé, moi.

Ma vie était tranquille, et tout à coup, j'assiste à un horrible meurtre qu'on m'accuse d'avoir commis. Quel scénario absurde.

L'homme tentait de la rassurer.

— Vous êtes une archéologue reconnue. Vous entreprenez des fouilles sur le parvis de la cathédrale. Vous êtes une idéaliste.

— C'est pour ça qu'on m'a plongé la tête dans ce merdier? Quel magnifique cadeau! Au fait, comment vous appelez-vous?

— Bastien Flamel. Je ne vous demande pas votre nom, je le connais.

— Pourquoi s'intéresser à moi? Je ne comprends pas.

Flamel inspira un grand coup.

— Vous le saurez bientôt. Mais d'abord, allons retirer ce fichu bracelet. Ce contrôle judiciaire n'a aucun sens. Une fois que vous serez initiée, vous irez tout raconter à la police, et ça s'arrangera.

— Initiée? Vous avez dit initiée? Mais je n'ai pas envie d'être initiée. Je ne veux appartenir à aucune secte. Vous êtes également Légionnaire de Dieu?

— Sans importance. Prenez le premier chemin sur votre gauche juste après la mare.

Mary ouvrit sa fenêtre. Elle inspira profondément l'air du soir. Elle essayait de se calmer. La gravité de la situation était telle qu'elle ne voyait pas comment sortir victorieuse de cet imbroglio mystico-policier.

Flamel continuait à disserter sans paraître inquiet.

— La cathédrale de Chartres porte sur ses flancs le destin de l'humanité. Savez-vous que le chiffre trois est omniprésent dans son architecture? Trois portails, composés chacun de trois portes, trois façades, trois rosaces.

La nuit venait. Pour ne pas se faire repérer, Mary n'alluma pas les phares.

— Toutes les cathédrales ont trois façades, non? objecta-t-elle.

— Détrompez-vous. Chartres est la seule cathédrale européenne à posséder trois fois trois portails sculptés.

Elle ignorait ce point qui l'aurait intéressé en d'autres circonstances.

— Pourquoi me dites-vous cela ?

Il n'avait pas l'air d'avoir entendu.

— Sur la façade occidentale, vestige de la cathédrale romane, se trouvent trois grandes verrières. Trois vitraux au-dessus de trois portails.

Elle était soulagée d'entendre parler de ces vitraux.

Mary, Mary, écoutez-moi... Je vous en supplie... Les trois vitraux...

— N'est-ce pas la même chose partout ailleurs ?

Flamel avait réponse à tout.

— Nullement ! À Paris, sur la façade principale, on trouve quatre ouvertures vitrées en plus de la rosace. À Amiens, il n'existe pas cette trilogie, ni à Strasbourg, ni à Rouen, ni à Bourges. À Chartres triomphe le chiffre trois.

— Il existe deux flèches, objecta Mary.

— Pendant des siècles, il en existait une troisième au-dessus du chœur, plus un lanternon à la croisée du transept. Elle s'est effondrée au moment de l'incendie de la charpente en 1836. Au départ, il était prévu neuf flèches, trois fois trois. Les tours ont été construites, mais elles n'ont pas été couronnées, sauf celles de la façade occidentale. Le clocher vieux, roman, est le prélude à l'art gothique. Le clocher neuf, flamboyant, en est l'épilogue. Deux clochers sur chaque façade, ça fait six clochers, plus deux de chaque côté de l'abside et un au-dessus du chœur. Au total, ça fait neuf. Le compte est bon.

La voix de l'archéologue était teintée d'ironie.

— Il vaut mieux être d'accord avec vous.

Flamel poursuivait sa démonstration, les yeux fixés sur le chemin de terre.

— Sur le flanc sud de la cathédrale, à droite du portail royal, se trouvent trois statues : l'ange au cadran, symbole du temps qui passe, l'âne à la lyre, symbole de la connaissance, et le porc, symbole de la vie épicurienne. Trois statues, et non quatre. Je pourrais multiplier les exemples. Les trois vitraux occidentaux sont partagés chacun en trois divisions verticales.

— Pourquoi ce chiffre ?

— Je vous répondrai tout à l'heure, mais laissez-moi terminer. Connaissez-vous les trois Notre-Dame de Chartres ?

— Il n'existe qu'une église dédiée à la Vierge.

— Certes, mais on y vénère trois représentations de la mère du Christ : dans la crypte, la statue de Notre-Dame-de-sous-Terre, dans le déambulatoire nord, celle de Notre-Dame-du-Pilier, dans le déambulatoire sud, le vitrail Notre-Dame-de-la-Belle-Verrière. Ces trois figures majeures exercent sur leurs contemplateurs un charme d'exceptionnelle vertu.

Mary haussa les épaules sans qu'il s'en aperçoive.

Il me fait un cours sur la cathédrale, je ne vois pas le rapport avec moi.

— Quant à la crypte de Fulbert, poursuivait-il imperturbable, elle comprend trois chapelles absidiales.

— Hier soir, j'en ai compté sept.

— On en compte effectivement sept si l'on tient compte des quatre chapelles gothiques, de plus petite taille, rajoutées au XIIIe siècle. Mais l'architecte initial n'en avait prévu que trois. Vous vérifierez vous-même sur un plan.

— Je vous crois, mais pourquoi ce chiffre ? Vous allez enfin me répondre ?

— Ce n'est pas un hasard.

— Mais encore ?

— Sur le vitrail de Noé, dans le bas-côté nord, le patriarche est représenté avec ses trois fils qui deviendront tous les trois rois. Étrange, non ? Quant à Joseph, celui de la Genèse, il est mis en scène dans un célèbre vitrail. Il apporte trois pains dans un pan de sa robe, des pains qui préfigurent l'Eucharistie. Trois, pas deux, pas quatre !

La rose occidentale comprend trois cercles : au centre le Christ, dans le deuxième cercle le Jugement dernier, dans le troisième la Résurrection. Au sommet du deuxième cercle est représenté le Paradis, ou plutôt le personnage d'Abraham assis sur un trône entre deux arbres figurant les fleurs du Paradis. Nous sommes tous enfants d'Abraham, n'est-ce pas ?

— C'est ce qu'on prétend, oui.

— Eh bien, sur ce vitrail majeur, au sommet du cercle, Abraham porte trois âmes dans un linge. Trois ! N'est-ce pas extraordinaire ?

La nuit s'installait.

De sa main, Flamel indiqua un chemin qui partait vers la droite. Elle bifurqua, pendant qu'il reprenait sa causerie.

— Pour Origène, les trois rois mages symbolisaient les trois continents : Europe, Afrique, Asie. À l'époque, on ignorait l'existence des trois autres.

— Tout cela est archi-connu. Dans la tradition, un roi mage est blanc, l'autre noir, le troisième jaune.

— Certes, mais il existe une autre symbolique beaucoup plus importante.

Mary fronça les sourcils.

— La Trinité ?

— Oui, bien sûr, la Trinité, le Père, le Fils et le Saint-Esprit. Mais il y a autre chose, que seuls les initiés connaissent.

Les initiés, encore les initiés.

Dans la voix de Mary pointait une colère sourde.

— Les initiés ? J'en ai assez d'en entendre parler, voyez-vous.

Ils traversèrent une sorte de vallon au fond duquel coulait un ruisseau.

L'Américaine regarda de côté l'ecclésiastique. Le visage de ce dernier était empreint de douceur. Elle se disait qu'elle n'était pas venue pour rien. *L'homme avait un lien avec l'énigme de la cathédrale.*

Ils roulèrent sur un chemin plat, très droit, sans aucun arbre, pendant deux kilomètres.

Elle arrêta la voiture.

— Que faites-vous ? s'écria le passager.

En guise de réponse, elle attrapa une paire de jumelles dans la boîte à gants et regarda dans la direction d'où ils étaient arrivés. Elle observa attentivement le paysage.

— Je ne vois aucun phare de voiture. Je n'entends aucun bruit. Personne ne suit la voiture. Formidable. Ni police. Ni tueurs. Nous les avons semés.

Elle remonta dans la Polo.

Flamel précisa.

— Aucun individu n'ose s'aventurer sur ces chemins qui forment un labyrinthe. Il y a trop de boue. Trop d'ornières.

La voiture redémarra.

Rassurée, Mary alluma les phares.

— Vous avez déjà observé les rois mages représentés sur le grand vitrail occidental ? demanda Flamel. Ce vitrail est le plus célèbre de la cathédrale avec Notre-Dame-de-la-Belle-Verrière, vestige du XIIe siècle enchâssé dans un vitrail du XIIIe.

— Qui ne connaît pas ce vitrail ? répondit Mary, un peu vexée. À gauche, les mages arrivent à Bethléem, au centre Marie et l'enfant Jésus, à droite ils repartent après avoir déposé leurs offrandes.

— L'histoire des rois mages est racontée sur six panneaux de la verrière d'axe consacrée à la vie du Christ. Vous vous rendez compte ? Six panneaux ! Deux fois trois. Ils occupent une place exceptionnelle. Cette immense verrière a été créée vers 1150, sous le règne de Louis VII le Jeune. À l'époque, c'était la plus grande du monde. Un chef-d'œuvre absolu. La Joconde de l'art roman. Mais le plus important n'est pas là.

— Qu'est-ce qui est important ?

Elle ne voyait pas ce qu'il cherchait à démontrer, toujours pas.

— Vous connaissez le pape Léon ?

— Léon XIII, le pape élu à la fin du XIXe siècle qui a succédé à Pie IX ?

— Je parle de Léon Ier, dit Léon le grand, souverain pontife de 440 à 461, l'un des papes les plus importants de la chrétienté.

Elle regardait sans cesse dans son rétroviseur. Elle voulait être certaine que personne ne les suivait.

Flamel était intarissable.

— Dans son troisième sermon pour l'Épiphanie, le pape Léon voulait – et je le cite – « que tous les peuples, dans la personne des trois mages, adorent le créateur de l'univers et que Dieu ne soit plus seulement connu en Judée mais dans le monde entier ». Les rois mages, qui symbolisent les trois parties du monde, annoncent ce message.

— Vous radotez, cher monsieur.

Il poursuivait, imperturbable.

— Leurs reliques ont été placées dans la cathédrale de Cologne le 23 juillet 1164 en présence de l'empereur Frédéric Barberousse. Sainte Hélène, mère de l'empereur romain Constantin Ier, les avait retrouvées en 330. Elles sont passées par Constantinople, puis Milan, avant d'arriver à Cologne. La châsse contenant aujourd'hui ces reliques a été sculptée au début du XIIIe siècle, au moment où s'élevait notre chère cathédrale. Elle est recouverte d'or, d'argent, de cuivre, d'émaux et de pierres précieuses. Son éclat est d'origine miraculeuse, prétendent certains pèlerins. Quant aux présents apportés au Christ par les mages – l'or, la myrrhe et l'encens –, ils se trouvent au monastère d'Agios Pavlos sur le mont Athos en Grèce. Cette relique est hautement sacrée dans la religion orthodoxe. Elle a été exposée à Moscou à une date récente, attirant des centaines de milliers de gens. C'est dire l'importance des mages dans la culture occidentale, n'est-ce pas ?

Il se mit à rire nerveusement.

— Et dans la châsse de Cologne, qu'est-ce qu'il y a ? demanda Mary qui ne voyait pas le rapport avec l'histoire qui la préoccupait.

— Des ossements, de simples ossements. Rien d'autre. Mais revenons à Chartres, voulez-vous ?

Il semblait très ému.

— Sur la façade occidentale, la plus sainte, dans le panneau central situé à neuf mètres du sol – trois fois trois mètres – consacré à l'adoration du Christ à Bethléem, chaque mage apporte une grosse pièce de monnaie en or mesurant plusieurs centimètres de diamètre. Vous n'avez pas l'air au courant.

— Je suis une spécialiste des pierres médiévales, pas du verre. On ne peut pas tout connaître.

Mary gardait les yeux fixés sur le chemin de terre. Elle ne voyait pas que Flamel, malgré la fraîcheur du soir, transpirait à grosses gouttes.

— Ces pièces sont des dinars almoravides[1] du XIIe siècle. Récemment, les maîtres verriers chargés de la restauration ont découvert une inscription en arabe sur chaque pièce, la même répétée trois fois. Ils étaient stupéfaits. Personne ne s'attendait à cela.

— Quelle inscription ?

Flamel parla d'une voix très sourde :

— « Il n'y a de dieu qu'Allah l'Unique ». Il s'agit d'une partie de la chahada[2], la profession de foi de l'islam, qu'on trouve aujourd'hui sur le drapeau de l'Arabie saoudite et sur le drapeau noir du groupe terroriste État islamique, vous savez, celui qu'on voit tout le temps à la télé et qui flotte sur les villes de Mossoul et de Palmyre.

1. Almoravide : dynastie arabe des XIe et XIIe siècles. Son empire englobait la moitié sud de la péninsule ibérique, le Maroc actuel jusqu'en Mauritanie et la partie nord-ouest de l'Algérie.

2. La chahada dans sa totalité comprend une deuxième partie, « Mahomet est son prophète », qu'on ne trouve nulle part sur les vitraux de Chartres.

— Vous voulez dire que les rois mages arrivent devant le Christ avec des pièces frappées au nom d'Allah. Mais c'est anachronique et presque choquant.

Le visage de l'homme devint grave. Sa voix était parcourue de tremblements.

— Anachronique, oui. L'islam n'existait pas à l'époque du Christ. Choquant, non. Les vitraux ont été fabriqués au XIIe siècle. Les croisades battaient leur plein. On partait à Jérusalem en bandes armées pour délivrer le tombeau du Christ et pourfendre le Mamelouk. Cette inscription est un appel à la paix avec le monde musulman. Les constructeurs de Chartres sont des théologiens et des intellectuels, pas des va-t-en-guerre. Nous supposons que les artistes de Chartres étaient effrayés par les massacres commis en Terre sainte au nom de Dieu.

Elle roulait très vite sur les chemins, les mains moites. Un fin croissant de lune parut dans le ciel pur.

Ils entrèrent dans un hameau appelé Blandainville.

— Arrêtez-vous ici, vite, cria Flamel.

Mary était surprise par cette injonction, mais elle obtempéra.

— Descendons de la voiture, voulez-vous.

Ils se retrouvèrent devant une église de campagne sans caractère. Flamel montra l'immensité du ciel.

— Regardez, regardez ! Vous ne voyez rien ?

Mary ne remarquait rien de particulier, sauf la lune près du clocher surmonté d'une croix.

Elle ne savait que dire.

— Désolée, je dois être aveugle.

— Cette lune, cette croix et cette étoile – celle du berger –, n'est-ce pas merveilleux ?

Elle ne comprenait pas.

— Que voulez-vous dire ? Ce spectacle n'a rien d'extraordinaire. D'accord, vous allez me ressortir le chiffre trois, mais dans le ciel il existe des milliards d'étoiles et des milliards de lunes. Et de plus, c'est l'étoile du berger, pas celle des mages.

— Vous ne faites aucun effort, mais ce n'est pas grave, vous réfléchirez plus tard. Remontons dans la voiture. Nous n'avons pas de temps à perdre.

Après un instant de silence, il ajouta :

— Mary, vous êtes l'étoile dans la nuit. Ne l'oubliez jamais. Étoile dans la nuit !

Elle se sentait flattée, mais elle ne comprenait pas pourquoi il disait cela. Elle le trouvait très exalté.

Elle remit le moteur en marche et démarra doucement, non sans avoir vérifié que personne ne les suivait. La campagne était déserte.

Au bout de quelques minutes, ils arrivèrent à Illiers-Combray.

— Le village de Marcel Proust ! murmura Flamel. Vous savez que cet immense écrivain, issu d'une famille juive, a construit son œuvre comme une cathédrale ? *Du côté de chez Swann*, c'est le portail royal et la façade occidentale. *À l'ombre des jeunes filles en fleurs*, la nef. *Le côté de Guermantes*, le transept, etc. Proust l'hébraïque était fasciné par Chartres. Il en parle à plusieurs reprises dans ses romans.

Il est intarissable, ce curé, se disait Mary. Elle était amusée et agacée. Elle l'écoutait sans rien dire, inquiète à l'idée de traverser un bourg.

— Je connais plusieurs passages par cœur, poursuivait-il. Je vous cite juste une phrase. Excusez-moi, la phrase proustienne est très longue : « Ce que les vieux quartiers contiennent de poésie a été extrait jusqu'à la dernière goutte, mais certaines maisons nouvellement bâties pour de petits bourgeois cossus, dans des quartiers neufs, où la pierre trop blanche est fraîchement sciée, ne déchirent-elles pas l'air torride de midi en juillet, à l'heure où les commerçants reviennent déjeuner dans la banlieue, d'un cri aussi acide que l'odeur des cerises attendant que le déjeuner soit servi dans la salle à manger obscure, où les prismes de verre pour poser les couteaux projettent des feux multicolores et aussi beaux que les verrières de Chartres ? »

— J'imagine que *Le Temps retrouvé*, c'est le chœur, symbole de la résurrection et de l'éternité. Mais la crypte ?

— La crypte, ce sont les livres qui ont précédé *La Recherche du Temps perdu* : *Les Plaisirs et les Jours* et *Contre Sainte-Beuve.* La préhistoire de la Merveille.

Malgré sa passion pour la littérature, Mary écoutait à peine. Elle avait peur que les gendarmes ne lui barrent la route.

Il n'y avait personne.

Une patrouille avait bien été prévenue par Grange, mais elle s'occupait d'un accident de voiture qui avait lieu plus à l'ouest, en rase campagne.

Flamel semblait serein.

— Tout à l'heure, je vous révélerai une chose incroyable. Tellement incroyable que vous risquez de ne pas me croire. Vous êtes une archéologue d'une grande rigueur scientifique, et vous allez me prendre pour un affabulateur. Pour vous convaincre, je vais d'abord vous rappeler des choses que vous savez sûrement.

L'Américaine n'avait qu'une pensée en tête : arriver coûte que coûte à Châteaudun et se débarrasser du bracelet.

— Vous êtes bien silencieuse, Mary. Vous avez entendu parler des croisades ?

— Vous me prenez pour une ignare ?

— Pardonnez-moi. Ma question aurait dû être plus précise… Êtes-vous une spécialiste des croisades ?

— Je connais leur histoire dans les grandes lignes. Ma spécialité, ce sont les fouilles archéologiques, je vous le rappelle.

— Les gens ont une vision caricaturale de ces expéditions qui se sont étalées sur plusieurs siècles. Chaque croisade avait sa spécificité. Certaines étaient sordides. Il s'agissait de piller et de ramener des richesses en Europe. D'autres étaient mues par la seule foi. Vous connaissez l'histoire de la croisade des enfants ?

— Absolument pas.

— Elle a été organisée par Étienne de Cloyes. La ville de Cloyes se trouve à quelques kilomètres d'ici, au sud de Châteaudun. Pendant la construction de la cathédrale, Étienne a prêché auprès des pauvres et des jeunes gens pour qu'ils aillent en Terre sainte. Une fièvre mystique soufflait sur la Beauce. La cathédrale s'élevait comme une montagne de pierre, et au même moment, des milliers d'adolescents des campagnes se préparaient à la croisade. Les deux événements se sont passés en même temps. L'appel à la croisade a commencé vers 1210. Les gueux sont partis en 1212. En plein chantier. Ça devait être incroyable, ce mélange entre ces hordes de jeunes adultes – certains n'avaient que douze ans – et ces milliers d'artisans bâtissant le plus grand sanctuaire d'Occident.

— Et ils sont arrivés là-bas ?

— Trente mille ont pris la route, accompagnés par leurs aînés. Trente mille, vous vous rendez compte ? Dans un royaume qui comptait moins de quinze millions d'âmes. Ils se sont rendus à pied à la basilique de Saint-Denis pour convaincre Philippe Auguste. La croisade était spontanée et joyeuse. Les gens voulaient que le roi les aide à gagner la Terre sainte.

Après avoir traversé le Loir, ils sortirent d'Illiers-Combray par une côte et se dirigèrent vers Brou.

La route était rectiligne.

Pas une voiture à l'horizon.

Mary roulait vite, très vite.

— Qu'a fait Philippe Auguste ?

— Le roi était surpris par cette manifestation d'une ampleur exceptionnelle. Il était touché, mais aussi effrayé. Il n'a pas voulu que ces adolescents partent. Il était inquiet pour eux. Et il avait raison ! Il a demandé à ces jeunes de rentrer chez eux, mais ils ont refusé. C'était une espèce de jihad avant l'heure. Des jeunes issus de familles pauvres, désœuvrés, voulaient combattre en Orient. Dans un grand mouvement d'exaltation collective, ils ont marché vers la Provence, rejoints par d'autres individus venus de toute l'Europe. Rien ne les arrêtait. L'expédition s'est mal terminée…

— C'est-à-dire ?

— À Marseille, ils ont embarqué sur des navires marchands où ils ont été réduits en esclavage. Les enfants de Beauce ont été vendus en Afrique du Nord. L'un des bateaux a sombré en Sardaigne. Il n'y a eu aucun survivant. À l'époque, des embarcations pleines à craquer coulaient déjà en Méditerranée. Les choses n'ont pas changé !

— C'est cela que vous vouliez me révéler ? J'imagine que ces faits sont relatés dans tous les livres d'histoire. Est-ce à cause de cette croisade que j'ai été plongée dans cette aventure sordide ?

— En apprenant que vous veniez à Chartres, nous nous sommes renseignés sur vous.

— Vous avez fait une enquête ?

Flamel venait d'apercevoir au loin un gyrophare bleu perçant la nuit.

— Les gendarmes ! C'est pour nous ! s'écria-t-il.

Une petite route partait sur la gauche. Mary donna un grand coup de volant et appuya sur l'accélérateur. Elle ne savait pas où elle allait.

— Vous connaissez les chemins dans ce coin aussi ? demanda-t-elle, inquiète.

— Je suis Beauceron de souche. Mes ancêtres étaient paysans, meuniers, maréchaux-ferrants, négociants en vins ou en grains. Ils sont enterrés dans les cimetières des alentours. Je connais chaque sentier, chaque champ, chaque bosquet d'arbres, chaque ruisseau. Je peux aller jusqu'à Châteaudun sans suivre une seule route.

Mary freina et s'arrêta.

— Dans ce cas, prenez vous-même le volant. Je suis perdue. Je n'en peux plus.

Elle sortit de la voiture. Elle regarda la nuit qui enveloppait le paysage. Elle avait les nerfs en compote. Elle avait envie de courir, s'enfuir, disparaître.

Elle ne voulait plus exister.

Flamel s'extirpa à son tour du véhicule. Il le contourna et prit la place du conducteur. Mary n'avait pas l'air de vouloir revenir à bord.

— Montez, dépêchez-vous, lui intima l'ecclésiastique. Les gendarmes ne sont pas loin.

— Vous êtes sûre que je ne devrais pas me rendre ?

— Surtout pas !

Sa voix était sévère.

— Je vous donne l'ordre de remonter dans la voiture. Tout va s'arranger, à condition de me faire confiance.

Sans savoir s'il avait raison, elle prit la place du passager.

Ils redémarrèrent.

Au bout de quelques centaines de mètres, Flamel tourna à droite sur un chemin d'exploitation agricole.

— Ici, nous sommes au cœur de la France. Au cœur de l'histoire. Au cœur du Moyen Âge.

Mary regardait de tous côtés. Les phares balayaient de profonds sillons.

— Dans des coins comme cela, poursuivit le curé, la France a vu naître quelques-uns de ses plus grands génies.

Elle ne voyait pas ce qu'il cherchait à démontrer. Elle le trouvait anormalement excité.

Ils roulaient à petite vitesse sur un chemin creusé d'ornières et de flaques d'eau.

Flamel respira un grand coup.

— Les croisades ! Les croisades ! Les bâtisseurs de la cathédrale avaient le regard tourné vers Jérusalem. La cathédrale, vous le savez, est le symbole de la Jérusalem céleste. Nous avons du mal à comprendre cela, nous les hommes et les femmes du troisième millénaire. Chartres est le deuxième Temple. Le premier est celui de Salomon. Ce personnage extraordinaire est très présent dans l'architecture de la cathédrale. Chartres marque le passage de l'Ancien au Nouveau Testament. Sur le portail royal, chef-d'œuvre de l'art roman parvenu à son terme, on admire les rois et reine de la tribu de Juda, ancêtres du Messie, qui trône en gloire au tympan central.

— Très bon cours d'histoire, murmura Mary, ironique. Mais où voulez-vous en venir ? Je suis poursuivi par la police, accusée de meurtre et menacée de mort par un vrai meurtrier. Je cherche à sauver ma peau, voyez-vous ! Sauver ma peau ! Vous comprenez ?

Elle avait l'impression que Flamel n'entendait rien. Cela l'agaçait et l'inquiétait.

— Je cherche à vous restituer le contexte qui vous permettra de comprendre le grand secret de Chartres, répondit-il d'une voix calme. Au Moyen Âge, les habitants de la Beauce étaient obsédés par cette Jérusalem que les Sarrasins avaient conquise. La ville sainte était tombée aux mains des infidèles. Certains ne le supportaient pas, d'autres considéraient qu'il fallait signer une paix durable avec le monde musulman. Lors de la première croisade, un Chartrain, Foucher Boël, pénétra le premier dans les murs d'Antioche en 1098. L'année suivante, c'est encore un Chartrain, Raimbaud Croton, qui entra le premier à Jérusalem. Saint Bernard lui-même, qui avait prêché la deuxième croisade à Vézelay en rassemblant plus de cent mille cavaliers, vint à Chartres en 1146 pour appeler le peuple à prendre la route de Jérusalem. Au XIIe siècle, Chartres était le symbole suprême de la chrétienté en Occident, juste après Rome. J'en viens à l'essentiel.

La voiture patina dans la boue.

— Vous n'avez pas peur qu'on s'enlise ? demanda la passagère.

— Avant d'être prêtre, j'étais paysan. Je m'y connais en terre humide.

La voiture roulait de plus en plus lentement.

— Les véhicules de la gendarmerie n'oseront pas passer ici. Impossible ! Les conducteurs auraient trop peur de rester coincés.

— L'essentiel, c'est quoi ? Dites-moi tout !

— Vous avez entendu parler de la chemise de la Vierge ?

— Tous les admirateurs de la cathédrale connaissent cette relique. Elle a été offerte par le roi Charles le Chauve. Saint-Germain me l'a redit hier. On raconte qu'elle a été portée par la Vierge le jour de la naissance du Christ.

— Exact. Cette relique était la plus célèbre de la chrétienté jusqu'en 1248, date à laquelle saint Louis enferma la couronne d'épines et un fragment de la vraie croix dans la Sainte-Chapelle flambant neuve. Que pensez-vous de la relique de la Vierge, chère mademoiselle ? Aujourd'hui, elle se trouve dans une chapelle du déambulatoire, dite des Martyrs.

— Je ne connais pas le sujet aussi bien que vous.

Il parlait de plus en plus fort.

— Lors de l'incendie de la cathédrale en 1194, celui qui a détruit la cathédrale de Fulbert, le voile a été sauvé *in extremis* par des clercs qui ont porté la châsse dans une fosse du caveau Saint-Lubin. Elle n'a pas souffert de l'incendie qui a ravagé l'église romane. Les gens ont crié au miracle.

Mary se souvenait que Saint-Germain lui avait montré la cachette.

— Pourquoi me parlez-vous de ça ?

— Parce qu'elle montre l'importance capitale de Chartres au Moyen Âge. Chartres passait avant Notre-Dame de Paris ou de Reims dans le cœur du peuple. Les pèlerinages étaient gigantesques. Jusqu'à la construction de la Sainte-Chapelle, les reliques les plus précieuses étaient exposées à cet endroit, rapportées par les croisés : un morceau de la vraie croix, le crâne de sainte Anne et celui de saint Matthieu, des cheveux de Marie Madeleine, la main de saint Thomas, des pierres du martyre de saint Étienne, une dent de saint Laurent. Ces reliques étaient enfermées dans des placards de la crypte Saint-Lubin, les alcôves que l'on admire aujourd'hui.

Il se tut une bonne minute, puis reprit, ému.

— L'une d'elles dépassait en gloire toutes les autres.

— Le voile de la Vierge était la relique la plus sacrée de la chrétienté.

— Je ne parle pas de ce voile.

— Vous voulez dire qu'il existe une relique ayant une valeur encore plus grande ?

— Vous m'avez compris.

Elle repensa aux paroles de Saint-Germain mais feignit de ne pas comprendre de quoi Flamel voulait parler.

— Notre-Dame-du-Pilier ?

— Ce n'est pas une relique, mais une statue du XVe siècle, belle et émouvante, très vénérée.

— Je suis désolée, monsieur, de vous avouer mon ignorance. C'est à cause de cette relique que le sang est versé ?

— Je suis le premier à en souffrir et c'est pour cela que je tenais à vous voir. Quand vous la découvrirez, l'humanité en sera bouleversée.

— Pourquoi est-ce à moi de la découvrir ?

— Je vous salue Marie pleine de grâce, le Seigneur est avec vous.

À Chartres, Grange suivait sur un écran la progression de la fugitive.

— Bon sang, mais elle gambade dans les champs ou quoi ? Elle a quitté la route goudronnée. Elle avance à petite allure…

— Ce que je ne comprends pas, s'écria Bonpas, c'est pourquoi elle fait des zigzags. Tantôt elle file au sud, tantôt à l'est, tantôt à l'ouest. Bizarre, tout cela est très bizarre.

Le commissaire était perplexe.

— Peut-on savoir comment elle se déplace ? Voiture ? Moto ? Vélo ? À pied ?

— Difficile de savoir. Très difficile. En ce moment elle fait du cinq kilomètres heure. Elle peut très bien fuir à pied à travers champs.

— Soit elle cherche à nous semer, soit elle ne sait pas où elle va. Possible d'envoyer un 4x4 ?

Bonpas appela le responsable chargé du matériel. Une voix désolée lui répondit que le seul 4x4 disponible était en réparation.

Grange fulminait :

— Faisons intervenir le GIGN[1] !

Le technicien était abasourdi par la façon dont les choses basculaient. Il était chargé de la surveillance des individus dotés d'un bracelet électronique et celle-ci montrait ses failles. Il était surpris qu'une jeune fille aussi frêle que Mary ait pu échapper à la vigilance de la police, pourtant rompue à ce genre de mission.

1. Groupe d'intervention de la gendarmerie nationale, unité d'élite chargée de combattre la grande criminalité et le terrorisme.

Un inspecteur présent dans la salle prit la parole.

— Je ne pense pas que le GIGN acceptera de se déplacer pour une simple prévenue.

Le visage de Grange était cramoisi.

— Savez-vous vers quelle ville elle se dirige ?

— Châteaudun… Actuellement, elle serpente mais la direction générale semble bien être Châteaudun.

Le commissaire ne savait comment agir. Excédé, il sortit de la pièce, s'isola dans son bureau et passa un long coup de fil à l'un de ses collaborateurs.

Flamel connaissait par cœur le chemin jusqu'à Châteaudun, tel un petit Poucet plongé dans la nuit noire. Il arpentait cette contrée depuis des décennies. Ses aïeux l'arpentaient depuis des siècles. C'était sa terre à lui, ancestrale, familiale, c'était son sang, son âme. Il avait fouillé dans son arbre généalogique. Sa famille était roturière, mais elle avait œuvré pour la grandeur de la France. Il repensait à certaines figures de sa lignée.

Jehan Flamel était meunier à Cloyes-sur-le-Loir au XIIIe siècle. Bastien avait retrouvé sa trace. Jehan était parti en croisade quelques jours avec les enfants. Il les avait accompagnés jusqu'à Saint-Denis, avait rencontré le roi avant de rentrer chez lui. Quelques années plus tard, il était mort noyé accidentellement dans la rivière.

Michel était charpentier. François éleveur. Maurice négociant en vins. Claude métayer. Philippe vigneron. Jean-Yves maraîcher.

Il pensait à eux, à ces hommes de labeur. Ils avaient fait fructifier la terre et les fruits de la terre.

Bastien était devenu ecclésiastique à l'âge de trente ans.

Par le plus grand des hasards, il détenait maintenant le secret ultime.

Pourquoi avait-il été choisi, lui, le petit curé de campagne, pour le porter sur ses frêles épaules tel le Christ portant sa croix jusqu'au lieu de son supplice ?

Sur les chemins de terre, il n'avait pas le temps de réfléchir. Il fallait à tout prix atteindre Châteaudun et briser l'anneau enserrant la cheville de Mary.

Il rompit le silence.

— Vous connaissez ce qu'on appelle « le plan de Félibien » ?

— Éclairez-moi.

— Il s'agit de deux dessins très anciens, très complets, l'un de la cathédrale gothique avant les grandes transformations du XVIIIe siècle, l'autre de la crypte de Fulbert.

Mary savait que le chœur avait été décoré de marbre et de bas-reliefs par l'architecte Victor Louis à partir de 1763. À cette occasion, le jubé[1] médiéval avait été démoli.

— Pourquoi m'en parlez-vous ?

— Nous pensions ce plan perdu à jamais. Ce plan était conservé aux archives de Chartres mais le bâtiment a été bombardé en 1944 par des avions américains. Les archives ont brûlé, manuscrits, livres, plans, gravures, croquis, dessins. Certaines remontaient au Moyen Âge.

Mary en apprenait un peu plus chaque jour sur l'histoire de la ville.

— Eh bien, à notre grande surprise, et par le plus grand des hasards, nous venons de le retrouver, mais aussi d'autres choses très intéressantes.

La ville de Châteaudun était en vue. La voiture déboucha sur une petite route goudronnée.

— Mary, nous arrivons. Je vous raconterai la suite tout à l'heure. Mon ami Justin va retirer votre bracelet, puis je vous reparlerai de Félibien et le brouillard se dissipera.

Il regarda le ciel étoilé d'un air triste.

Puis il tourna la tête vers la jeune fille.

D'une voix lente, il prononça une phrase qui la fit frémir.

— L'humanité est aux portes de l'Enfer.

1. Tribune transversale richement décorée séparant le chœur de la nef.

Pascal Grange avait demandé à la gendarmerie de Châteaudun, sous-préfecture d'Eure-et-Loir, de tendre une souricière à la jeune fille. Sachant qu'elle avait de fortes chances de passer par là, toute la brigade était mobilisée, soit au total une vingtaine d'hommes.

Le modèle de sa voiture avait été signalé, mais le commissaire ignorait si l'Américaine la conduisait. Son véhicule n'avait pas été aperçu en stationnement à Chartres, mais la ville était grande. Il s'agissait peut-être d'une ruse : Mary l'avait caché puis en avait utilisé un autre.

À Châteaudun, plusieurs ponts traversaient le Loir.

La gendarmerie était en planque.

Bonpas communiquait en permanence avec les différentes patrouilles.

– Elle arrive ! Elle arrive ! Elle va entrer dans la ville ! Tenez-vous prêts.

Tudor, commandant de la gendarmerie dunoise, ne comprenait pas que Grange lui demande de déployer un tel dispositif pour une prévenue qui avait fugué à quelques kilomètres de son lieu d'assignation. Plus de dix mille personnes, en France, possédaient un bracelet électronique, la plupart ayant déjà été condamnée. Les fugues étaient relativement nombreuses, et le prévenu, en général, était retrouvé assez vite.

Dans ce cas précis, Tudor ne voyait pas l'urgence de la situation, mais il ne connaissait pas le dossier.

Le château moyenâgeux, en partie construit par Jean de Dunois, compagnon de Jeanne d'Arc, est l'une des plus belles forteresses de France. Il domine le Loir de sa muraille impressionnante. Le donjon rond, massif, altier, coiffé d'un toit aigu en ardoise, date du XIIe siècle.

Les deux passagers de la Polo aperçurent l'énorme masse à travers le pare-brise.

Malgré son angoisse, Mary était frappée par la beauté du monument surgissant dans la nuit noire.

— Je n'ai jamais vu pareil château fort. Est-ce celui de la Belle au bois dormant ?

Flamel parlait d'une voix exaltée.

— Vous rendez-vous compte ? Cette muraille a près de soixante mètres de hauteur. La hauteur des tours de Notre-Dame de Paris. Quant à la pointe du donjon, elle est à près de quatre-vingts mètres au-dessus du Loir. Une prouesse architecturale.

La voiture entra dans le quartier Saint-Jean, ou faubourg nord, ou basse-ville, situé rive droite, juste en face du château.

Flamel gara la voiture le long de la route, juste avant un pont de pierre.

— C'est ici, dit-il simplement. Hâtez-vous. Je viens d'envoyer un texto à Justin. Il nous attend.

Le curé frappa contre une grande porte en bois. Un homme chenu, portant une longue barbe, apparut dans l'entrebâillement.

— Entrez vite, dit Justin. Une camionnette de gendarmerie est passée il y a dix minutes, gyrophare allumé. Je ne sais pas si c'était pour vous, mais ils ne sont pas loin.

Mary était pâle. Elle n'arrivait plus à parler.

Ils traversèrent un salon puis entrèrent dans un atelier rempli d'outils.

La jeune fille releva son pantalon. Justin observa le bracelet

— Cela ne va pas être facile, murmura-t-il. Avec une pince, ce n'est pas possible. Il faut que j'utilise une minuscule scie à métaux électrique, mais je dois faire attention à ne pas vous blesser.

Il demanda à la jeune fille de se coucher sur un établi.

— Je vous attends à l'extérieur, murmura Flamel. Cela me permettra de surveiller les alentours. Si quelque chose se passe, je reviens vers vous, et on file par la porte arrière. Vous en avez pour combien de temps ?

— Dix minutes, pas plus.

— Qu'est-ce que vous ferez du bracelet ?

— Vous verrez bien, j'ai mon idée.

— Moi aussi j'ai mon idée, murmura Mary. On le jettera dans la rivière.

Flamel sortit de la pièce, l'air préoccupé. Il craignait que la gendarmerie ne le cueille devant la maison.

Mais il n'y avait personne. Rien que la nuit noire et, audelà de la rivière, la masse énorme du château du Dunois.

Mary avait peur que la scie électrique ne lui arrache la peau mais elle craignait surtout que les forces de l'ordre n'encerclent la maison, l'empêchant de fuir. Elle serait arrêtée et emprisonnée. Un meurtre, le non-respect du contrôle judiciaire, la fuite, le bracelet qu'elle arrache. Son attitude résonnerait comme un aveu de culpabilité. Les éléments à charges s'accumulaient, elle serait lourdement condamnée, elle ne saurait jamais pourquoi Saint-Germain avait été assassiné.

Elle ne faisait aucune confiance à la justice française. Combien d'innocents n'avaient-ils pas été condamnés sans preuve dans ce pays ?

– Respirez un grand coup, s'écria Justin. Je vais glisser la scie entre votre peau et l'anneau métallique. L'espace est très étroit. La police a pensé à tout. Il est quasiment impossible de se débarrasser de ce genre de chose. Mais je suis bricoleur…

– Soyez prudent.

Elle ferma les yeux.

Après avoir enfoncé la lame sous le bracelet, il mit l'appareil en marche. Doucement, la scie grignota le métal épais. Comme prévu, l'opération dura moins de dix minutes. Mary transpirait de peur. La pression de la lame sur son bras ne la blessait pas, mais elle avait mal.

Le bracelet sauta.

Il tomba sur le sol.

Elle était libre.

Sur l'écran, Bonpas constata que Mary s'était immobilisée depuis quelques minutes au pied de la forteresse de Châteaudun, à quelques mètres du Loir, non loin de l'église Saint-Jean-de-la-Chaîne. Tous les gendarmes du département avaient été informés.

Tudor appela le commissaire divisionnaire.

— Je suis dans le centre-ville. Nous allons descendre la cueillir. Pourriez-vous nous dire très exactement où elle se trouve ?

— A priori, elle est entrée dans une maison près du pont, mais nous n'en sommes pas certains. Si vous descendez de la haute ville, c'est la première ou deuxième habitation sur la droite, pas loin du lavoir. À supposer que le GPS soit exact. Je ne vous le cache pas, il y a parfois des erreurs de repérage.

— Si elle ne bouge pas, sa cavale se terminera dans quelques minutes, s'exclama Tudor d'une voix assurée.

Soulagée d'avoir été débarrassée du bracelet maudit, Mary se releva.

— Merci, cher monsieur, vous êtes adorable.

— Rejoignez Flamel et fuyez. Vite ! Je m'occupe du bracelet.

Ce dernier gisait sur le carrelage, très amoché.

— Que comptez-vous en faire ? S'il reste là, la gendarmerie va débarquer chez vous et vous serez arrêté.

— Je vais lui réserver un sort. Ne vous inquiétez pas pour moi.

Il attrapa un tournevis et un marteau, fit sauter une petite trappe située au revers du bracelet et se saisit de la puce.

— La boîte noire qui enregistre tous vos faits et gestes ! s'écria-t-il, visiblement ravi.

— Vous l'emmenez avec vous ?

— Mieux que ça ! Vous connaissez les pigeons voyageurs ?

Mary se mit à rire.

— L'ancêtre d'internet.

— J'en élève quelques-uns. Je suis colombophile. Vous avez compris ? L'un d'eux va partir avec votre puce dans quelques secondes. Allez, vite, ne perdez pas un instant, et bonne chance à vous.

Mary sortit précipitamment de la maison. Elle était étonnée que les gendarmes ne soient pas déjà là.

L'air de la nuit était frais.

La lune flottait au-dessus des toits d'ardoises du château. Elle répandait sa lumière blafarde sur les flots mouvants du Loir.

Au loin, elle entendit une sirène deux tons.

C'était la fin.

Dans quelques secondes, les gendarmes l'arrêteraient. Il fallait qu'elle monte dans sa voiture en urgence et s'enfuie dans la direction opposée.

Mais où était Flamel ?

Elle ne le voyait pas.

C'était étrange.

Un mauvais pressentiment l'envahit.

Avait-il couru se cacher en entendant la sirène ? Possible, c'était très possible. Elle l'appela. Pas de réponse.

Même s'il avait disparu, elle devait s'enfuir coûte que coûte. Elle n'avait d'autre choix.

Au premier étage, une fenêtre s'ouvrit. Elle aperçut Justin qui tenait dans sa main un pigeon voyageur. Il ouvrit les mains et l'oiseau s'envola dans le ciel gorgé d'étoiles.

Elle se dirigea vers la Polo. Juste avant d'ouvrir la porte du conducteur, elle trébucha sur quelque chose de mou. Elle baissa les yeux.

Un sentiment d'horreur et d'incrédulité l'envahit.

À ses pieds, éclairé par la lumière de la lune, le corps couché de Flamel.

Elle se pencha vers lui.

— Bastien… Bastien… Qu'avez-vous ? Qu'avez-vous ?

Il ne bougeait plus. Presque plus.

Une voix quasi inaudible sortait de sa bouche.

— Ils m'ont eu… Ils m'ont eu…

Il avait reçu une balle dans la joue gauche. Son visage était défiguré, horrible à voir. Il n'avait plus rien d'humain.

Que s'était-il passé ? Un coup de feu ? Elle n'avait rien entendu.

Le petit homme essayait de parler, mais Mary sentait qu'il n'en avait plus la force.

— Fuyez… Villefontaine… Villefontaine…

Un bruit rauque sortit de sa bouche.

Puis il ferma les yeux et rendit son dernier soupir.

Elle n'avait pas le temps de réfléchir.

Elle suait de peur.

Le gyrophare bleu de la gendarmerie venait de traverser le pont.

Elle monta dans sa voiture et démarra à toute vitesse en appuyant à fond sur le champignon.

Au début, les gendarmes voulaient la prendre en chasse mais ils aperçurent un corps sur le bas-côté de la route et s'arrêtèrent.

Bonpas ne comprenait plus rien. Après être restée une quinzaine de minutes à la périphérie de Châteaudun, Mary était repartie à vive allure, quasiment dans la direction d'où elle était venue, comme si elle avait décidé de retourner à son point de départ.

— Vous arrivez à la suivre sur votre écran ? demanda Grange, interloqué.

— Elle se dirige vers le nord. Ou plutôt le nord-ouest.

— Il faut absolument la coffrer. Je vais appeler Tudor.

— Une chose est bizarre : on dirait qu'elle ne suit aucune route. Ça recommence comme tout à l'heure.

— Elle roule sur les chemins ?

— Peut-être. Sauf que cette fois, elle avance plus vite. Quatre-vingts kilomètres heure au moins. Alors qu'à l'aller, elle roulait au pas.

— On peut rouler à cette vitesse sur un chemin de terre ?

— Je ne sais pas. Ça semble difficile. Elle a peut-être trouvé un 4x4. Elle est paniquée. Elle a entendu la gendarmerie. Elle fonce pied au plancher sur les chemins d'exploitation agricole, quitte à se planter.

Un long silence, puis Bonpas reprit.

— Elle file vers Nogent-le-Rotrou, à deux ou trois kilomètres de la route. Jamais vu un truc pareil.

— Vous êtes certain que votre appareil ne déconne pas ? s'écria Grange, très irrité par la tournure que prenaient les événements. Je ne comprends pas. Pourquoi ne suit-elle pas la route si elle va à Nogent ?

Un appel interrompit la conversation. C'était Tudor.

— Allô, allô, urgent. Il s'est passé un truc terrible.

— Je vous écoute, répondit Grange d'une voix narquoise. Vous avez laissé échapper Mary Kennedy, c'est ça ?

— Pire que ça ! On vient de découvrir un cadavre le long de la route. Un homme. Il a le visage totalement explosé. On dirait qu'il a reçu un coup de feu à bout portant.

— Vous êtes certain que c'est un homme ? Ce n'est pas Mary ?

— Absolument. Il n'a pas un cheveu en haut du crâne. Impossible que ce soit une femme. Ou alors elle s'est tondue. J'appelle immédiatement la police criminelle. On ne touche à rien pour l'instant.

C'était la consigne en pareil cas. Si le type était mort, il fallait geler la scène du crime et établir un périmètre inviolable, de façon à ne laisser échapper aucun indice. Tout piétinement ou trace de tiers risquerait de compliquer l'enquête. La gendarmerie n'avait même pas la possibilité d'ouvrir une poche pour découvrir d'éventuels papiers d'identité.

La voix de Grange devenait de plus en plus sourde.

— Je finis par penser que Mary est une meurtrière en série.

— Vous considérez que c'est elle qui vient de commettre ce nouveau crime ? demanda Tudor qui trouvait les conclusions du commissaire un peu hâtives.

— Je ne peux m'empêcher de me poser la question. Un crime a lieu à Chartres. Elle est sur les lieux du crime. Un crime a lieu à Châteaudun. Elle est de nouveau sur les lieux du crime. Ça fait beaucoup ! Je ne sais pas ce que le juge d'instruction décidera, mais personnellement, je lui ferais porter le chapeau sans hésitation. On la ménage parce qu'elle est jolie, blonde et américaine.

Bonpas avait l'œil rivé sur l'écran.

— Elle vient de passer à l'ouest de Brou. Juste au-dessus d'un grand étang. Je ne comprends pas. Elle vole ou quoi ? À moins que le GPS ne disjoncte complètement.

Grange regarda son téléphone. Il venait de recevoir un texto.

– Les gendarmes de Brou sont postés dans le village. Ils arrêtent toutes les voitures sans exception et les fouillent. Jusque-là, ils n'ont rien découvert d'anormal. Aucune trace de Mary.

Un silence de mort envahit la pièce. Personne ne comprenait rien. L'Américaine ne roulait pas sur la route entre Châteaudun et Nogent-le-Rotrou, et pourtant elle filait à vive allure entre les deux villes.

Au bout de plusieurs minutes, le commissaire grommela.

– Je vais finir par penser qu'elle a volé un hélicoptère.

– Un hélicoptère ? La gendarmerie de Châteaudun l'aurait vu. Ce genre d'objet volant, même en pleine nuit, ne passe pas inaperçu.

Par acquit de conscience, Grange rappela Tudor.

– Vous n'avez pas vu décoller un hélico quand vous êtes arrivés sur la scène du crime ?

– Absolument pas, répondit-il. On ne l'aurait peut-être pas vu dans l'obscurité, mais on l'aurait entendu ! Ça fait un sacré vacarme ! Pourquoi cette question ?

– On a l'impression que la suspecte vole au-dessus des champs. Elle file vers Nogent-le-Rotrou mais les barrages des gendarmes n'arrivent pas à mettre la main dessus.

Un cri résonna dans la pièce.

– Incroyable, s'écria Bonpas. Elle vient de tourner à angle droit. Elle fonce vers la Sarthe. Et maintenant, elle fait des zigzags.

– Vous avez un bug sur votre logiciel ou quoi ? Elle ne s'est quand même pas transformée en OVNI.

Quelques minutes plus tard, un avis de recherche fut adressé par mail aux gendarmeries et commissariats des départements d'Eure-et-Loir, de la Sarthe et du Loir-et-Cher, accompagnée d'une photo de Mary :

DRPJ BRIGADE CRIMINELLE
APPEL À TÉMOINS

Nous invitons toute personne détenant des informations pouvant permettre la localisation de l'individu photographié ci-après, Mary Kennedy, née le 27/01/1995, de nationalité américaine, 1 m 60, blonde, yeux bleus, cheveux longs, à contacter l'État-Major de la Police Judiciaire de Paris

au numéro vert :
0805 02 17 17 (7j/7 24h/24)
ou à partir du site :
www.securite.interieur.gouv.fr

Cette personne, susceptible d'être armée et dangereuse, fait l'objet de mandats de recherche du Parquet de Chartres dans le cadre de l'enquête diligentée suite à deux meurtres, le premier commis le 7 mai dernier dans la crypte de la cathédrale de Chartres (28), le second commis le 8 mai au 7 rue du Pont à Châteaudun (28). La suspecte serait au volant d'une Ford Polo noire cinq portes.

Mary roulait à l'aveuglette sur des routes minuscules afin d'éviter les barrages. Elle ne savait pas où aller. Elle se trouvait dans un état de panique avancée. Elle agissait comme une automate.

Le corps supplicié de Flamel.

Elle n'avait pas entendu de coup de feu.

Quelqu'un lui avait tiré une balle en pleine tête avec une arme munie d'un silencieux.

Le même scénario se répétait.

La même horreur.

Était-ce le même homme qui avait tiré ?

Elle n'avait pas la moindre idée de ce qui allait se passer. Elle était à bord d'un rafiot ballotté par d'énormes vagues sombres, sans boussole et sans rames, avec l'envie de vomir en permanence.

Elle était partagée entre le désespoir et la colère.

Une question la taraudait.

Comment le meurtrier savait-il que Flamel se trouvait à Châteaudun ? Avait-il été prévenu par Justin ?

Elle se perdait en conjectures.

Elle avait roulé sur des chemins de terre, elle était certaine que personne ne les avait suivis. Elle avait vérifié plusieurs fois. Elle n'avait vu aucun véhicule, aucun phare, et ils avaient changé plusieurs fois de direction.

Et maintenant, où était passé le meurtrier ? Était-il sur sa trace ?

Elle regarda dans le rétroviseur.

Elle aperçut un phare de moto.

Un phare assez loin d'elle, mais qui semblait la suivre.

Elle en était persuadée : le meurtrier la traquait.

Que voulait-il ? La tuer ? L'effrayer ? Savoir où elle allait ?

Le scénario de la crypte allait-il se répéter ? Un meurtre, suivi d'une mise en garde destinée à l'épouvanter ?

Elle essayait de se rassurer comme elle pouvait, sans conviction.

Si l'homme avait voulu me tuer, il m'aurait attendue à la sortie de la maison.

Elle eut une idée qu'elle trouva astucieuse.

Elle éteignit ses phares, puis donna un grand coup d'accélérateur. Cette manière d'avancer était très risquée, elle voyait mal la route, elle pouvait se retrouver dans le fossé, mais elle se dit qu'elle n'avait pas d'autre choix.

Elle traversa un village éclairé par de pâles réverbères.

Elle ne réfléchissait plus du tout.

Elle roulait à tombeau ouvert.

Pour sauver sa peau, elle agissait de manière instinctive.

Elle avait une peur bleue de mourir.

À un moment, le compteur dépassa les cent vingt kilomètres heure.

Le croissant de lune éclairait faiblement la route qui serpentait entre les bois et les champs.

À plusieurs reprises, les pneus mordirent les bas-côtés. Mary faillit perdre le contrôle de son véhicule.

Elle tourna à gauche, puis à droite.

Elle pénétra dans un bois sombre. À l'intersection suivante, elle tourna de nouveau à gauche.

La route était rectiligne. Elle appuya sur l'accélérateur.

Foncer, foncer le plus rapidement possible, c'était la seule chance de salut.

Elle jeta un œil dans le rétroviseur. Elle ne voyait plus le phare de la moto. L'avait-elle semée ? Elle n'en savait rien.

Elle continuait à rouler à tombeau ouvert. Elle changeait de direction sans cesse.

Elle arriva dans un village appelé Fontaine-Raoult. Elle ne savait pas où elle se trouvait.

Elle poursuivit sa route, elle ne voyait rien d'anormal dans le rétroviseur.

Si elle avait connu les chemins de terre, elle les aurait empruntés comme tout à l'heure, mais elle ne les connaissait pas.

Elle était persuadée qu'elle avait semé son poursuivant, à supposer d'ailleurs qu'il l'ait vraiment suivie. Ce phare dans la nuit n'était peut-être qu'une coïncidence, elle avait pris peur sans raison.

Elle avait les nerfs à vif. Électriques.

Le moindre phare de voiture à l'horizon la faisait sursauter. Elle roula un peu moins vite, mais toujours phares éteints. Elle essayait de comprendre, de synthétiser, d'imaginer ce qu'elle devait faire. Il y a une heure, Flamel était à ses côtés, chaleureux, amical, érudit.

Il était mort.

Elle trouvait cela incroyable. Elle n'arrivait pas à se rendre compte qu'il n'existait plus.

Elle revoyait l'horrible scène.

Elle se sentait seule.

Seule dans la nuit.

Rejetée par le monde entier.

Comment en était-elle arrivée là ?

Elle regarda de nouveau le croissant de lune. Elle repensait au spectacle que Flamel lui avait montré à Blandainville. La lune, la croix, une étoile dans le ciel. Qu'est-ce que ça signifiait ? Quel rapport avec le crime de la crypte ? Elle ne comprenait pas. Juste avant de mourir, il avait murmuré « Villefontaine » deux fois. Que voulait-il dire ?

Elle secouait dans tous les sens les événements de ces dernières heures, depuis le moment où elle était entrée dans la crypte. Elle avait l'impression d'avoir traversé un siècle.

Que faire ? Où aller ?

Elle jeta de nouveau un œil en arrière. Elle craignait de revoir un phare de moto, mais elle ne voyait rien. Elle ne voyait que la lumière de la lune étalée sur les champs.

Elle traversa La Chapelle-Vicomtesse, un microscopique village. Pas un chat dans les rues. En cette heure avancée de la nuit, tout le monde dormait à poings fermés. Puis elle fonça sur une route qui menait à un bois. Il fallait qu'elle s'arrête, qu'elle regarde un plan, une carte. Elle ne pouvait errer éternellement dans la campagne.

Elle se gara sur un accotement boueux. De peur d'être repérée, elle n'alluma pas le GPS de la voiture. Une carte routière au 200 000e se trouvait dans la boîte à gants. Elle la déplia et chercha La Chapelle-Vicomtesse.

Elle était au nord de Vendôme, sous-préfecture du Loir-et-Cher. La gendarmerie de ce département la cherchait-elle ? Elle le supposait.

Même débarrassée de son bracelet électronique, elle pouvait être repérée grâce à son téléphone portable. Éteint, celui-ci émet des ondes. La seule façon de le rendre invisible est de retirer la batterie. Elle l'ouvrit et procéda à l'opération.

Désormais, on ne pouvait plus la géo-localiser. Elle en éprouva un immense soulagement. Elle voulait foncer vers le sud, gagner l'Espagne, Madrid, rejoindre son ambassade où elle crierait son innocence. L'instant d'après, elle se dit qu'une telle attitude aggraverait la suspicion des autorités américaines à son égard, au vu des faits qui lui étaient reprochés. Elles n'hésiteraient pas à la renvoyer en France.

Mary, la jeune fille aux deux meurtres.

À cet instant précis, elle entendit le bruit sourd d'une moto qui s'approchait.

Elle sursauta, glacée d'effroi.

Elle n'avait pas le temps de redémarrer. Elle verrouilla les portières.

La moto n'avait pas allumé son phare, ce qui la rendait encore plus effrayante, mais Mary l'apercevait dans la lueur de la lune.

La moto s'arrêta à sa gauche.

Son conducteur se colla à la portière conducteur, si bien qu'elle ne pouvait même plus sortir de ce côté.

Elle était paralysée par la peur.

L'homme envoya un coup de poing dans le carreau.

— Ouvrez la vitre ! Ouvrez la vitre ! hurla-t-il.

Cette voix. Cette voix.

Elle la reconnaissait.

Aucun doute, c'était le meurtrier de la crypte.

Cette fois, pas de cagoule, mais un casque.

Il n'était pas question de lui ouvrir ou de discuter.

Elle voulait redémarrer en trombe, puis zigzaguer pour l'empêcher de doubler.

Elle se réfugierait dans le prochain village et appellerait à l'aide. Elle hurlerait sa douleur, sa peur, sa colère.

L'homme donnait des coups furieux dans la vitre.

Il sortit une lampe de poche qui éclaira le visage de la conductrice.

— Dégagez ! hurla-t-elle. Dégagez ! Je n'ai rien à faire avec vous.

Envahie de terreur, elle avait du mal à respirer.

Les choses empiraient.

L'homme avait sorti une arme.

Cette fois, c'était un pistolet. Pas de barillet. Une arme très plate, facile à mettre dans une poche, et qui luisait sous la lune. Il le pointa dans la direction de la jeune fille. L'extrémité du canon touchait la vitre. Le doigt du motard était sur la gâchette.

— Je suis un excellent tireur, hurla-t-il. Je ne rate jamais ma cible.

Il se mit à rire.

Des gouttes de sueur dégoulinaient dans le dos de Mary. La fin était venue. Elle allait quitter ce monde, mais aussi cette histoire absurde et indéchiffrable. Elle, la jeune archéologue américaine, arrivant le cœur léger sur le chantier d'un monument mythique, allait se transformer en cadavre froid sur le bord d'une route de la campagne française.

La seule chose qui la consolait : sa mort prouverait son innocence.

— Ouvrez la vitre ! Ouvrez la vitre ! Sinon je tire. Vous avez dix secondes. Neuf, huit, sept…

Pourquoi voulait-il qu'elle *ouvre la vitre* ? S'il voulait la tuer, il suffisait qu'il appuie sur la gâchette, le verre ne résisterait pas.

Était-ce pour lui parler ?

Mais ils arrivaient très bien à se parler les vitres fermées.

Elle comprit.

Il voulait mettre en scène un suicide. Il allait lui tirer une balle dans la tête, puis placer l'arme dans sa main.

Il avait des gants de cuir.

La police conclurait qu'elle avait mis fin à ses jours après avoir commis deux crimes. Les vrais assassins ne seraient jamais recherchés, jamais retrouvés.

Le mystère de Chartres ne serait jamais résolu.

Elle refusait de marcher dans le scénario qu'on avait tissé autour d'elle.

— Mademoiselle, je tire dans une seconde.

Il ne tira pas.

Si la vitre éclatait, la police se rendrait compte que le coup était parti de l'extérieur et que ce n'était pas un suicide. Dans ce cas, elle risquait d'être innocentée des autres crimes et une enquête d'envergure serait lancée pour retrouver le véritable meurtrier de trois assassinats.

Elle n'ouvrirait pas la fenêtre.

L'homme tira un coup de feu en l'air.

Elle faillit s'évanouir.

Elle ferma les yeux. Elle s'attendait à recevoir la prochaine balle en pleine tête.

Il allait tirer à travers la vitre, elle en était certaine.

Que se passe-t-il au moment où l'âme quitte le corps ?

À ce moment précis, elle entendit un bruit de moteur dans le lointain. Elle ouvrit les yeux et regarda dans le rétroviseur. Elle aperçut les deux phares d'une voiture qui se dirigeait vers elle. Elle ne savait pas s'il s'agissait de la gendarmerie, ou d'un simple passant dans la nuit.

L'homme à la moto tourna la tête dans la direction de la lumière qui s'approchait à vive allure.

Il rangea son pistolet dans sa veste en cuir, monta sur son engin et démarra sans attendre.

Mary fut traversée par une onde de bonheur. Elle échappait à la mort *in extremis* et de manière inattendue. Un automobiliste surgissant dans la nuit avait suffi à empêcher une exécution en rase campagne.

Vu ce qu'elle venait de vivre, elle préférait se rendre, être jugée, crier son innocence que d'être traquée par un criminel au comportement abject.

Ce n'était pas une voiture de gendarmerie.

Mary s'extirpa de sa Polo et se plaça sur la route, debout, en écartant les bras.

La voiture s'arrêta. De toute façon, elle n'avait pas le choix, la route était si étroite qu'elle ne pouvait contourner la jeune fille. Un vieil homme au visage dévoré par les rides ouvrit la vitre.

– Qu'est-ce qui se passe ? demanda-t-il d'une voix inquiète. Vous avez eu un accident ?

Mary ne savait que répondre. Elle n'avait rien échafaudé. Sa réaction était un réflexe de survie. Cet homme était une bouée de sauvetage dans un océan démonté. Mais que dire ? Parler de la tentative de meurtre ?

Elle improvisa.

— Pouvez-vous m'aider ? Ma voiture a des ratés. Elle cale sans arrêt. J'ai peur de tomber en panne en pleine nuit. Et puis je ne veux pas appeler une dépanneuse. À cette heure-là, ça va me coûter une fortune.

— Vous montez avec moi ?

Mary ne voulait pas laisser sa voiture en pleine cambrousse. Que faire ensuite ?

— Pourriez-vous m'escorter jusqu'à Vendôme ? Si je n'arrive plus à rouler, je viendrai dans votre voiture. J'ai peur d'être agressée en pleine nuit ! Je suis américaine ! Sauvez-moi !

Elle regardait la route. Elle regardait la nuit. Elle regardait la lune et les étoiles. Elle pensait que le tueur allait revenir.

— Peur ? répondit l'homme d'une voix surprise. Vous ne risquez pas grand-chose. Ici, il ne se passe jamais rien de grave. Reprenez le volant. Je vais vous suivre.

Mary priait pour que le jour revienne.

— Merci, dit-elle. Je tente de repartir. Si quelque chose de grave se produit, appelez la gendarmerie.

— La gendarmerie ? Mais pourquoi la gendarmerie ?

Elle n'arrivait pas à répondre.

— Ça n'a pas l'air d'aller, mademoiselle. Vous voulez que je prévienne le médecin de garde ?

— Ce n'est pas la peine. Je suis un peu fatiguée, c'est tout.

Elle observa l'horizon dans la direction où s'était enfuie la moto. L'obscurité, il n'y avait que l'obscurité.

Elle se remit au volant de sa voiture. Elle avait décidé de rouler jusqu'à Vendôme où elle se rendrait à la police. Elle n'avait pas la force de continuer. Elle appellerait Pierre Liochon qui la sortirait de cette affaire abracadabrante.

Doucement, elle redémarra, suivie par l'homme qui l'avait sauvée sans le savoir. Elle roula très lentement, de façon à ce que l'autre voiture puisse la coller de près.

Au carrefour suivant, un panneau indiquait Vendôme sur la gauche. Elle prit la direction de la sous-préfecture du Loir-et-Cher.

Mary arriva à petite allure à Vendôme. Il faisait encore nuit. La lune illuminait le ciel, les coteaux, le château fort juché sur son éperon, la flèche romane de l'église de la Trinité.

Elle s'arrêta sur un parking au centre de la ville, imitée par son sauveur.

Il était cinq heures. Le jour était encore loin. Que faire ? Se constituer prisonnière ? Maintenant, rassurée par la présence des maisons, elle hésitait.

Le vieillard sortit de sa voiture et se dirigea vers elle.

– Tout va bien, mademoiselle ?

– Merci à vous. Je me sens mieux.

Elle fondit en larmes.

– Vous avez l'air faible. J'appelle les pompiers ?

– Ce ne sera pas nécessaire. Je vais dormir dans ma voiture. Je suis épuisée. J'ai besoin de sommeil. Tout à l'heure, je passerai chez un garagiste.

– Comme vous voulez. Je vous laisse.

Il s'apprêtait à remonter dans sa voiture.

– Attendez ! cria-t-elle. Pouvez-vous me rendre un service ? J'ai besoin de passer un appel urgent.

– Vous n'avez pas de téléphone ?

– Je l'ai cassé.

Le vieil homme sortit de sa poche un appareil et lui tendit.

Elle connaissait par cœur le numéro de Frédéric Conte. Elle avait une excellente mémoire.

Vu l'heure, elle risquait de tomber sur le répondeur, mais qu'importe. Elle laisserait un message. Que dire ? Crier son innocence ? Demander à Conte d'intervenir auprès de Grange ? Après tout, ils se connaissaient. La rumeur courait dans Chartres qu'ils avaient effectué un voyage culturel en Chine en mars dernier.

Lui donner rendez-vous ? Si la police écoutait le message, elle lui tomberait dessus.

Elle décida de prendre ce risque.

Elle composa le numéro.

À sa grande surprise, elle tomba directement sur son ami. Elle ne révéla pas son identité.

— Vous me reconnaissez ? demanda-elle en changeant de voix.

Après un moment d'hésitation, il répondit.

— Je crois. Vous avez changé de numéro ?

— Je veux vous voir. Vite !

— Chez vous ? Immédiatement ?

— À midi, à l'entrée de l'église de la Trinité à Vendôme. Dites-moi oui, je n'ai pas le temps de discuter.

— Que se passe-t-il ?

Elle parlait à toute vitesse.

— Vous venez ?

— Oui, bien sûr, mais pourquoi Vendôme ? Vous êtes bien mystérieuse.

— Je vous attends à midi précise.

Sans attendre de réponse, elle raccrocha, puis rendit l'appareil à son sauveur.

— Merci à vous. Maintenant, je vais me reposer. À cause de cette panne, la nuit a été courte. Je n'oublierai jamais ce que vous avez fait pour moi.

L'homme parut étonné.

— Êtes-vous sûre que vous n'avez besoin de rien ? Votre visage est livide.

— Tout va très bien, mais je manque cruellement de sommeil. Je vous remercie de votre aide.

Dubitatif, l'homme remonta dans sa voiture et démarra. Le véhicule disparut dans la nuit.

De nouveau, Mary se sentait seule, fragile, vulnérable. Elle regarda autour d'elle. De vieilles maisons l'entouraient. Elle se demandait si l'homme à la moto n'allait pas surgir d'un instant à l'autre.

À midi, après un sommeil réparateur, elle parlerait à Conte. Elle lui raconterait l'effroyable scénario. Elle le supplierait de poursuivre en secret l'enquête avec elle. Elle était tourmentée, hésitante. Elle changeait sans arrêt d'avis. Se rendre ou ne pas se rendre ? Telle était la question. Au moins, en prison, elle ne risquerait pas d'être assassinée. La prison lui servirait de refuge contre la mort. Elle tentait de se persuader que les charges qui pesaient sur elle n'étaient pas très lourdes et qu'elle prouverait aisément son innocence. Justin ne pouvait-il pas plaider en sa faveur ? Elle avait un alibi. Flamel avait été tué alors qu'elle se trouvait à l'intérieur de la maison avec le forgeron.

Sur la gauche, entre deux maisons, elle repéra une sorte de recoin.

Elle roula quelques mètres et gara son véhicule à l'abri des regards. Elle allait dormir en attendant le rendez-vous.

Elle ferma un instant les paupières, épuisée. Elle se rassura en se disant que si l'homme à moto l'avait suivie de loin, il serait déjà là, devant elle, revolver à la main.

C'est alors qu'elle entendit le bruit d'une moto.

Elle sursauta. Elle rouvrit les yeux. Elle basculait de nouveau dans le cauchemar.

Un phare déchirant la nuit passa devant elle sans s'arrêter.

Une heure après la découverte du cadavre de Bastien Flamel, Grange convoqua la presse à l'hôtel de police, en pleine nuit, sans en avertir le juge d'instruction. Il raconta aux journalistes ce qui venait de se produire, la fuite de Mary en violation de son contrôle judiciaire, le meurtre de Châteaudun, la disparition de la jeune fille.

— Qu'en déduisez-vous, monsieur le commissaire ? demanda Yves Bastide, journaliste à *L'Écho républicain*.

— Je n'en ai pas la preuve, mais tout accrédite l'idée que Mary est l'auteur des deux meurtres. Elle reste présumée innocente, bien sûr, mais les indices sont accablants. Il est probable qu'elle soit mise en examen pour homicide par le juge d'instruction.

Un brouhaha envahit la salle.

— Quels indices ? Pourriez-vous préciser ? continua Bastide.

Grange parlait d'un ton péremptoire. Il révéla des détails qui, jusque-là, étaient restés secrets.

— Dans la crypte, elle était seule à côté du cadavre de Saint-Germain. On a retrouvé l'arme du crime, un Manurhin MR-73, sur la margelle du puits des Saints-Forts. Mary Kennedy n'était pas blessée. Elle aurait pu fuir et prévenir la police mais elle ne l'a pas fait. Son ADN a été découvert sur le revolver.

— Pourquoi ne pas l'avoir incarcérée sur-le-champ ?

— Le magistrat en a décidé autrement. Il a considéré que les preuves n'étaient pas suffisantes, aucune trace de poudre n'ayant été retrouvée sur ses mains. Puis la prévenue a quitté Chartres sans avertir personne. Elle a violé le jour même son contrôle judiciaire. Elle a emprunté des chemins pour échapper aux barrages de gendarmerie. Sur sa route, à Châteaudun, on a découvert un cadavre tué d'une balle en pleine tête.

Une clameur parcourut la salle.

— Le deuxième cadavre a été identifié ? demanda un homme rond comme une barrique.

— Pour l'instant, nous l'ignorons. La scène a été gelée. La police scientifique procède à l'identification. Après ce meurtre, elle s'enfuit de nouveau et disparaît dans la nature. Elle est diabolique. Je dis bien : diabolique !

Ce type de vocabulaire était inhabituel dans la bouche d'un commissaire divisionnaire.

Un journaliste au visage bouffi prit à son tour la parole.

— Vous avez une idée de l'endroit où elle se trouve ?

Grange le regarda droit dans les yeux.

— Nous n'en savons rien. Le mystère est total. On la traque grâce au bracelet électronique accroché à sa jambe. Son itinéraire est incompréhensible. Elle ne suit pas les routes, ni même les chemins de terre. Actuellement, elle serait – j'utilise le conditionnel – non loin de Nogent-le-Rotrou. On dirait qu'elle vole au-dessus des champs.

Une jeune femme aux cheveux roux prit la parole.

— Vous pensez à un hélicoptère ?

— Nous avons envisagé cette hypothèse, mais aucun hélicoptère n'a été signalé dans le coin. Un hélicoptère, ça se remarque !

— Un drone ?

— Un être humain ne peut pas prendre place à bord d'un drone. Ou alors, elle s'est débarrassée de son bracelet électronique et l'a placé sur l'engin. Cela expliquerait son parcours quasi rectiligne au-dessus des champs. Dans ce cas, nous aurions perdu sa trace.

— Un pigeon voyageur ?

Grange éclata de rire.

— Vous avez des consignes à nous donner concernant cette affaire ? poursuivit Bastide.

Il était inhabituel qu'un journaliste demande conseil à la police, mais l'affaire était si incroyable qu'il avait besoin d'éclaircissements.

— Publiez la photo de la criminelle en première page avec l'appel à témoin qu'on vient d'envoyer dans les commissariats et gendarmeries de la région. Nous n'avons pas envie de connaître un troisième meurtre !

— Pour vous, quel est le mobile ?

— L'enquête le dira. À l'heure actuelle, nous l'ignorons. Nous n'avons pas la moindre idée. Nous avons échafaudé des hypothèses, mais aucune n'est satisfaisante.

La femme aux cheveux roux reprit la parole.

— Je sais que la question n'est pas politiquement correcte, mais quelle est la religion de la suspecte ?

— Pourquoi cette question ?

— Parce que le premier meurtre a eu lieu dans une église et que la deuxième victime est un ecclésiastique.

— A priori, elle est chrétienne, mais nous sommes en train de faire des vérifications.

— L'hypothèse d'avoir affaire à un serial-killer a-t-elle été envisagée ? demanda l'homme au visage bouffi.

— Peut-être, répondit laconiquement le commissaire.

Les journalistes regardèrent attentivement la photo que Grange venait de leur tendre. Elle représentait une jeune fille au visage angélique.

— J'ai du mal à croire qu'une femme aussi belle puisse être une criminelle en série, s'exclama Bastide.

— Ne vous fiez pas aux apparences. Dans l'histoire judiciaire occidentale, des milliers de meurtriers ont trompé leur entourage par leur physique. Vous avez entendu parler du tueur de Milwaukee ? Son histoire a défrayé la chronique. Ce jeune homme de bonne famille a tué dix-sept adolescents noirs qu'il a mangés. Avant d'être confondu, ce cannibale avait été plusieurs fois interrogé par la police, mais sa bouille de premier communiant l'a protégé de toute enquête sérieuse. Il avait pourtant des cadavres dans son congélateur !

– Pour vous, elle est coupable ? insista le journaliste de *L'Écho républicain.*

– Je n'ai pas à vous donner mon sentiment personnel. Contentez-vous de relater les faits. Faites en sorte de nous aider à retrouver cette femme, nous vous en serions reconnaissants. Je vous remercie.

Mary dormit plusieurs heures. Elle rêva de choses horribles. Elle entendit des coups de feu, des cris. Elle nagea dans des rivières de sang où flottaient des cadavres.

Les rayons du soleil la tirèrent de sa torpeur. Elle sursauta. Une angoisse emplissait son cœur. Comment affronter les heures qui allaient venir ?

Elle regarda sa montre. Il était près de onze heures. Elle était surprise. La lumière ne l'avait pas réveillée. Elle avait été protégée de l'astre du jour par la vieille maison contre laquelle elle s'était garée.

Je n'ai été repérée par personne, ni par la police, ni par le meurtrier, se dit-elle, rassurée.

Elle remit sa paire de lunettes de soleil et son grand chapeau, puis elle s'extirpa de sa voiture.

En face, un café était ouvert, le Bar des Sports. Elle traversa la rue pour prendre un petit déjeuner, elle avait tellement faim qu'elle était au bord de l'évanouissement. Par chance, le bar était presque vide. Le tenancier l'observa. Un homme trapu, aux yeux bleus, buvait une bière au comptoir. Il avait un grain de beauté sous l'œil gauche.

Pendant quelques secondes, la peur l'envahit.

Un grain de beauté sous l'œil gauche.

Rebrousser chemin ?

Ce serait pire que tout, se dit-elle. *Il me suivrait. Dans ce bar, je ne risque rien.*

Elle commanda un café allongé et un croissant. Pendant quelques instants, elle se sentit en sécurité.

Sur le comptoir se trouvait le quotidien local, *La Nouvelle République*. Elle jeta un regard dessus.

Elle frissonna.

Sur la première page, barrant la une, un long article était consacré aux événements de ces dernières heures.

Meurtres ignobles à Chartres et à Châteaudun
L'assassin est en fuite

Hier soir, au pied du château, un meurtre atroce a été perpétré. L'assassin présumé, une jeune Américaine, est activement recherchée.

Il était vingt-deux heures quand la gendarmerie de Châteaudun a fait une macabre découverte. Non loin du Loir, dans le quartier Saint-Jean-de-la-Chaîne, un cadavre gisait sur un trottoir. La victime a été identifiée grâce à ses papiers. Un test ADN est en cours. Il s'agirait du père Bastien Flamel, curé de Meslay-le-Grenet. Il a reçu une balle en pleine tête, peut-être à bout portant. La gendarmerie ignore tout des mobiles du meurtre et de l'identité de l'assassin mais une troublante coïncidence a mis les enquêteurs sur une piste sérieuse. Mary Kennedy, auteur présumée du meurtre de la cathédrale de Chartres la veille (voir édition spéciale d'hier soir) se trouvait probablement sur les lieux du crime. Elle venait d'enfreindre son contrôle judiciaire qui lui imposait de rester à Chartres. Elle aurait fui à bord d'un véhicule vers le sud du département. Son bracelet électronique a permis aux forces de l'ordre de la suivre à la trace, sans pour autant réussir à l'arrêter. C'est au moment où la gendarmerie de Châteaudun tentait de l'appréhender dans la basse-ville que le meurtre a été commis à l'endroit même où elle se trouvait. Troublante coïncidence. Depuis, la jeune femme a disparu.

Née à New York en 1995, Mary Kennedy a entrepris des études d'archéologie à l'université de Columbia. Cette jeune historienne participe au chantier de fouilles sur le parvis de la cathédrale de Chartres.

Dans un encadré titré « Appel à témoin », on lisait :

La police criminelle invite toute personne détenant des informations pouvant permettre la localisation de l'individu dénommé Mary Kennedy, né le 27/01/1995, de nationalité américaine, 1 m 60, blonde, yeux bleus, cheveux longs, à contacter l'État-Major de la Police Judiciaire de Paris au numéro vert 0805 02 17 17 (7j/7 24h/24) ou à partir du site www.securite.interieur.gouv.fr

Mary relut plusieurs fois l'article en tremblant des mains. La photo de son visage était publiée en grand format, accompagnée de cette légende : « Mary Kennedy, ange ou démon ? » En dessous se trouvait celle de Bastien Flamel sous laquelle on lisait : « Le brave curé de Meslay-le-Grenet était très apprécié de ses paroissiens. »

Elle se demandait si le commissaire Grange l'avait lui-même chargé de tous les maux. Elle était écœurée qu'on la désigne ainsi, sans preuve, à la vindicte populaire. Sa photo en première page, doublée de l'appel à témoin, était une humiliation. Elle imaginait que toute la presse française faisait ses choux gras sur cette affaire. Ce n'était pas tous les jours qu'une belle jeune fille était accusée d'un double meurtre. Des meurtres horribles dans deux lieux chargés d'histoire et de symbole. Tous les ingrédients étaient réunis pour exciter la curiosité malsaine du public.

Près du comptoir, l'homme trapu la regardait d'un air étrange. L'avait-il reconnue malgré ses lunettes de soleil et son grand chapeau ?

Elle n'arrivait pas à boire son café.

Après un article pareil, il lui était impossible de se constituer prisonnière. Elle serait désignée coupable avant toute enquête sérieuse. En France, les procès ont toujours lieu sur les lieux du crime. Le jury de la cour d'assise est constitué d'habitants de la région. Le meurtre de la crypte serait perçu comme un sacrilège. Elle imaginait le procès, électrique, les injures, la haine.

L'article ne mentionnait pas si d'autres pistes avaient été explorées. L'attention se focalisait sur elle.

Les doigts tremblants, elle tenta d'avaler le café. Du liquide coula sur son menton. Elle l'essuya du revers de la main. Elle mâchouilla le croissant sans réussir à l'avaler. Elle vivait déjà comme une fugitive, elle s'en rendit soudain compte. Elle ne s'arrêtait que pour se nourrir, au hasard.

Elle déposa un billet sur le comptoir puis elle sortit du bar sans attendre sa monnaie. Elle avait l'impression qu'on ne l'avait pas reconnue, mais elle n'en était pas certaine. Une fois de plus, elle vérifia que personne ne la filait. Quelqu'un allait-il appeler la police pour signaler sa présence à Vendôme ?

Je ne vais pas moisir ici.

Elle demanderait à Conte de l'emmener dans sa voiture très loin. Ils mettraient au point une stratégie pour comprendre le mystère de ces meurtres.

Suite à une discussion avec le juge d'instruction, Pascal Grange réunit l'ensemble de son équipe, soit une trentaine d'hommes, dont plusieurs inspecteurs de la police criminelle. Sa voix était celle des mauvais jours.

— Les forces de l'ordre sont en train de se ridiculiser. Premièrement, nous avons laissé échapper une jeune fille soupçonnée de meurtre. Deuxièmement, il est vraisemblable qu'elle ait commis un deuxième meurtre. Troisièmement, malgré son bracelet électronique, nous ne savons pas où elle se trouve. Quatrièmement, elle est susceptible de commettre un troisième meurtre. Cinquièmement, nous ignorons le mobile de ce carnage. Tout cela est très embarrassant pour nous.

— Mary Kennedy a-t-elle des antécédents judiciaires ? demanda un policier qui, jusque-là, n'avait pas participé à l'enquête.

— Nous venons de poser la question aux autorités américaines. Il semble que non. En France, elle n'avait commis aucun acte délictueux. Elle est venue plusieurs fois dans notre pays mais rien n'indique qu'elle ait mouillé dans une quelconque affaire.

— Avez-vous une idée des raisons qui l'ont poussé à commettre ces meurtres ? poursuivit le même homme.

— Pour celui de Saint-Germain, nous supposons que celui-ci lui a fait des avances et qu'elle s'est défendue en tirant un coup de feu, affolée de se retrouver seule en pleine nuit dans la crypte face à un homme entreprenant. Si ce mobile est plausible, il ne peut expliquer le deuxième. Il est peu probable que deux individus, à deux jours d'intervalle, aient fait des avances à la même personne et que celle-ci, pour se défendre, les ait tués. Nous supposons que Flamel, ami de Saint-Germain, aurait cherché à se venger de la mort de ce dernier, et que la prévenue, armée, aurait riposté. Mais cela n'est qu'une hypothèse.

– Rien n'a été volé ?

– On l'ignore, mais Flamel avait son portefeuille sur lui.

Un silence embarrassé emplit la salle. La police détestait ne pas comprendre les raisons d'un crime, *a fortiori* un double crime. Comme toutes les administrations du monde, elle aimait mettre dans des cases ce qui lui passait entre les mains. Les crimes étaient classés en plusieurs catégories : crapuleux, passionnels, sexuels. Il y avait aussi le cas des serial-killers, qui tuaient pour des raisons obscures, et parfois sans raison.

Mary Kennedy était-elle une serial-killer ?

– Trouver le mobile, vous le savez tous, c'est découvrir et confondre l'assassin, prononça Grange d'une voix rauque.

– Avons-nous d'autres pistes ? demanda un inspecteur venu d'Orléans.

– Je vous donne mon sentiment personnel, qui n'engage que moi. Mary Kennedy est une psychopathe qui tue pour le plaisir. Elle est folle, complètement folle, dangereuse, elle peut commettre d'autres meurtres à tout moment, et c'est pourquoi, en accord avec le magistrat instructeur, j'ai décidé d'utiliser tous les moyens dont nous disposons pour la retrouver.

Grange montra l'avis de recherche qu'il avait envoyé par mail aux commissariats et gendarmeries de la région.

– Je viens d'appeler le ministère de l'Intérieur. J'ai suggéré que cette affichette soit distribuée partout en France. Le ministre a accepté. L'administration centrale va la faire circuler aujourd'hui dans l'ensemble du pays.

L'adjoint de Grange, Maximilien Foulon, fit irruption dans la salle.

— Commissaire, la gendarmerie vient de retrouver la puce du bracelet électronique. Elle était insérée dans une pochette en tissu accrochée à un pigeon qui s'est posé près du château de Courboyer, non loin de Nogent-le-Rotrou. Il a tourné en rond très longtemps avant de se poser.

— Un pigeon voyageur ! hurla Grange. Elle est machiavélique. Je n'aurais jamais imaginé qu'elle utiliserait un tel stratagème. Elle nous a bien roulés dans la farine.

Il perdait son sang-froid.

— Nous la laissons en liberté, elle s'enfuit, elle tue, elle s'évapore avec la complicité d'un pigeon voyageur.

Il était cramoisi.

— Cette manœuvre prouve sa culpabilité. Quant à nous, on se couvre de ridicule. Une jeune New-Yorkaise met en échec la police française avec un pigeon voyageur. Quelle humiliation !

Chapeau enfoncé sur la tête, lunettes visées sur le visage, la fugitive s'approcha de l'église. Midi allait sonner d'une seconde à l'autre.

Mary connaissait l'histoire de ce lieu magnifique, elle avait lu l'ouvrage d'Isabelle Isnard, *L'abbatiale de la Trinité de Vendôme.*

Elle observa l'extraordinaire façade gothique flamboyant. L'architecte était le même que celui de la flèche nord de Chartres, Jehan Texier, dit de Beauce, qui l'avait élevée au début du XVIe siècle.

La flèche de la Trinité, haute de quatre-vingts mètres, date du XIIe siècle. Sa pureté romane rappelle étrangement le clocher vieux de la cathédrale.

La Trinité de Vendôme, une cathédrale de Chartres en plus petite. Un autre chef-d'œuvre de l'art médiéval. Un autre symbole du chiffre *trois* dont Bastien Flamel lui avait parlé. Au XIe siècle, Geoffroy 1er, comte de Vendôme, après avoir vu trois étoiles pénétrer dans un puits, avait décidé de construire une abbaye en l'honneur de la sainte Trinité.

Mary aurait voulu s'attarder ici, observer, visiter, s'extasier. Mais elle n'avait pas une seconde à perdre. Si quelqu'un la reconnaissait, la police pouvait à tout moment la coffrer.

Frédéric Conte allait-il arriver ?

Elle entendait son cœur battre dans sa poitrine.

Malgré la fraîcheur, elle avait la chemise trempée de sueur. Une sueur brûlante, de panique.

Midi sonna au clocher.

Des nuées d'oiseaux volaient dans le ciel clair.

Une Mercedes noire traversa la place. Elle ralentit. Le conducteur observa la jeune fille d'un air bizarre. Ce n'était pas Frédéric Conte.

Une Ford rouge passa à son tour.

Un frisson d'horreur parcourut l'échine de la jeune femme.

Une voiture de police jaillit, gyrophare allumé. Elle fonçait en direction de l'église. Mary n'avait pas la possibilité de s'enfuir. Elle était coincée sur le parvis, quasiment dans un cul-de-sac. Si elle partait en courant, les policiers la rattraperaient sans difficulté.

Elle décida de rester sur place.

Tant pis, se dit-elle. *Tout est foutu.*

Elle tourna la tête vers les trois portails et les trois gâbles, fins comme des dentelles, qui les surmontaient.

Elle ferma les yeux. La voiture de police allait s'arrêter d'une seconde à l'autre. Les portières allaient s'ouvrir. C'en serait fini de sa vie de femme libre.

La voiture de police passa son chemin. À son grand étonnement, Mary ne l'entendit même pas ralentir. Elle en éprouva un immense soulagement.

Les forces de l'ordre ne l'avaient pas repérée, pas encore. Le subterfuge du pigeon voyageur avait bien fonctionné, sans doute.

Quelques minutes plus tard, elle vit débouler Frédéric Conte au volant de sa Mégane blanche. Il s'arrêta et ouvrit sa portière. Mary se précipita.

— Ne sortez pas, je vous en supplie. Je monte. Allons faire un tour dans la campagne.

Elle s'affala sur le siège passager. La voiture redémarra *illico.*

— Comme je suis heureuse de vous voir, Frédéric ! Merci d'être venu à ma rencontre.

— Je suis très surpris que vous soyez ici, loin de votre lieu d'assignation. Vous avez perdu la raison ou quoi ? J'ai failli ne pas venir tellement je suis en colère.

Son visage était rouge. Mary ne l'avait jamais vu dans un état pareil.

— Vous avez lu la presse ? demanda-t-elle d'une voix pleine de tristesse.

— Oui.

— Qu'en pensez-vous ?

Conte ne répondit pas tout de suite. La question semblait le gêner.

Ils traversèrent le Loir. Une route montait vers le plateau.

L'historien se gratta la gorge.

— Disons que je n'arrive pas à croire que vous ayez commis ces deux crimes, mais je suis étonné par votre comportement irrationnel. Dans la chapelle Vendôme, je vous avais vivement déconseillé de quitter Chartres. Et je vous retrouve à Vendôme, à des dizaines de kilomètres !

— Je vous confirme que je suis innocente. Je n'ai commis aucun des deux crimes. Comment aurais-je pu faire une chose pareille ? Je suis une archéologue new-yorkaise, je suis venue en France par amour de l'art. Quel intérêt pour moi de tuer des gens ?

— Qui a assassiné Bastien Flamel ? Vous le savez ?

Ils débouchèrent sur le plateau céréalier piqué çà et là de bosquets d'un vert tendre.

Mary raconta la soirée de la veille, le cadavre découvert le long de la route au pied de la forteresse de Châteaudun, la fuite éperdue, le motard qui la suit et la menace de mort.

— J'aurais pu y passer moi aussi, murmura-t-elle. Si un automobiliste n'avait pas surgi de la nuit, j'aurais reçu une balle en pleine tête.

— Mais pourquoi avoir fui ? Pourquoi ? Votre attitude me dépasse. Vous auriez dû vous rendre à la police. Plus vous fuyez, plus vous aggravez votre cas. Si ça se trouve, vous êtes déjà recherchée par Interpol.

— Je n'ai pas réfléchi. J'ai agi par réflexe.

— Vous avez vu la presse comme moi. Elle vous fait endosser le rôle de coupable idéale. Les lecteurs doivent se délecter. Une jeune fille fraîche et candide est en réalité un ignoble monstre.

— Frédéric, si je vous ai fait venir, c'est pour que vous m'aidiez, pas pour entendre une leçon de morale. Vous êtes la seule personne à pouvoir le faire.

— Je vous crois innocente mais constituez-vous prisonnière. La justice fera le reste.

— Pas question. Je ne crois pas en la justice.

Un silence pesant, long de plusieurs minutes, s'installa dans la voiture.

Ils roulaient vers le sud, sur une petite route à peine plus large qu'un chemin, sans savoir où ils allaient. Le paysage s'étendait à perte de vue. La lumière de printemps bouillonnait.

Ils traversèrent Vallaria, Borde-Beurre, Marcilly-en-Beauce.

— Où allons-nous ? demanda Mary d'une voix plaintive.

— Je n'en sais pas plus que vous. J'avance comme un automate en attendant vos instructions.

Sur la gauche, un énorme tracteur soulevait un nuage de poussière.

Mary regardait l'horizon.

— Je ne sais pas quoi vous répondre. Il faut que je rassemble mes idées.

Sur ce genre de route, dont le tracé remontait au Moyen Âge, il était difficile de croiser un autre véhicule. De grosses mottes de terre entouraient l'asphalte percé par endroits de brins d'herbe.

Villiersfaux, hameau perdu dans la plaine immense.

— Trouvons un bois, suggéra Mary. Je veux souffler à l'abri des regards.

Au loin, ils aperçurent une colline couverte d'arbres, un endroit où se cacher.

Au bout d'une dizaine de minutes, la Mégane pénétra dans une forêt de hêtres et de chênes. La futaie laissait passer d'immenses rayons de soleil à travers le feuillage vert tendre.

— Que c'est beau ! s'exclama l'archéologue. Enfonçons-nous le plus possible.

Sur la gauche, une allée forestière. Conte s'y engagea. La voiture traversa d'épaisses frondaisons.

Au bout d'un bon kilomètre, il coupa le moteur. Mary ouvrit la portière, sortit, et marcha dans la forêt.

Grange donnait des ordres pressants à ses subalternes. Dans l'hôtel de police, l'effervescence était à son paroxysme.

Foulon venait de recevoir un appel.

— Monsieur le commissaire, quelqu'un aurait vu Mary dans un café de Vendôme, le Bar des Sports. Il vient d'appeler le numéro d'urgence. Mais il n'est pas certain que c'était elle. Un doute subsiste dans son esprit.

— Que vous a-t-il dit exactement ?

— Il était attablé au comptoir. Une jeune fille coiffée d'un grand chapeau et portant des lunettes de soleil a commandé un café et un croissant. Il ne l'avait jamais vue. Son accoutrement l'a surpris. Puis il a lu le journal et a fait le rapprochement.

— Vendôme est à une cinquantaine de kilomètres au sud de Châteaudun. Il n'est pas impossible que ce soit elle, mais comment savoir ?

— Je viens de prévenir le commissariat local et les gendarmeries des environs.

— Il faut dresser des barrages partout !

— Commissaire, je ne vous cache pas qu'il sera très difficile de la retrouver. Dans ce coin-là, il existe des centaines de petites routes, des milliers de chemins. Sans compter qu'elle est peut-être déjà très loin. Autant chercher une aiguille dans une meule de foin.

— Et sa voiture ? A-t-on retrouvé sa voiture ?

— Pour l'instant, non. À Chartres, la police ne l'a vue nulle part. À Vendôme, on est en train de la chercher. Il est probable qu'elle soit partie avec. Sauf si elle a un complice. J'ai signalé la marque à toutes les forces de police : une Volkswagen Polo de couleur noire.

Grange écumait de rage. Il ne comprenait pas qu'elle réussisse à semer ses poursuivants malgré des moyens considérables pour la retrouver.

– Voyez si elle n'a pas utilisé sa carte bleue.

– Des vérifications sont en cours. Pour l'instant, ça n'a rien donné. Sa banque doit nous avertir de tout mouvement sur son compte. Quant à son téléphone portable, il est désactivé. Nous avons contacté son opérateur qui nous a dit qu'elle avait probablement retiré la batterie.

– Les faits l'accablent ! martela-t-il. Si elle était innocente, elle se serait rendue. J'aurais dû insister auprès du juge d'instruction pour qu'il l'incarcère dès le premier jour. Nous n'en serions pas là.

Foulon respira un grand coup.

– Vous êtes certain de sa culpabilité ?

– Comme beaucoup de serial-killers, cette jeune fille a un double visage. D'un côté, c'est une jeune fille aimable, courtoise, sociable. De l'autre, c'est un démon, une psychopathe. Elle doit éprouver un plaisir sordide à tuer ses victimes. Attention, elle est très dangereuse. Elle risque de recommencer. Quand on a goûté au sang, on ne peut plus s'en passer.

– Vous pensez qu'elle a un compère ? demanda Foulon qui trouvait son supérieur bien sûr de lui.

– Comment le saurais-je ? Si c'est un véritable serial-killer, elle commet ses crimes sans jamais en parler à personne. Toutes les études le démontrent. Le serial-killer est un loup solitaire. Il défie la société en faisant couler le sang. Il en éprouve une jouissance infinie. Cela dit, il n'est pas exclu qu'elle ait réussi à convaincre quelqu'un de son innocence. On a vu ce cas de figure dans de nombreuses affaires. Parfois, en toute bonne foi, une tierce personne aide un monstre à échapper à la police.

Par la fenêtre, Grange observa un instant la cathédrale baignée par la lumière du soleil. Les pierres de Berchères – le village d'où le calcaire compact, aux grains fins, avait été extrait du sol – semblaient presque blanches. L'équipe de restauration nettoyait l'intérieur de l'église, retirait la suie déposée par les siècles, mais aussi l'extérieur, les portails, les façades, les clochers, les arcs-boutants, les gâbles, les statues, les bas-reliefs. La cathédrale redevenait aussi claire qu'au premier jour. Elle retrouvait la magnificence voulue par les génies du XIIIe siècle.

Dans la forêt profonde, on entendait le coucou. Mary réfléchissait à voix haute sous un chêne. Elle devait absolument comprendre la situation, sous peine de passer des années dans un endroit où elle ne verrait pas souvent le soleil.

— Je résume : Charles de Saint-Germain m'a parlé d'une chose incroyable enterrée dans la crypte de la cathédrale. Juste après m'avoir dit cela, il est assassiné.

— J'en déduis que la découverte de cette chose ne plairait pas à tout le monde, soupira Conte.

— C'est un euphémisme, voyons, s'écria l'Américaine d'une voix agacée. Tuer quelqu'un à cause d'un vestige vieux de plusieurs siècles est à la fois très choquant et très étonnant. Au Moyen Âge, on se battait pour récupérer de vieilles reliques, mais ce type de comportement appartient à un passé révolu.

— Qu'en déduisez-vous ?

— Je suppose que cet objet risque… Comment dire ? De déranger certaines croyances ancestrales.

— Lesquelles ?

Elle haussa les épaules.

— Je n'en ai pas la moindre idée.

Elle se tut un instant, puis poursuivit :

— Ensuite, presque par hasard, je rencontre le curé de Meslay-le-Grenet. Il s'apprête à me révéler le grand secret de la cathédrale, mais il meurt à son tour.

— Et maintenant ?

Mary essayait de rassembler ses idées en un tout cohérent.

— Analysons ce qu'il m'a dit avant de mourir. Il m'a beaucoup parlé dans la voiture. C'est dommage, je n'ai pas enregistré la conversation. Si j'avais su…

Elle renifla un grand coup. Elle était très émue.

— Ses paroles étaient mystérieuses. Juste avant d'arriver à Châteaudun, il m'a parlé du plan de…

Elle avait du mal à se souvenir du nom.

— Félicien, je crois, ou quelque chose comme ça.

L'historien sursauta.

— Le plan de Félibien, oui ! Tous les spécialistes de la cathédrale en ont entendu parler. Pas vous ? Cela m'étonne.

— Désolée, j'ai encore plein de choses à apprendre !

Conte s'adossa à un gros arbre avant de répondre. Il avait mal au dos.

— André Félibien était un architecte et chroniqueur français. Il a vécu sous les règnes de Louis XIII et de Louis XIV. Il était secrétaire de l'Académie royale d'architecture, un poste très important, l'équivalent de président de l'actuel Centre des monuments nationaux, le fameux CMN. L'érudition de Félibien était immense. Il connaissait parfaitement la cathédrale, d'autant qu'il était d'origine chartraine, apparenté à une famille assez connue de la bourgeoisie locale. Il a réalisé un plan d'une grande précision, le seul tracé avant la Révolution. Il donne le nom des chapelles et des autels, dont certains ont été remplacés lors de la transformation de la cathédrale à l'époque classique. Il dresse aussi un plan très détaillé de la crypte romane.

— Flamel m'a dit qu'on croyait qu'il avait brûlé pendant la guerre.

— Effectivement. Le 26 mai 1944, quelques jours avant le débarquement, en fin d'après-midi, des forteresses volantes américaines B-26 de la 9e Air Force apparaissent dans le ciel chartrain avec pour mission de détruire le terrain d'aviation de Champhol utilisé par l'armée allemande. La DCA atteint plusieurs avions. Les bombes sont larguées dans la précipitation. Cet épisode bien connu des Chartrains est l'une des pages les plus sombres de l'histoire de la ville.

— Les archives sont détruites, c'est ça ?

— Pas seulement les archives. Des dizaines de bombes tombent sur la vieille ville, tuant une cinquantaine de personnes. Des maisons, l'hôtel de ville de style Louis XIII, les archives se consument toute la nuit. Au matin, il ne reste rien de la plus grande bibliothèque du Moyen Âge. Les manuscrits, les livres, les parchemins, dont certains remontaient à l'époque carolingienne, sont partis en fumée. Ce jour-là, le fameux plan de Félibien a été réduit en cendres. Une perte irréparable.

Mary respira un grand coup.

— Le curé de Meslay m'a assuré qu'on venait de le retrouver.

— Impossible !

— Les manuscrits n'ont pas été mis à l'abri ?

Conte connaissait bien le sujet, il l'avait étudié en détail.

— Ils n'ont pas été déplacés. Contrairement aux vitraux, qui ont été démontés et mis en lieu sûr.

Il s'arrêta un instant. Il regarda autour de lui si personne ne venait.

— Au début du second conflit mondial, continua-t-il, par peur des bombardements, les Chartrains ont caché les vitraux. À l'aide de nacelles conçues par la société Faucheux spécialisée dans le matériel agricole, ils ont été retirés et rangés soigneusement dans des caisses. Certains ont été cachés dans la crypte. D'autres ont été acheminés dans des carrières de Dordogne, où l'on pensait que les Allemands n'arriveraient pas. Il a fallu mettre en place une énorme logistique. Le voyage était très risqué. On raconte que des wagons contenant des vitraux sont restés plusieurs jours près d'un dépôt de munitions. En dehors de légers dégâts causés par des combats d'artillerie en août 1944, la cathédrale n'a pas souffert.

— Quels dégâts ? demanda l'Américaine qui n'avait jamais entendu parler de ce détail.

— Les deux clochers ont été touchés par des tirs de votre armée. Celui du nord a perdu une gargouille. Un gâble du clocher sud a été détruit. Des dégradations mineures, quand on songe au destin de certaines cathédrales lors des deux conflits mondiaux.

— La cathédrale a eu de la chance. Quel dommage pour les archives médiévales !

— Au XIIIe siècle, l'université de Chartres était la plus importante d'Occident. La bibliothèque regorgeait de manuscrits de moines copistes et d'incunables[1]. Chartres, c'était la bibliothèque d'Alexandrie du Moyen Âge.

— Vous pensez que Flamel m'a menti ?

— Imaginons, par extraordinaire, que ce soit vrai. Vous a-t-il dit où se trouvait ce plan ?

Mary, émue, avait du mal à répondre.

— Il a été assassiné quelques minutes plus tard.

Ils se mirent à marcher un peu, histoire de se dégourdir les jambes. Des tapis de jonquilles illuminaient le sol.

— Chère Mary, poursuivit Conte. Comment voulez-vous que nous avancions ? Les deux témoins sont morts. Nous ne savons pas où se cache le plan de Félibien, à supposer qu'il existe encore. Je suis navré de vous annoncer que je ne sais pas quoi faire.

Ils veillaient à ne pas trop s'approcher de la lisière. Au loin, derrière les arbres, ils devinaient la plaine.

Mary ferma les yeux. Elle revit Flamel couché sur le sol, le visage ensanglanté.

Elle poussa un cri.

— En mourant, il m'a dit : « Villefontaine, Villefontaine. »

— Villefontaine ? Vous en êtes certaine ?

Ils entendirent le bruit d'un hélicoptère qui passait au loin. Les frondaisons les rendaient invisibles.

— Villefontaine. Oui, oui, murmura-t-elle d'une voix déformée par l'émotion.

Conte se caressa le menton.

---

1. Ouvrage imprimé antérieur à 1500.

– Une partie des vitraux de la cathédrale ont été enfouis dans les caves d'un château qui porte ce nom. Peu de gens sont au courant. L'opération a été entourée du plus grand secret. On a déposé à cet endroit les verrières les plus anciennes, les trois lancettes du XIIe siècle de la façade occidentale, plus Notre-Dame-de-la-Belle-Verrière.

– Ah bon ? Mais alors, il est possible que le plan se trouve là-bas.

– Je n'ai jamais entendu dire que des manuscrits avaient été transportés au début de la guerre. Vu ce qui s'est passé, il aurait mieux valu qu'ils le soient, mais on ne peut pas revenir en arrière.

– Personne n'a pensé à les protéger ?

– Vous savez, pendant une guerre, on ne peut pas tout prévoir. Même les statues des portails sont restées en place. Elles ont été dissimulées sous des sacs de sable entassés les uns au-dessus des autres comme à Paris. Les manuscrits du Moyen Âge n'ont pas bougé.

– Il aurait été facile de les déplacer, murmura l'archéologue d'une voix amère.

– Mary, vous oubliez que les manuscrits anciens sont très fragiles. À l'époque, il était difficile de les transporter sans les abîmer.

Pendant quelques minutes, ils regardèrent la splendeur de la forêt embrasée de soleil. Des oiseaux chantaient à tue-tête. Des insectes bourdonnaient.

Mary tourna les yeux vers son ami.

– Et ce château de Villefontaine, il se trouve où ?

– Entre Châteaudun et Bonneval, dans la vallée du Loir, à deux kilomètres de Saint-Maur, le village de mes ancêtres. Je connais bien l'endroit. J'ai habité Bonneval jusqu'à l'âge de quinze ans. Ma grand-mère m'a raconté l'arrivée des vitraux, en octobre 1939, un mois après la déclaration de guerre. Seuls quelques villageois étaient au courant. Elle n'a jamais appris de quels vitraux il s'agissait, mais elle était heureuse de savoir que des trésors se trouvaient dans son village en pièces détachées.

La jeune archéologue respira un grand coup.

— Ce château est notre seule piste. Si Flamel m'en a parlé avant de mourir, ce n'est sans doute pas un hasard.

Le front de l'historien se plissa.

— Dans l'hypothèse improbable où le plan aurait été caché à cet endroit, il aurait été rapporté à Chartres après la guerre en même temps que les vitraux. Pourquoi l'aurait-on laissé là-bas ?

Mary se creusait la cervelle.

— Mais ce cas, pourquoi le curé de Meslay a murmuré deux fois Villefontaine alors qu'il agonisait ?

— Je n'en sais rien, mais votre hypothèse me semble farfelue sur le plan historique.

Le vent commençait à souffler. Mary, qui avait laissé sa veste dans la voiture, frissonna.

— De quand date ce château ?

— Je l'ai visité une fois, quand j'étais adolescent, avec le propriétaire, le marquis de Nogent, mort sans héritier. Je n'y suis jamais retourné depuis. Dans mon souvenir, il était de style Renaissance, sans doute réaménagé au XIXe siècle comme un très grand nombre de demeures aristocratiques.

— Vous avez visité les caves ?

— Le marquis m'a montré les trois salles d'apparat du rez-de-chaussée. Rien d'autre.

— Et aujourd'hui, il appartient à qui ?

— Après la mort du marquis, il a été racheté par des Anglais. Je ne connais pas leur nom. Les habitants du village ne les voient quasiment jamais.

— Vous pensez que Nogent était au courant du trésor enfoui dans ses caves à partir de 1939 ?

— Comment ne l'aurait-il pas été ? Les vitraux n'ont pas été cachés sans que le propriétaire ne soit averti. Si son château a été choisi, c'est parce qu'il était assez proche de Chartres, tout en étant éloigné des aérodromes, usines ou gares, cibles privilégiés des avions militaires. Les caves étaient profondes. Il aurait fallu une malchance incroyable pour que les vitraux soient détruits par les bombardements.

Mary toussa.

— Je ne vous parle pas des vitraux, mais du plan de Félibien.

Conte était interloqué.

— Mais vous êtes sourde ou quoi ? Il est peu probable qu'il ait été caché à cet endroit.

— Peu probable ne signifie impossible.

Dans la tête de Mary, sans cesse, des phrases de Flamel revenaient : « Eh bien, à notre grande surprise, et par le plus grand des hasards, nous venons de le retrouver, mais aussi d'autres choses très intéressantes… Fuyez… Villefontaine… Villefontaine… »

Elle s'efforçait de ne pas montrer son découragement.

— Frédéric, écoutez-moi bien, je vous en supplie. Je suis menacée de mort et accusée de crime. Je nage dans un cauchemar absolu. Tout indice, même ténu, doit être exploré. J'aimerais bien fouiller la crypte de la cathédrale, mais c'est impossible. Je ne vais pas arriver avec un marteau-piqueur et creuser, n'est-ce pas ?

— Et pourquoi pas ? La nuit, vers trois heures, il n'y a personne.

— C'est vrai, il n'y a personne. Vraiment personne. J'avais beau appeler, hurler, m'époumoner, on ne m'entendait pas. Vous avez raison de me le rappeler. Ça me fait chaud au cœur. Merci.

— Excusez-moi de vous avoir blessée, Mary, ce n'était pas intentionnel.

— Et puis, comment voulez-vous que je rentre sans être vue ? C'est impossible.

Conte lui caressa le visage avec douceur.

— Calmez-vous, s'il vous plaît. Nous irons à Villefontaine si vous le souhaitez. Mais attendons que la nuit tombe, voulez-vous ?

Elle sourit timidement en penchant la tête.

— Merci, Frédéric. Voyez-vous, le piège se referme d'heure en heure sur moi. Je n'arrive plus à respirer. Il faut que je remonte à la surface. Villefontaine est notre seul indice. On ne fait pas parler les morts.

Il y eut un silence, puis :

— S'il faut creuser dans la crypte, je creuserai, poursuivit-elle. Mais je ne sais pas où creuser. Comment savoir ?

— Lors de votre visite, Saint-Germain ne vous a rien dit ?

— Mais non, sinon je vous en aurais déjà parlé.

Elle avait l'impression de faire du sur-place, de marcher dans de la glu.

Elle scruta le visage de son ami. Il semblait fatigué lui aussi.

— Il nous reste un peu de temps avant la nuit, murmura-t-il en regardant sa montre. On remonte dans la voiture ? Il commence à faire frais.

Ils revinrent sur leurs pas, ouvrirent les portières et s'assirent sur les banquettes arrières. Mary était perdue dans ses pensées.

— Je ne vois pas ce qui peut être enfoui sous la crypte. Je n'en ai pas la moindre idée. Je suis pourtant archéologue. J'ai l'habitude des chantiers et des découvertes, mais là, je sèche. Flamel m'a dit tant de choses sur la cathédrale. Il était intarissable. Il m'a parlé des rois mages, des lancettes de la façade occidentale, du chiffre trois, puis de Proust, et j'en passe.

Elle ne voulait pas s'étendre sur les propos de l'ecclésiastique, elle était trop fatiguée.

— Comment remettre de l'ordre dans cette bouillie d'informations ? soupira-t-elle.

— De nombreux livres ont été écrits sur les mystères de la cathédrale, précisa l'historien. On raconte que le tertre central renferme l'Arche d'Alliance[1] ou le Graal[2]. Des théories rocambolesques ont été échafaudées. Les

1. Coffre ayant contenu les Tables de la Loi (les Dix Commandements) données à Moïse sur le mont Sinaï.

2. Coupe utilisée par Jésus et ses disciples au cours de la Cène.

Templiers auraient ramené de Palestine ce qu'ils avaient trouvé dans le temple de Salomon. Ces légendes sont aussi vieilles que la cathédrale elle-même, ou presque, mais certaines ne sont pas absurdes. Charles le Chauve, roi de France, a bien déposé un linge qui remonte à l'époque du Christ et qu'on appelle le voile, ou la chemise, de la Vierge.

– Merci pour cette précision, mais je suis au courant. J'en ai même discuté avec Flamel. Le pèlerinage de Chartres est né grâce à cette relique.

– Vous savez tout, ou presque. Des millions de gens venaient prier ici en l'honneur de Marie. Au Moyen Âge, le voile de Chartres avait autant d'importance que la grotte de Lourdes aujourd'hui.

– Chartres, pour vous, c'est Lourdes au Moyen Âge ?

– Je n'aime pas les comparaisons rapides, mais il existe une parenté évidente entre les deux. Le culte de la Vierge… D'immenses pèlerinages de foi…

Mary s'enflammait.

– Il n'est donc pas absurde que la crypte contienne d'autres reliques.

– Ce n'est pas absurde. Reste à le prouver. La cathédrale est un millefeuille susceptible d'abriter une myriade de vestiges. Avant la cathédrale actuelle, il y a eu au moins quatre, peut-être cinq cathédrales : la paléochrétienne, la mérovingienne, la carolingienne, et enfin la romane, celle dite de l'évêque Fulbert dont il reste le clocher vieux et une partie de la façade occidentale. Les cathédrales de Chartres, ce sont des poupées russes. À chaque fois, on reconstruisait en plus grand et en plus beau. Le sanctuaire précédent s'est retrouvé enchâssé dans le nouveau, sans pour autant être entièrement détruit. Pour les cryptes, la même chose s'est produite. La crypte paléochrétienne a été enveloppée par la mérovingienne qui a été enveloppée par la carolingienne qui a été enveloppée par la romane…

– … qui a été enveloppée par la gothique…

— Voyons, Mary, vous oubliez que la crypte gothique n'a jamais existé. La crypte actuelle est en très grande partie romane, à l'exception du caveau Saint-Lubin et de quatre chapelles rajoutées au XIIIe siècle.

— Saint-Germain m'a dit que des sondages avaient eu lieu pour découvrir ce que renfermait le tertre sacré.

— Il y a quelques années, des scientifiques ont mené une campagne de prospection géophysique en utilisant le radar à impulsion pour tenter de percer le mystère du tertre. Des centaines de mesures ont été prises grâce à des instruments très sophistiqués. Sous le chœur et la nef, ils ont détecté des anomalies, sans doute des vestiges très anciens, sans qu'on soit capable de les identifier. Une chapelle souterraine datant de l'époque carolingienne serait contiguë à la crypte Saint-Lubin. Elle aurait été comblée aux alentours de l'an 1000, mais ce n'est qu'une hypothèse.

— À l'extrémité de la galerie creusée par Merlet au début du XXe siècle, j'ai aperçu des marches qui ne mènent nulle part. Pourquoi ne pas avoir continué les recherches ?

— Pour creuser, il faut une autorisation. En France, le Centre des monuments nationaux est très craintif. On a peur qu'une campagne de fouilles menace l'édifice. Si encore on était certain de trouver quelque chose, mais il n'existe aucune preuve.

Quelque part en France, la Papesse discutait avec Satolas, son plus proche collaborateur.

— Nous ignorons ce que Flamel a balancé à cette idiote d'Américaine avant de mourir. Il est possible qu'il ait tout révélé. Quel aveuglement d'avoir fait confiance à ce renégat pendant des années !

— Savez-vous où elle se trouve ?

— Depuis que vous l'avez laissé filée, je l'ignore. Elle est peut-être à Tours, Poitiers, Bordeaux, Marseille. Ou n'importe où en France. Ou même à l'étranger. Nous n'avons plus de trace.

— Notre indic ne sait rien ?

— Il est aussi perdu et désemparé que nous. Il m'a appelé à midi très rapidement. Il m'a dit seulement trois mots : « Rien à signaler ». Vous connaissez son laconisme. Je le verrai ce soir. Je ferai le point avec lui.

Elle hocha la tête avec le plus grand sérieux, avant de reprendre.

— Nous allons appliquer le plan Salomon dès aujourd'hui. Nous n'avons pas le choix.

— Pensez-vous que ce soit nécessaire ? demanda Satolas d'un air dubitatif. Il est peu probable que notre proie revienne à Chartres. Le plan est difficile à activer. Il nécessite de recourir à un personnel qualifié et nombreux.

Le plan Salomon consistait à déployer dans la plus grande discrétion plusieurs dizaines de Légionnaires armés en divers lieux de la ville. Fondus dans la population locale, ils devaient passer inaperçus, tout en étant prêts à intervenir, y compris par la force, à n'importe quel moment du jour et de la nuit.

— C'est la première fois que notre organisation est confrontée à pareil défi. Nous avons connu des luttes internes, des trahisons, certains de nos membres ont été supprimés comme le prévoit notre loi, mais jamais, depuis des siècles, la menace n'était venue de l'extérieur. Nous ne connaissons quasiment rien de cette diablesse. Dans quelques jours, si ça continue, nous allons tout perdre. Vous mesurez les conséquences de ce qui est en train de poindre ?

Satolas ferma les yeux un instant. Il pensa à ce qui se passait dans la Légion depuis quelques mois. Des initiés se demandaient s'il ne fallait pas sortir du silence. Le débat faisait rage, mais seul l'Empereur pouvait décider que le jour était venu. Et l'Empereur ne voulait pas. Il n'était pas encore temps, disait-il, il fallait que le secret reste un secret.

— Nous n'avons aucun moyen de la retrouver, hurla la Papesse, folle de rage. Je vous le répète : il faut appliquer le plan Salomon.

— En France, nous étions douze initiés, comme les apôtres, rappela son second. Nous ne sommes plus que dix. Il faut faire venir des renforts.

— Vous avez l'intention de nous trahir ?

Satolas pensait aux sommes phénoménales qu'il touchait en échange de ses loyaux services.

— Pourquoi trahirais-je ?

— Dans ce cas, agissez. Utilisez la sous-traitance si besoin.

Sur ces entrefaites, il sortit.

La Papesse décrocha son téléphone et appela l'Empereur.

— Il est seize heures, murmura Mary. Je n'ai rien mangé depuis hier. J'ai faim.

Conte ouvrit le coffre de sa voiture.

— Hélas je n'ai que deux grandes bouteilles d'eau minérale.

— Nous ne tiendrons pas longtemps, mais je n'ai pas envie d'aller faire du shopping. Trop risqué.

Conte esquissa un sourire.

— Je ne suis pas poursuivi, moi ! Je peux dévaliser une boulangerie. Voulez-vous que j'aille chercher des quiches, des pizzas, des gâteaux ?

— À mon avis, la police va se demander pourquoi vous avez disparu. Tout le monde sait que nous sommes de bons amis.

— Vous voulez que j'envoie un leurre ?

— Un leurre ?

— J'ai disparu, certes, mais j'ai le droit d'aller me balader le week-end. Je vous rappelle que nous sommes samedi. Je n'ai pas d'obligation professionnelle. Pour vous rassurer, je vais appeler le responsable local de la société Lithos pour lui dire que je prends quelques jours de congé à cause d'un problème familial. Ça nous laissera de la marge.

— Il va vous croire ?

— Il vaut mieux un bon bobard qu'une disparition inexplicable, n'est-ce pas ?

— Et si le responsable ne vous croit pas et qu'il prévient la police ? Il sait que nous sommes très proches l'un de l'autre.

— Pourquoi l'appellerait-il ? Après ce bobard, je désactiverai mon téléphone.

— Vous ne l'avez pas encore fait ?

Il haussa les épaules.

— C'est inutile. Je me répète : je ne suis pas poursuivi.

— Votre téléphone étant activé, on peut très facilement nous repérer.

Il haussa une deuxième fois les épaules.

Mary imaginait que la police ratissait la campagne à leur recherche. Elle était étonnée qu'ils n'aient pas été déjà appréhendés.

— Passez votre appel loin d'ici, puis, après avoir retiré votre batterie, revenez me chercher le plus rapidement possible et changeons d'endroit.

— Pour vous faire plaisir, je vais téléphoner à des kilomètres. J'en profiterai pour acheter quelque chose à manger. Mais je suis certain que la police ne me recherche pas. Mon téléphone n'étant pas désactivé, elle m'aurait déjà retrouvé.

Un chevreuil parut entre les arbres. Il les regarda un instant avant de s'enfuir.

— Entendu, s'écria-t-elle.

Il lui posa une main amicale sur l'épaule.

— Je file, attendez-moi. Puis je reviens vous chercher. Vous êtes sûre de vouloir rester seule ?

Elle jeta un regard sur lui. Elle hésitait. Elle craignait de tomber sur un barrage de gendarmerie.

De nouveau, le bruit d'un hélicoptère.

Ils levèrent les yeux et reconnurent un appareil de la gendarmerie nationale, bleu foncé avec une cocarde tricolore à l'arrière. Il vola au-dessus d'eux et continua son chemin.

— J'imagine qu'ils cherchent votre voiture, pas la mienne ! s'écria Conte.

Mary regarda autour d'elle. Elle aperçut un énorme hêtre.

— Je vais rester près de cet arbre, mais ne tardez pas. Je ne veux pas passer la nuit ici.

— Et quand je reviens, qu'est-ce qu'on fait ?

— On file vers le château de Villefontaine en prenant les chemins de terre.

Conte était éberlué par son obstination.

Il regarda la petite bonne femme qui ne voulait renoncer à rien. Il l'admirait, et en même temps, il avait pitié d'elle.

— D'accord, murmura-t-il à mi-voix. Nous irons jeter un œil sur le château de Villefontaine.

Pascal Grange fulminait. Il était assailli d'appels de journalistes qui voulaient en savoir plus sur la cavale de la supposée meurtrière.

À seize heures, la voiture de Mary fut retrouvée par la police de Vendôme, vide, portières fermées à clé.

Le patron du Bar des Sports avait été interrogé. Plusieurs photos lui furent montrées. Il confirma que Mary avait commandé un café et un croissant et qu'elle était partie précipitamment après avoir lu le journal.

— La meurtrière s'est arrêtée en fin de matinée à Vendôme, annonça Grange à ses hommes. Elle a abandonné son véhicule.

Il tut cette information aux médias. Il ne voulait pas que ces derniers, toujours trop bavards, n'informent la fugitive qu'on avait retrouvé sa trace.

À seize heures trente, il déclencha le plan Épervier sur l'ensemble des départements d'Eure-et-Loir et du Loir-et-Cher. Cette opération de police et de gendarmerie consiste à quadriller un territoire, à le compartimenter, à le cloisonner, à l'inspecter par tous les moyens possibles – à pied, en véhicule motorisé, par air – de façon à arrêter un ou plusieurs suspects. Il avait été déclenché en janvier 2015 en Picardie suite à l'attentat commis à la rédaction de *Charlie Hebdo*.

Frédéric Conte roula jusqu'à Château-du-Loir dans la Sarthe.

Il alluma son téléphone et composa le numéro de Pierre Laillet, le responsable local de la société Lithos.

— Frédéric, la police est passée me voir tout à l'heure, s'écria Laillet. Elle vous cherche depuis ce matin. Où êtes-vous ?

— Excusez-moi. J'ai dû quitter Chartres précipitamment. J'ai un gros problème de famille. Je m'absente une semaine. J'en suis sincèrement désolé.

— C'est grave ?

— Un proche a fait un malaise cardiaque. En déplacement professionnel, il a été admis à l'hôpital et m'a demandé de lui rendre visite. Sa femme habite en Asie. Elle ne peut venir à son chevet. Je dois rester quelques jours à ses côtés.

Conte inventait une fable au fur et à mesure.

— Ah mince, s'exclama Laillet. Je suis sincèrement désolé.

Après un instant de silence, il ajouta.

— Pour Mary Kennedy, vous êtes au courant ?

— J'ai lu la presse.

— Qu'en pensez-vous ?

— Elle est innocente, j'en suis certain.

— Vous l'avez vue ? La police dit que vous avez déjeuné dans son appartement hier.

Conte ne montra pas son émotion.

— Je n'ai plus aucun contact. Merci, Pierre, je suis obligé de vous laisser. À bientôt. Mes amitiés.

Il n'avait pas envie de bavasser au téléphone. Il raccrocha, ouvrit son appareil et retira la batterie. Désormais, plus personne ne pourrait le localiser, à supposer qu'on cherche à le faire.

Au même moment, il se dit que s'il n'était plus *localisable*, il deviendrait *suspect.*

Être ou ne pas être localisable ? Telle était la question.

Il en avait assez de réfléchir.

Il se gara sur le parking d'un supermarché, remplit un caddie, paya en espèces, déposa les courses dans son coffre et repartit. Il débrancha également le GPS de sa voiture.

Au retour, il se perdit. Il avait posé une carte routière sur le siège passager. Il avançait au hasard en essayant de se retrouver. Il existait d'innombrables petites routes de campagne, d'innombrables chemins, villages, hameaux, lieux-dits, fermes. Rouler dans ce dédale n'était pas chose facile. Tout à l'heure, il avait dessiné sur la carte une croix à l'endroit précis où elle l'attendait : la forêt de Prunay, au sud du village de Lavardin.

À Montoire-sur-le-Loir, un barrage de la gendarmerie l'obligea à s'arrêter.

Il craignait d'être déjà suspect. Si c'était le cas, la suite du scénario était facile à deviner. Il serait ramené à Chartres, questionné. Mary l'attendrait en vain au milieu des arbres. Ne pouvant ni se déplacer, ni survivre, elle finirait par se rendre.

Un gendarme lui ordonna de couper le moteur et de présenter ses papiers.

Conte feignait la décontraction.

— Quelle merveilleuse journée, n'est-ce pas ?

L'autre ne répondit pas. Il contourna la Mégane, vérifia la plaque minéralogique puis revint vers le conducteur.

— Monsieur, pourriez-vous ouvrir votre coffre ?

Conte blêmit.

Quelque chose n'allait pas.

— Vous cherchez quelque chose ? demanda-t-il d'une voix très aimable.

— Ouvrez votre coffre.

Il sortit de sa voiture. L'anxiété l'envahit.

Je suis foutu. Je suis foutu.

Il souleva le hayon arrière. À l'intérieur se trouvaient les courses qu'il venait de faire, une couverture, un sac de sport et deux livres consacrés à la cathédrale.

Le gendarme fouilla quelques secondes puis regarda Conte.

— Vous habitez Chartres ?

— Oui. Pourquoi ?

L'homme en uniforme sortit une photo de Mary au-dessus de laquelle était inscrit, en lettres capitales rouges : « Avis de recherche ».

— Vous connaissez cette jeune fille ?

Conte hésita un court instant avant de répondre.

— Oui, bien sûr ! Mais qu'est-ce qui se passe ? Je ne suis au courant de rien.

Sans quitter l'historien des yeux, le gendarme répondit d'une voix forte.

— Elle est recherchée pour un double meurtre. Vous savez quelque chose ?

Conte essayait de garder un ton normal, de conversation.

— Ah bon ? Mais c'est impossible.

— L'avez-vous vue dans le coin ?

Conte haussa les épaules.

— La dernière fois que je l'ai vue, c'était à Chartres, justement.

Le gendarme sortit son portable et sélectionna un numéro, qu'il appela.

— Allô, capitaine, j'ai avec moi quelqu'un qui connaît la personne recherchée. Que dois-je faire ?

Un ruisseau de sueur dégoulina dans le dos de l'historien. Il n'entendait pas ce que le capitaine disait.

— Il s'appelle Frédéric Conte, poursuivait le gendarme.

Quelques secondes s'écoulèrent, interminables. Dans le combiné, Conte entendait le bruissement bavard d'une voix lointaine.

Le gendarme raccrocha.

— Monsieur, dit-il d'une voix solennelle. Je vous laisse le numéro d'urgence. Pour le cas où vous verriez l'individu recherché, vous devez immédiatement nous appeler.

Il lui tendit un document avec un numéro surligné.

Puis il rédigea à la main un court procès-verbal que Conte signa d'une main dont il essayait de cacher le tremblement.

— Maintenant, vous pouvez reprendre la route.

Le soulagement envahit l'historien.

Il se remit au volant de la Mégane et démarra doucement, sans montrer son trouble.

Ses mains étaient moites.

Les forces de l'ordre sont omniprésentes. Elles arrêtent tout le monde. Comment Mary va-t-elle leur échapper ?

Le soir tombait sur Paris. Au-delà des gratte-ciel de la Défense, une lueur crépusculaire illuminait l'horizon. Les premières étoiles scintillaient dans le ciel clair de mai.

Avenue Montaigne, les projecteurs venaient de s'allumer sur le Plaza Athénée nouvellement restauré. Depuis sa réouverture, le palace était le plus prisé de la capitale.

À vingt heures précises, une limousine noire aux vitres teintées s'arrêta devant l'entrée monumentale. Un chauffeur en descendit, ouvrit la porte arrière droite.

Un homme âgé, portant des lunettes sombres, coiffé d'un chapeau en feutre, s'extirpa de l'énorme voiture. Il portait trois grosses bagues dont l'une était sertie d'un diamant.

L'Empereur s'engouffra d'un pas pressé dans le palace sans détourner la tête. Il traversa le hall en marbre et se dirigea vers un salon situé à droite de la grande galerie. Un groom lui ouvrit la porte et la referma derrière lui.

À l'intérieur, debout, l'attendait la Papesse.

Ils se serrèrent la main d'une poigne vigoureuse puis s'assirent sur des fauteuils bordeaux autour d'une petite table en acajou.

— Je suis heureux de vous revoir, murmura l'homme.

C'était la troisième fois qu'ils se voyaient. À chaque fois pour des affaires d'une importance capitale. On ne dérangeait pas l'homme au chapeau de feutre pour des broutilles.

— Merci d'être venu jusqu'ici, répondit-elle d'une voix condescendante.

— L'affaire me semble tellement grave que je n'ai pas hésité à venir. Une chance, je n'étais pas à Phoenix, mais à Londres. Le voyage a été rapide. Les messages que je reçois depuis deux jours ont plongé l'organisation dans le désarroi. Que s'est-il passé ?

La Papesse était embarrassée. Elle ne savait que répondre. Deux initiés avaient trahi leur serment au même moment, l'Empereur était déjà au courant.

— La Prophétie… murmura-t-elle d'une toute petite voix. La Prophétie…

— Des êtres aussi intelligents accordent du crédit à ces fadaises ?

— Cette jeune fille est attendue depuis des siècles.

L'homme semblait furieux.

— C'est un racontar ! Une légende ! Un conte à dormir debout !

— Certains y croient, murmura-t-elle d'une voix penaude. Depuis que la New-Yorkaise est arrivée, j'ai cessé de reconnaître les miens.

— Ils ont payé de leur vie.

— Une seule balle a suffi pour chacun d'entre eux. Notre tireur est exceptionnel. C'est un ancien des forces spéciales. Il utilise à la perfection des armes munies de silencieux et de lunette à vision nocturne. Ils sont morts, mais pas enterrés. La police judiciaire est en train de les autopsier, paraît-il.

L'homme écarquilla les yeux.

— Mais pourquoi une autopsie ? La cause de leur décès est claire, non ?

— Cette affaire a un retentissement énorme en France. Deux assassinats dans une région tranquille, à quelques heures d'intervalle, dans des lieux aussi symboliques. Un choc pour l'opinion. Le meurtre dans la cathédrale fait la une de tous les journaux.

— Notre action était indispensable ! Elle doit servir d'avertissement aux autres membres de l'organisation. Je veux que chacun sache que nous sommes capables de tuer, y compris dans la Jérusalem céleste.

— Nous avons obéi à vos ordres.

Le front de l'Empereur se plissa.

– Savez-vous si les deux renégats ont parlé devant elle ?

– Dans la crypte, le premier a essayé, mais il n'a pas eu le temps. Notre homme écoutait et il a tiré. Quant au second, il a filé en voiture avec elle. Nous ignorons ce qu'ils ont dit. Vous connaissez la suite.

– Mettez la main sur elle en urgence.

– Nous avons un gros problème, murmura la Papesse d'une voix blanche.

– Vous me faites peur.

– Elle s'est évaporée. Nous n'avons plus la moindre trace d'elle.

Les mains de l'Empereur tremblaient.

– Dans ce cas, la cathédrale doit être surveillée par nos hommes. Mais aussi tous les autres lieux sensibles. Nuit et jour.

– J'ai lancé le plan Salomon. Mais nous manquons d'effectifs.

Un serveur entra dans le salon avec une bouteille d'Armagnac et deux verres en cristal. Il ouvrit la bouteille et versa la liqueur dans chaque verre avant de sortir.

L'Empereur était pâle. Il n'avait pas connu pareille émotion depuis longtemps. Il attrapa un verre et avala d'un seul coup tout l'Armagnac qu'il contenait. Puis il ferma les yeux. Il échafaudait dans sa tête tous les scénarios possibles. Il avait l'habitude des salons feutrés, des avions privés, des villas de luxe, des yachts sur les mers émeraude, des jeunes filles prêtes à le servir. Cette affaire perturbait une tranquillité immémoriale, une douceur sans égale. Il était l'héritier d'un empire auquel il tenait comme à la prunelle de ses yeux. Des millions de gens profitaient des richesses de cet empire aussi visible qu'invisible, aussi secret qu'arrogant, aussi médiatique que caché.

L'empire avait deux faces qui ne pouvaient exister l'une sans l'autre.

— Je ne veux pas que la police française enquête sur nous, murmura-t-il. Ce serait la première fois qu'une chose pareille arriverait. Notre organisation serait en danger.

— Si on retrouve Mary, quel sort lui réserver ?

— Enlèvement. Interrogatoire sous la torture. Exécution. Inhumation dans une forêt profonde. Nos hommes sont costauds, ils savent porter un corps et creuser la terre, non ?

— Le plus difficile sera de transporter le corps, vivant ou mort. Il y a des barrages de police partout.

— Un jeu d'enfant, voyons. Il suffit de le glisser dans un cercueil caché dans un fourgon mortuaire ou dans la benne d'un camion d'éboueurs. La dissimulation est notre spécialité.

La Papesse regarda par la fenêtre. Le phare de la tour Eiffel balayait le ciel de Paris.

— Tant qu'elle n'a pas été neutralisée, elle peut découvrir le pot-aux-roses, murmura-t-elle d'un air las.

Le vieillard renifla bruyamment.

La femme n'osait plus rien dire. Elle était empêtrée dans une histoire qui la dépassait. Au calme d'une mer d'huile avait succédé la tempête.

Une lueur cruelle traversa ses yeux de l'Empereur.

— Utilisons des moyens exceptionnels.

— Lesquels ?

— Nous les avons employés une seule fois dans notre histoire récente. Vous vous souvenez ?

Elle supposait qu'il faisait allusion à l'opération d'envergure menée dans un pays africain, l'an passé, qui avait mobilisé des centaines d'hommes.

— Excusez-moi de vous contredire, mais dans le cas présent, je pense que cela ne servirait à rien. Nous avons affaire à une femme désarmée, sans défense. Nous devons rester discrets pour éviter d'être repérés par les forces de l'ordre omniprésentes. Nos services spéciaux ne seront pas nécessaires. Il suffit de faire venir quelques hommes supplémentaires et les fondre dans le paysage, comme le stipule le plan Salomon.

L'homme tendit lui-même à la Papesse un verre d'Armagnac et remplit le sien.

– Vous avez sans doute raison.

– Recevrais-je des instructions pour œuvrer dans le sens que vous souhaitez ?

– Des troupes fraîches seront à pied d'œuvre dès demain matin. Des touristes bien sûr ! Des amoureux de la cathédrale !

Il se mit à rire.

La Papesse ignorait comment l'Empereur dégotait de nouvelles recrues si rapidement. Elle supputait qu'il avait un réseau dormant, connu de lui seul, dans la région parisienne.

– Je vous enverrai un message codé vers minuit, ajouta-t-il.

Il avala le verre d'Armagnac avant de reprendre.

– Les touristes s'installeront dans les hôtels de la ville. Des couples. Un homme et une femme par hôtel, avec de faux papiers. Et si ce n'est pas suffisant, dans les jours prochains, on fera venir d'autres touristes. Nous n'avons aucun problème pour recruter. Surtout en Turquie.

– En Turquie ?

Il se remit à rire.

– Allons madame, vous êtes amnésique. Certains Turcs sont des tueurs dociles.

La Papesse ne voyait pas de quoi il parlait.

– La place Saint-Pierre, vous connaissez ? poursuivit-il.

– Qui ne la connaît pas ?

– Le 13 mai 1981, ça ne vous dit rien ?

– Ah oui, l'attentat contre le pape.

Elle savait que c'était aussi le jour où Saint-Germain avait prononcé son serment d'allégeance à la Légion. Une coïncidence.

– Eh bien, c'était nous, par personne interposée. Le tireur lui-même ne savait pas qu'il travaillait pour notre organisation. Je sais que vous êtes une femme de confiance et que vous ne direz rien.

Les yeux de l'homme guettaient la moindre réaction sur le visage de la Papesse. Elle se souvenait que plusieurs pistes avaient été envisagées, mais l'enquête n'avait rien donné de significatif.

— Vous êtes trop jeune pour avoir participé à ce complot, murmura-t-il.

— Pourquoi avoir voulu tuer le pape ?

— Ce Polonais voulait faire tomber le rideau de fer et tendre la main aux juifs et aux musulmans. Et d'ailleurs, c'est ce qu'il a fait. Il rêvait d'une paix mondiale. Notre organisation le détestait. Hélas, nous l'avons raté. Cet imbécile de Turc devait viser la tête, mais il a été bousculé par un pèlerin indonésien.

— Wojtyla connaissait le secret de Chartres ?

— Il connaissait le troisième secret de Fatima. S'il avait connu celui de Chartres, il l'aurait immédiatement révélé au monde. Cela aurait été une catastrophe.

L'homme remplit de nouveau les verres et tendit l'un d'eux à sa comparse. Puis il ouvrit un petit carnet, griffonna quelques notes, avant de reprendre.

— Cette chienne d'archéologue va comprendre qu'on ne s'attaque pas impunément à nous sans connaître d'effroyables tourments.

Il éclata d'un grand rire démoniaque.

La nuit noyait la campagne quand Conte retrouva Mary. Celle-ci était très inquiète.

— Mais que faisiez-vous ? J'ai cru que vous n'alliez jamais revenir.

— Désolé, mais je me suis perdu. Ces petites routes, c'est un vrai labyrinthe. Je vous ai apporté de quoi vous restaurer.

Il ouvrit le coffre et sortit les victuailles.

Elle mangea un sandwich et une boîte de gâteaux. Elle parlait la bouche pleine.

— J'ai cru que c'était la fin.

— C'est normal, vous aviez faim !

Ce petit jeu de mots détendit l'atmosphère un instant et la fit sourire.

Il la laissa avaler la dernière bouchée avant de poursuivre d'un ton grave.

— Je ne vais pas vous mentir, ajouta-t-il. J'ai été arrêté par un barrage de gendarmerie.

— Arrêter ? Vous me faites peur.

— Ils m'ont demandé si je vous connaissais.

— Vous avez répondu « non » j'espère !

— Il était inutile de mentir. En cas de vérification, cela m'aurait rendu suspect. Je n'avais pas le choix. Le gendarme a fouillé mon coffre, a noté ma déposition sur un procès-verbal que j'ai signé, avant de me laisser repartir

— S'il ne vous a pas arrêté, c'est que vous n'êtes pas encore suspecté. J'en suis heureuse.

— Nous devons circuler sur les petites routes. Ne jamais traverser la moindre ville. Les forces de l'ordre ne peuvent pas tout surveiller. La seule façon de leur échapper est d'éviter les bourgs et les grandes routes.

— Vous connaissez les chemins de terre ?

Conte fit la moue.

— Par ici, non. Je suis originaire de Chartres. Le Vendômois est un autre monde.

Il sortit la carte routière et la déplia sur le capot.

— Les petites routes ne manquent pas. On dirait une toile d'araignée.

La voix de Mary était pleine d'impatience.

— Que fait-on alors ? Dites-moi, Frédéric, je vous en supplie. On ne va pas moisir ici.

— Parlons-en ! Nous n'avons décidé de rien. De toute façon, il faut agir.

Après un court silence, elle reprit la parole sur le ton du reproche.

— Vous avez changé d'avis ou quoi ?

Le visage de l'historien était dubitatif.

— Villefontaine ?

— Tout à l'heure, vous m'avez promis de m'y emmener.

— J'ai réfléchi à la question, soupira-t-il. Plus nous nous rapprocherons de Chartres, plus les barrages seront nombreux.

Mary se jeta sur lui, se serra contre sa poitrine. Il s'aperçut qu'elle grelotait.

— Qu'avez-vous ?

— Ma tension est basse. Un arrêt cardiaque me guette.

— Écoutez-moi, voici ma proposition. Elle est raisonnable : je vais discuter avec le commissaire pendant que vous m'attendez ici, blottie dans une couverture. Vous avez vu, j'ai acheté des vivres et des boissons, de quoi survivre quelques heures au moins. Vous ne mourrez ni de faim, ni de froid, ni de soif. Je convaincrai Grange de votre innocence.

— Il ne vous croira pas ! Il pensera que je vous ai influencé. Et s'il n'est pas convaincu, qu'est-ce que je deviens ? Les gendarmes viennent m'arrêter ici, dans ce bois ?

Conte ne savait que répondre.

Les phares d'une voiture balayèrent la nuit, très loin d'eux, par-delà les arbres de la forêt.

— Vous voulez résoudre par vous-même l'énigme de la cathédrale ? s'exclama-t-il, ironique.

— Que faire d'autre ? Nous n'allons pas rester les bras croisés.

— Nous n'avons qu'un seul indice : le plan de Félibien. C'est maigre. On ignore où il se cache, s'il existe encore, et en quoi il peut nous être utile.

— Eh bien, essayons de le trouver, et nous verrons bien.

— Si j'ai bien compris, vous voulez cambrioler le château de Villefontaine ?

— Absolument.

Il était surpris par son aplomb.

— Cela va aggraver votre cas. Une tueuse, une cambrioleuse…

— Au point où j'en suis, je n'ai plus rien à perdre. Un cambriolage, ce n'est pas très grave par rapport à deux meurtres, non ?

Déconcerté, Conte observait son beau visage et ses cheveux d'or.

Un silence gêné s'installa, bientôt interrompu par le cri d'un corbeau.

— Eh bien, transformons-nous en cambrioleurs puisque vous y tenez, s'exclama l'historien, dépité.

— Frédéric, je sens de la moquerie dans votre voix. Que voulez faire d'autre ? S'entretenir avec le commissaire divisionnaire est une idée complètement idiote.

— Et si j'allais jeter moi-même un œil dans la crypte ? Moi, au moins, je ne suis pas soupçonné.

— Qu'en savez-vous ?

— Les gendarmes ne m'ont pas arrêté.

— Et dans la crypte, qu'allez-vous faire ?

— Creuser !

— Creuser, mais où ? La crypte est la plus vaste de France. Il faudrait savoir où creuser. Si c'est juste pour découvrir des vieilles pierres sans intérêt, ça ne vaut pas le coup.

— Et vous pensez qu'à Villefontaine, quelqu'un nous attendra sur le pas de la porte et nous donnera des indices comme dans un grand jeu scout ?

Le visage de la jeune fille se renfrogna. Conte avait pitié d'elle. La panique la faisait s'accrocher à n'importe quelle broutille. Elle nageait dans une mer démontée, elle attrapait la moindre planche pourrie pour éviter de se noyer.

Elle le regarda longuement. Il lut dans ses yeux une expression de désespoir absolu.

— Eh bien, dans ce cas, allons à Villefontaine, dit-il d'une voix résignée.

Il observa de nouveau la carte. Il montra l'emplacement du château.

— Vous voyez ce petit carré juste à côté du Loir ? C'est là. Le nom n'est même pas indiqué.

— Il est le seul château à s'appeler Villefontaine ?

— Je n'en connais pas d'autre.

Au loin, des lumières scintillaient dans la nuit de mai.

Ils s'installèrent dans la voiture.

Conte tourna la clé.

— Filons, dit-il sobrement. Nous verrons bien.

Il avait le sentiment d'entrer dans une pièce obscure dont il ne connaissait rien.

À l'hôtel de police, Pascal Grange avait réuni une dizaine d'hommes.

– Qu'ont donné les interrogatoires des proches de Mary Kennedy ?

Foulon prit la parole le premier.

– Pas grand-chose, mais l'un d'eux, Frédéric Conte, manque à l'appel. Nous sommes passés chez lui. Personne. Nous l'avons appelé au téléphone. Répondeur. On a laissé un message lui intimant l'ordre de nous appeler. Il n'a pas rappelé.

Bonpas, chargé de surveiller les communications téléphoniques, intervint.

– Je viens de contacter son opérateur. Son téléphone portable a été désactivé. À l'évidence, il a retiré sa batterie. Bizarre, très bizarre.

– Sa voiture, vous avez retrouvé sa voiture ?

– La gendarmerie de Montoire vient de nous indiquer que l'individu avait été contrôlé il y a deux heures, précisa Foulon. Il roulait au volant de son véhicule, une Mégane blanche. Nous avons son numéro d'immatriculation.

– Montoire ? Vous avez dit Montoire ? Mais c'est juste à côté de Vendôme. Il est en train d'aider Mary à fuir la région. Quelle catastrophe !

– Le gendarme m'a indiqué qu'il avait fouillé la voiture et qu'il n'avait rien trouvé.

– Cela ne prouve pas grand-chose. Ils s'étaient peut-être donné rendez-vous en rase campagne.

Grange se tourna vers Bonpas.

– Frédéric Conte et Mary Kennedy se sont-ils téléphoné ?

— Conte a reçu un appel au petit matin, mais le numéro n'est pas celui de la suspecte, qui a elle aussi désactivé son portable. Elle s'est volatilisée. Le dernier signal a été émis sur une route entre Châteaudun et Vendôme.

— L'affaire me semble claire, hurla Grange, hors de lui. Conte est le complice de la meurtrière. La gendarmerie l'a laissé filer, quelle bande d'abrutis ! Il va falloir quadriller de très près non seulement l'Eure-et-Loir, mais aussi les départements limitrophes.

Grange décrocha son téléphone et appela Percebois, commissaire divisionnaire de Blois, préfecture du Loir-et-Cher.

— Outre Mary Kennedy, nous suspectons Frédéric Conte d'être mêlé aux deux meurtres. Ils seraient à bord d'une Mégane blanche.

— La police et la gendarmerie vont multiplier les barrages, répondit Percebois.

— Combien avez-vous d'hommes sur le terrain ?

— Pas assez pour tout contrôler. Il existe des centaines de routes. Je vous conseille d'appeler le directeur général de la gendarmerie ou le ministre. Nous avons besoin de renforts. Le plan Épervier doit monter en puissance.

Au même moment, Conte fonçait dans la nuit. Il avait posé la carte routière derrière le volant pour s'orienter.

La plaine était immense et noire.

À l'horizon, des nids de lumière brillaient çà et là. De gros villages, des villes qu'il fallait éviter.

Ils traversèrent la nationale 10 reliant Paris à l'Espagne via Chartres, Châteaudun, Tours, mais ils ne roulèrent pas dessus. Trop risqué.

Ils contournèrent Vendôme par l'est, puis ils remontèrent vers le nord dans un paysage plat comme une table.

L'historien rompit le silence.

— Et le trésor des Templiers, vous y avez pensé ?

— Dans la crypte, je vous l'ai dit, Saint-Germain a prétendu qu'il s'appelait Jacques de Molay.

— Les Templiers, c'était un État dans l'État. Ils étaient extrêmement riches, extrêmement puissants. Philippe IV le Bel prit peur car les Templiers menaçaient son pouvoir.

— Tout cela est très connu, oui.

— Leur trésor ne fut jamais retrouvé.

Mary regarda machinalement dans les rétroviseurs, histoire de vérifier qu'ils n'étaient pas pris en chasse, avant de poursuivre.

— Saint-Germain et Flamel m'ont parlé d'une relique, pas d'un trésor. S'il s'agissait d'or, pourquoi l'avoir laissé sous la cathédrale ? Quel intérêt d'abandonner des richesses pendant des siècles ? Les Légionnaires de Dieu auraient tout récupéré. Et pour quelle raison commettre des crimes dans le but de cacher l'existence d'un trésor ? Cela n'a aucun sens. Je ne crois pas qu'il s'agisse de l'or du

Temple. Il s'agit, comment dire, de quelque chose de plus mystique.

— En quel sens ?

— La cathédrale n'a jamais contenu d'autres richesses que spirituelles.

— Toutes les cathédrales ont une vocation spirituelle.

Mary hocha la tête. Elle connaissait assez bien le Moyen Âge français.

— Certes, mais certaines ont une autre fonction. Saint-Denis est la nécropole des rois. À Reims, on sacrait le souverain. Paris symbolisait le pouvoir royal. À Lyon siégeait le primat des Gaules.

Conte essayait de la taquiner.

— Le bon roi Henri IV a été sacré à Chartres.

— Vous savez très bien qu'il aurait préféré être couronné à Reims, mais il n'avait pas le choix. Les guerres de religions battaient leur plein. Henri III venait d'être assassiné par un moine à Saint-Cloud en assiégeant Paris aux mains de son rival le duc de Guise, qui occupait également Reims, ville des sacres. Le protestant converti au catholicisme Henri de Navarre marchait vers la capitale. Chartres se trouvait sur sa route. Il fallait qu'il soit sacré avant d'arriver à Paris.

— Merci, Mary, je suis au courant. D'après vous, Chartres n'avait aucune fonction politique ? Les historiens sont partagés sur ce point.

— Pour moi, cette cathédrale est religieusement pure, si j'ose dire. Un cas unique en France. Je vous rappelle qu'aucune personnalité n'a jamais été enterrée en son sein, alors que toutes les grandes églises regorgent de gisants, y compris les plus récentes. Dans la crypte du Sacré-Cœur de Montmartre construit à la fin du XIXe siècle, on continue à enterrer les évêques.

Elle avait visité Paris avant d'arriver en Eure-et-Loir.

— Et pourquoi pas à Chartres, selon vous ?

— Conte, voyons, vous avez oublié ? Chartres est le symbole de la Jérusalem céleste, de l'au-delà, du paradis, de l'amour. Rien ne doit altérer son caractère divin, ni corps morts, ni richesses ostentatoires.

— Vous avez raison. Le trésor lui-même ne se trouve pas dans la cathédrale, mais dans la chapelle Saint-Piat, juste derrière, construite au XIVe siècle.

— C'est pourquoi je suis persuadée qu'il ne s'agit pas du trésor des Templiers. À mon avis, la relique dont m'a parlé Saint-Germain remonte à l'époque du Christ.

— Vous croyez aux légendes ?

— Je suis archéologue. Je m'intéresse aux faits historiques. Il n'est pas impossible qu'un objet sacré vieux de deux mille ans ait été enterré ici.

— Mary, pardonnez-moi, mais je vous trouve bien exaltée. Je reconnais là votre sensibilité féminine. Nous les historiens français, nous avons les pieds sur terre. Ce que vous me racontez ressemble à une jolie fable.

L'Américaine n'avait pas l'air d'avoir entendu.

— Flamel m'a rappelé que Charles le Chauve avait offert le voile de la Vierge à Chartres en 876. Des foules immenses, venues de toute la chrétienté, se prosternaient devant cette relique. Une autre relique a pu être déposée au même moment dans le plus grand secret.

Conte observait l'horizon devant lui et dans le rétroviseur. Il se méfiait des motards de la gendarmerie, si rapides, si efficaces, jaillis de nulle part, capables de le prendre en chasse et de lui barrer la route. Il ne voyait rien.

— Pourquoi aurait-elle été dissimulée ? demanda-t-il d'une voix peu convaincue.

— Voyons Conte, réfléchissez un peu ! Pour les mêmes raisons qu'aujourd'hui ! Parce que cette relique dérangeait certains individus, certaines croyances, peut-être même le pouvoir en place. On ne pouvait la détruire, on ne détruit pas une relique, c'est interdit par la religion catholique, mais on peut l'enfouir dans le lieu le plus sacré de la chrétienté, là où personne n'ira jamais fouiller.

Conte n'était pas emballé par cette explication.

— En 876, les Légionnaires de Dieu n'existaient pas.

— Les Légionnaires de Dieu ont succédé aux Templiers.

— Les Templiers n'existaient pas en 876.

— Des ordres plus ou moins occultes ont toujours sévi.

L'historien était agacé par l'assurance de Mary. Il se remémorait sa fuite hors de Chartres, le vendredi, alors qu'il lui avait enjoint de respecter le contrôle judiciaire. Depuis, il considérait qu'elle n'en faisait qu'à sa tête, changeait d'avis sans cesse, disait n'importe quoi.

— Ce sont de pures spéculations, s'écria-t-il, énervé.

— C'est à partir de spéculations qu'on avance. Chez Kant, la spéculation est une recherche intellectuelle qui permet de découvrir une vérité cachée.

Conte était tenté de lui dire qu'il en avait assez de cette histoire abracadabrante et qu'il jetait l'éponge.

Ils roulèrent deux heures en contournant les villes et les nœuds de communication.

Vers minuit, ils arrivèrent à proximité du château de Villefontaine, dissimulé dans un grand parc au bout d'une route en cul-de-sac.

Pour ne pas se faire remarquer, ils se garèrent à plusieurs centaines de mètres de la grille. Puis ils marchèrent, éclairés par la lune, sous un ciel piqué d'étoiles. Conte avait pris son sac de sport.

— Qu'est-ce qu'il y a dedans ? demanda Mary.

— Vous verrez. J'ai toujours ça dans ma voiture en cas de panne. On en aura certainement besoin.

De grands arbres noirs se découpaient dans l'obscurité.

Pas un bruit.

Au nord, une grande tâche de lumière éclaircissait l'horizon.

— Bonneval, précisa Conte. La ville de mon adolescence. Un bourg céréalier, construit autour d'une ancienne abbaye devenue hôpital psychiatrique.

Ils empruntèrent sur la droite un chemin de terre.

Conte connaissait les lieux comme sa poche.

Ils arrivèrent au pied d'un grand mur.

— Et maintenant, on fait quoi ? demanda la jeune fille, étonnée.

L'historien l'entraîna dans un buisson.

— Je passais par là quand j'avais quinze ans.

Il montra une brèche dans le mur, assez large pour entrer.

— Vous êtes certain qu'il n'y a personne ?

— Je n'en sais absolument rien. Dans quelques minutes, vous verrez la maison du gardien, située près de la grille d'honneur, puis le château proprement dit. S'il est éclairé à l'intérieur, nous rebroussons chemin.

— Vous ne voulez pas frapper à la porte ? demanda-t-elle d'une voix ironique.

Conte ne répondit pas.

Ils avancèrent à tâtons dans les broussailles.

Au bout de quelques mètres, ils débouchèrent sur une longue allée rectiligne.

À gauche, un petit pavillon de style Louis XIII, et plus loin, à l'extrémité d'une pelouse, un bâtiment surmonté par des tourelles néo-renaissance. Il avait une vague ressemblance avec le château d'Azay-le-Rideau.

Les volets étaient fermés. Pas la moindre lueur à l'intérieur.

— Et maintenant, on joue aux cambrioleurs ? murmura l'Américaine.

— Vous savez, il n'est pas très difficile d'ouvrir des volets aussi anciens. J'espère juste qu'il n'y a pas d'alarme.

Il ouvrit son sac. Mary aperçut une lampe et un énorme tournevis.

— Vous voyez, je n'ai rien oublié. Je suis un vrai Arsène Lupin.

Ils avancèrent sans faire de bruit.

À l'évidence, le château n'était pas occupé.

En quelques minutes, ils l'atteignirent.

La blanche lumière de la lune inondait la façade.

La Papesse discutait avec Satolas. Celui-ci s'inquiétait du déploiement des forces de police évoqué dans les médias.

— Oh vous savez, répondit-elle, la police n'est pas toujours à la hauteur dans ce genre d'enquête. Elle trébuche. Pauvre petite police française. Nous sommes bien plus puissants qu'elle. La police est une machine insignifiante par rapport à notre organisation.

Elle ferma les yeux un instant. Elle toussa. Elle repensa à ce qui s'était passé depuis quelques jours.

Tout avait été bouleversé en quelques jours. Un grand incendie, comme celui qui avait ravagé la cathédrale de Fulbert en 1194. C'était terrifiant.

— Vos hommes sont en place ? ajouta-t-elle.

— Chacun est à son poste, mais les effectifs sont peu nombreux. Vous le savez, nous ne sommes plus que dix. La sous-traitance n'est pas encore prête. Nous agissons dans l'urgence.

— Dès demain, des renforts seront sur zone. L'Empereur me l'a promis.

Satolas n'avait jamais vu l'Empereur. Il ne connaissait même pas son vrai nom.

Paris, place Beauvau, ministère de l'Intérieur, en pleine nuit.

Le ministre Rouzeau suivait les événements heure par heure. Un meurtre dans la cathédrale de Chartres, un deuxième au pied du château de Châteaudun, l'étrange disparition de la suspecte, une Américaine au casier judiciaire vierge, alimentaient les fantasmes et les peurs.

Quelque chose ne collait pas dans cette histoire.

Il avait convoqué le général Laisné, directeur général de la gendarmerie nationale, et le commissaire Durand, celui de la police nationale.

Après avoir résumé la situation, Rouzeau ajusta ses grosses lunettes.

— Qu'en pensez-vous, Durand ?

— L'attitude de cette jeune fille me paraît totalement irrationnelle. Nous n'arrivons pas à déterminer les mobiles qui l'ont poussé à agir. Ni l'argent, ni la passion amoureuse n'expliquent ces meurtres. L'enquête est formelle à ce sujet. Le commissaire de Chartres, Pascal Grange, est persuadé qu'il s'agit d'une psychopathe, une sorte de serial-killer d'un genre nouveau. Une femme cultivée serial-killer, c'est quand même très rare ! J'ai du mal à le croire. Personnellement, je pense qu'elle a agi sur ordre. Une sorte de tueuse à gage manipulée par une ou plusieurs personnes.

Le ministre fronça les sourcils.

— Quels seraient les mobiles de ce massacre ?

Durand se gratta la gorge.

— Pour l'instant, nous n'en savons rigoureusement rien ! C'est un gros problème pour nous.

— Êtes-vous certain de sa culpabilité ?

– Certain, non, mais elle est très probable. Comme vous le savez, elle était sur les lieux des deux crimes, et son ADN a été retrouvé sur l'arme de la crypte. On n'a pas décelé de poudre sur ses mains, mais Grange est persuadé qu'elle avait mis des gants.

– On les a retrouvés ?

– Non, mais elle a très bien pu les jeter dans le puits des Saints-Forts en les passant à travers la grille, ou brûlés. La police scientifique continue à explorer chaque recoin de cette immense crypte. Un sondage au fond du puits n'a rien donné. Mais une rivière souterraine passe à cet endroit et le courant a pu les emporter.

– Que faire ? demanda le ministre qui n'aimait pas les mystères.

Laisné prit la parole à son tour.

– Je propose de faire intervenir le GIGN.

– Le GIGN ? Pour des meurtres ? Il n'y a pas d'otages.

Le ministre savait que l'actuel directeur de la gendarmerie avait été le brillant patron de cette unité d'élite connue dans le monde entier depuis l'assaut victorieux contre l'Airbus d'Air France détourné à Marignane en 1994 : cent soixante-et-onze otages avaient été sauvés, et les quatre terroristes tués après une fusillade nourrie.

– Mes hommes sont d'excellents pisteurs. Ils peuvent se fondre dans la nature sans se faire repérer et observer ce qui se passe. L'unité peut mettre l'Eure-et-Loir et le Loir-et-Cher sous très haute surveillance.

– Le territoire est vaste.

– Rien n'est trop vaste pour le GIGN.

Après un court silence, il ajouta.

– Je vais évoquer une hypothèse dont nous n'avons encore pas parlé. Qu'elle ait agi seule ou avec un complice, Mary Kennedy a peut-être enlevé Frédéric Conte.

– Vous pensez que c'est possible ? demanda le ministre, circonspect.

– Tout est possible ! Il faut envisager les hypothèses les plus saugrenues. Elle peut l'avoir attiré dans un piège du côté de Vendôme, puis menacé d'une arme, celle qui lui a servi pour le deuxième meurtre. Dans ce cas, il y a un otage, et le GIGN est spécialisé dans la libération des otages, ne l'oubliez pas.

— Mais pourquoi avoir pris un homme en otage ? s'exclama Rouzeau qui imaginait mal une jeune fille frêle, même armée, se trimbaler dans la campagne avec un homme bien plus costaud qu'elle.

— Pour avoir un bouclier humain, voyons. Utile en cas d'assaut des forces de l'ordre.

Le ministre tourna sa tête vers le directeur de la police.

— Et pour le cas où elle ne serait pas coupable, qui l'est ? Avez-vous des pistes ?

— Nous n'en savons strictement rien à ce jour, répondit-il d'un air navré. Nous n'avons pas la moindre idée. Nous n'avons aucun indice. Le mystère est total. À notre connaissance, ni Saint-Germain, ni Flamel n'avaient d'ennemis. Nous sommes en train de fouiller dans leur passé, mais nous ne trouvons rien, strictement rien.

— Et la balle qui a tué Flamel, de quelle arme provient-elle ?

— Le pistolet n'a pas été retrouvé. Peut-être un Beretta 92. La balle est une 9 mm Parabellum. Elle équipe souvent ce type d'arme, mais pas seulement.

— Rien à voir avec le Manurhin MR-73 retrouvé dans la crypte, murmura le ministre, perplexe.

— Ce revolver est l'arme de poing préférée des hommes du GIGN, précisa Laisné en esquissant un sourire.

Le visage du ministre était dubitatif.

— Vous pensez que cette archéologue américaine sans histoire est capable de se procurer une telle artillerie ?

Durand connaissait mieux que le ministre les annales de la police.

— Vous savez, monsieur, rien n'est impossible en ce bas-monde.

Le GIGN, la meilleure unité d'élite du monde. Quatre cents hommes stationnés à Satory près de Versailles.

La nuit même, une quarantaine d'opérationnels (OP) furent déployés dans la plus grande discrétion, en tenue civile, en Eure-et-Loir et dans le Loir-et-Cher. L'opération fut tenue secrète. La police et la gendarmerie locales n'en furent pas informées.

C'était leur force : agir dans une discrétion extrême et au moment propice pour dénouer des situations jugées inextricables.

Conte et Mary atteignirent la façade du château. Ils se collèrent contre les volets et attendirent un instant, sans parler, en essayant de deviner si quelqu'un se trouvait à l'intérieur. Ils n'entendaient rien, pas un bruit. Ils avaient beau regarder à travers les persiennes, ils ne voyaient aucune lumière. Le bâtiment avait l'air abandonné depuis longtemps. De mauvaises herbes l'entouraient. Le parc n'était pas entretenu.

Mary respirait avec calme.

— Apparemment, il n'y a personne.

— C'est une bonne nouvelle. Je n'étais sûr de rien. Vous avez toujours envie d'entrer ?

Elle dissimulait sa peur.

— Qu'est-ce qu'on risque ?

— Une chose m'étonne. Pourquoi le plan de Félibien est-il resté à l'intérieur de ce château ? Si j'étais le propriétaire, je le mettrais dans un coffre de banque. Ce serait plus sûr, non ?

— Je vous ai dit tout à l'heure que Flamel m'avait indiqué qu'on venait de le retrouver. J'imagine que transporter ce genre de chose ne s'improvise pas. Il faut prendre d'infinies précautions pour ne pas le détériorer.

Une ombre se dessinait sur la façade, on aurait dit le visage du diable.

L'endroit était sinistre.

— Avec votre tournevis, vous allez réussir à rentrer ? murmura-t-elle d'une voix inquiète.

— Quand j'étais jeune, je cambriolais des maisons.

— Vraiment ?

— Je plaisante. Mais j'ai suivi des études de bricolage parallèlement à mon cursus d'histoire. Bricoler, j'adore ça.

Mary ignorait s'il était sérieux ou s'il plaisantait.

Les volets étaient vermoulus.

— Un jeu d'enfant ! s'écria-t-il. On dirait que personne n'a ouvert ces fenêtres depuis longtemps.

Il se servit du tournevis comme d'un levier. À la grande surprise de Mary, le volet céda facilement. En s'ouvrant, il grinça sur ses gonds. Conte cassa la vitre à l'endroit où se trouvait la poignée et passa sa main à l'intérieur. Les deux battants s'écartèrent.

Une odeur de moisi pénétra dans les narines des visiteurs.

L'historien balaya l'intérieur avec sa lampe. Il aperçut une table et trois vieux fauteuils couverts de poussière.

— Beurk, ça sent la pourriture là-dedans !

Ils enjambèrent le rebord de la fenêtre, puis Conte referma le volet derrière lui.

Ils traversèrent la pièce. La poussière collait au sol.

— Sinistre, c'est sinistre, murmura Mary. Si vous n'étiez pas là, je rebrousserais chemin.

— Vous vous dégonflez ? Un homme vigoureux vous accompagne. De quoi vous plaignez-vous ?

— J'espère qu'on ne se jette pas dans la gueule de loup.

— Nous n'en savons rien, mais je doute que quelqu'un nous attende. Mary, je vais sans doute vous décevoir…

— Pourquoi dites-vous cela ?

Conte soupira.

— À mon avis, nous faisons fausse route. Nous n'allons rien trouver.

— Comment le savez-vous ?

— Le marquis de Nogent est mort depuis des années. Personne n'est venu depuis. Je reconnais les meubles que j'ai vus dans mon adolescence.

— Après la guerre, Nogent n'a-t-il pas conservé le plan de Félibien dans le plus grand secret pour se faire plaisir ?

— Peu probable. C'était un éleveur de chevaux et un coureur de jupons. L'histoire et l'architecture ne l'intéressaient pas. Il a accepté d'abriter les vitraux parce qu'il n'avait pas le choix. Il s'en serait bien passé. Aux dires des villageois, quand les gens des monuments historiques sont venus les reprendre après la guerre, il semblait soulagé. Ma grand-mère le connaissait. Elle m'a souvent parlé de lui. Quel intérêt pour lui de conserver le plan de la cathédrale ?

Mary était déçue par ces mots qui détruisaient ses derniers espoirs. Le mot « Villefontaine » prononcé deux fois par Flamel n'avait peut-être rien à voir avec cet endroit. Il existait sans doute d'autres Villefontaine en France, des villes, des hameaux, d'autres châteaux.

Elle essayait de garder le moral.

— Allons dans les caves, voulez-vous ? s'écria-t-elle. Si on ne trouve rien, eh bien je me suiciderai. J'en ai assez de vivre. Je n'ai pas envie de pourrir en prison.

— Ne soyez pas pessimiste. On ne peut pas vous condamner sans preuve.

— Les preuves m'accablent.

— Mais vous êtes innocente, non ? Vous finissez par me faire douter.

— Vous pensez que je suis une meurtrière, est-ce cela que vous êtes en train de me dire ?

Conte ne répondit pas. Il ne savait plus que penser.

Un craquement effrayant déchira le silence.

— Qu'est-ce que c'est ? demanda la jeune femme.

— Il y a toujours des craquements dans les vieilles bâtisses. Des rats, sans doute.

— Je déteste les rats.

— Les rats ne vous tueront pas.

— Vous pensez qu'on va nous tuer ?

Conte regarda le visage de la jeune fille. Malgré la peur qui se dessinait dessus, il était très beau. Il avait envie de l'embrasser.

Ils débouchèrent dans un couloir qui puait la poussière à plein nez. La lumière de la lampe dessinait des ombres sinistres sur les murs. Aucun bruit en dehors de leur voix, de leurs pas, et de leur respiration hachée.

— Essayons d'allumer les lumières, s'écria Mary. Ce serait quand même plus pratique que votre lampe de poche.

— Surtout pas ! Si nous allumons, on va se faire repérer.

— Repérer ? Mais repérer par qui ?

— Par le voisinage, voyons ! Si les villageois aperçoivent des lumières dans ce château abandonné, ils appelleront la gendarmerie.

— Le bâtiment se trouve au fond d'un parc. Si nous allumons les ampoules, personne n'en saura rien.

— Ne prenons aucun risque, voulez-vous ?

Conte craignait d'être accusé de cambriolage. Il n'avait jamais commis de délit et cette effraction le mettait mal à l'aise.

Mary n'entendit pas. Elle se précipita vers un vieil interrupteur et appuya dessus.

Aucune lumière ne jaillit.

Conte était gagné par la colère. Il ne supportait plus qu'elle n'en fasse qu'à sa tête.

— Je vous demande de m'obéir, sinon je laisse tout tomber. Vous m'avez entendu ?

— Les rats, vous n'avez pas peur des rats ?

L'historien pouffa de rire.

En dessous d'un escalier menant à l'étage, Conte aperçut une petite porte.

— Regardez. L'entrée de la cave. Descendons, voulez-vous ?

Conte ouvrit le battant qui grinça dans un bruit sinistre.

Ils avaient l'impression de pénétrer dans un tombeau.

L'escalier en pierre descendait jusqu'à une première salle de petite taille entièrement vide. De là partait un deuxième escalier plus raide et plus long. Les hautes marches irrégulières étaient humides et glissantes.

— En voilà un bel endroit ! murmura Mary. Cet escalier est bien plus vieux que le château.

Elle observait le plafond.

— La maçonnerie date de l'époque romane ou des premiers temps du gothique. Sans doute les soubassements d'un fort ancien. Cela dit, c'est une vraie souricière. Si quelqu'un veut nous enfermer ici, ce ne sera pas très difficile.

Les paroles de Mary agaçaient l'historien.

— Je vous rappelle que c'est vous qui avez voulu venir ici ! Pas moi ! Je ne vous ai pas forcée.

Au pied de l'escalier, ils arrivèrent dans une galerie voûtée en berceau. Conte projeta sa lampe. Le rond de lumière sur le mur fermant la galerie était très lointain, minuscule.

— Au moins cent mètres de long ! s'exclama l'archéologue.

— N'exagérons rien ! Je dirais cinquante mètres tout au plus.

Il observa la voûte.

— Elle a été creusée dans le tuffeau, un calcaire crayeux qui renferme des grains de quartz. Je ne savais pas qu'il y en avait ici. En Touraine, on en trouve partout. C'est un excellent matériau de construction, facile à tailler. La plupart des châteaux de la Loire ont été bâtis en tuffeau.

Mary était subjuguée par ce qu'elle voyait.

— Cette galerie est ancienne, très ancienne.

— Elle devait servir de cave à vins, précisa Conte.

— Du vin ici ?

— Il en existe d'excellents sur les coteaux du Vendômois. Au Moyen Âge, la vigne était cultivée dans les vallées du nord de la France.

L'Américaine poussa un cri de surprise.

— On dirait la crypte de la cathédrale de Chartres. La voûte arrondie a la même hauteur. C'est incroyable.

— La pierre n'est pas la même. À Chartres, c'est du calcaire de Berchères. Le tuffeau que l'on voit ici est plus méridional.

Ils marchèrent quelques mètres sur le sol en terre battue. À gauche, sur les murs, ils aperçurent des pancartes en bois sur lesquelles on lisait des inscriptions peintes en blanc : « baie 30 », « baie 49 », « baie 50 », « baie 51 ».

— Regardez, s'exclama Conte. C'est ici que les vitraux ont été cachés.

— Les numéros correspondent à quoi ?

— Si ma mémoire est bonne, il s'agit, dans l'ordre, de Notre-Dame-de-la-Belle-Verrière, de l'arbre de Jessé, de la vie du Christ, de la Passion. Les quatre vitraux du XIIe siècle. Ils ont été placés à l'entrée de la cave. Cela correspond à ce qu'on m'avait dit. Jusque-là, rien d'étonnant.

L'historien projeta sa lampe.

— Il n'y a rien en dehors de ces inscriptions. Vous voyez, le plan de Félibien n'est pas là.

Mary écarquillait les yeux.

— Allons voir plus loin, on ne sait jamais. La galerie est profonde.

Pour lui faire plaisir, Conte accepta d'aller jusqu'au bout de la cavité.

À certains endroits se trouvaient de petites flaques d'eau. Des gouttes tombaient du plafond. La boue collait aux semelles des visiteurs.

La Papesse montra à Satolas le cachot où serait enfermée Mary après son enlèvement. Une pièce carrée, équipée d'un lit de camp sur lequel était pliée une couverture militaire. Aucun autre décor. Pas de chaise. Pas de lavabo. Pas de fenêtre.

– La table de torture, ricana la jeune femme en posant sa main sur le lit.

Satolas ne comprenait pas.

Elle montra le plafond du doigt.

Il leva les yeux.

À plusieurs mètres du sol était accroché un énorme haut-parleur.

– Une enceinte de boîte de nuit ! ricana-t-elle. Elle adore la grande musique.

– C'est moi qui m'occuperai de l'interrogatoire ?

Les yeux de la Papesse suaient la haine.

– Nous devons savoir à qui elle a parlé pendant sa disparition. Qu'a-t-elle dit ? A-t-elle révélé le secret ?

Satolas observa le cachot. C'était un endroit sinistre. Les murs dégoulinaient d'humidité.

La Papesse poursuivit :

– Nous nous demandons avec inquiétude ce que Flamel a bien pu baver avant d'être exécuté.

Satolas se demandait comment l'ecclésiastique avait été pisté jusqu'à Châteaudun. Sa supérieure hiérarchique lui avait dit que personne n'avait suivi la Polo dans les champs, mais elle avait tu la façon dont Angus avait réussi à la retrouver. Avait-elle été repérée grâce au GPS embarqué ?

La Légion était très compartimentée. Certains secrets n'étaient pas partagés par tous. Seul l'Empereur avait une vision globale des événements.

Après avoir inspecté minutieusement la pièce, la Papesse reprit.

– La torture par le bruit est une chose épouvantable. L'Américaine va résister une heure, peut-être deux ou trois. Chaque organisme réagit à sa façon, mais à un moment, elle craquera. Le son l'empêchera de dormir. Elle deviendra folle.

– Elle entendra quoi ? se demandait l'homme qui découvrait ce mode de torture pour la première fois.

La femme sortit de sa poche une télécommande. Elle appuya dessus.

Une cloche d'église sonna à toute volée. Satolas était stupéfait.

– Le gros bourdon de la cathédrale, hurla-t-elle. Elle qui aime tant Notre-Dame de Chartres, elle va être folle de joie.

Le bruit était insupportable. L'homme entendait à peine la voix de sa comparse. Celle-ci appuya de nouveau sur la télécommande. Le vacarme s'arrêta.

– Ce sera comme si elle avait la tête à l'intérieur de la cloche. Elle souffrira au martyr. Le gros bourdon a été fondu en 1840. Il pèse plus de six tonnes et mesure deux mètres de haut. Vous connaissez son nom de baptême ?

Satolas n'était pas un spécialiste de la cathédrale. Il hocha la tête en signe d'ignorance.

Le sourire de la Papesse était abominable.

– La plus grosse cloche s'appelle Marie. Nous le dirons à l'Américaine. Elle sera flattée d'apprendre que le gros bourdon porte le même nom qu'elle.

Mary et Conte progressaient avec précaution dans l'immense galerie souterraine rendue très glissante par les flaques d'eau et la boue.

L'archéologue était découragée.

— Nous faisons fausse route.

— Vous avez changé d'avis depuis tout à l'heure ?

— Nullement. On va trouver quelque chose, mais pas ici. Il faut explorer le reste du château. Ici règne le vide. Et s'il existe quelque chose, ça doit être bouffé par l'humidité. Imaginez l'état de vieux papiers abandonnés ici depuis soixante-dix ans.

La lampe balayait l'obscurité.

— Ce n'est pas une cave, mais un souterrain, s'exclama Conte. J'ignorais qu'il existait une galerie de cette ampleur ici.

Après un long moment de silence, il reprit la parole :

— Pour l'humidité, vous avez raison. Pendant la guerre, les vitraux de la cathédrale avaient été placés en morceaux dans des caisses en bois. En 1945, quand on a voulu les reprendre, on s'est aperçu qu'elles étaient pourries.

— Les vitraux ont souffert ?

— Les vitraux ne craignent pas l'humidité. Mais il a fallu les transvaser dans d'autres caisses pour les ramener à Chartres. Une opération très délicate. La cathédrale n'a retrouvé sa parure de verre qu'en 1947.

Ils arrivèrent au bout de la galerie. Un effondrement empêchait d'aller plus loin.

— Un cul-de-sac ! s'écria Mary. J'imagine que ce souterrain du Moyen Âge permettait de quitter le château en cas d'assaut victorieux de l'ennemi. Il en existe beaucoup comme celui-là partout en Europe. Certains n'ont pas résisté à l'outrage du temps.

Conte projeta sa lampe de tous côtés. Dans une alcôve profonde, il aperçut trois grandes caisses.

Trois grandes caisses côte à côte dans la galerie souterraine du château de Villefontaine. De quoi s'agissait-il ?

Deux en bois, la troisième en métal, fermées par d'énormes serrures.

— Vous voyez, on touche au but ! s'écria Conte d'une voix teintée de malice. Des caisses de bon pinard !

L'historien s'approcha de la première. Il la tâta du bout des doigts.

— Le bois est complètement vermoulu. Il suffit de donner un bon coup de pied dedans pour que ça s'écroule.

— Tout doit être en putréfaction à l'intérieur, soupira Mary.

Conte arracha les planches sans difficulté. Il braqua sa lampe.

— En plus, il n'y a rien, s'écria-t-il d'une voix dépitée. Vide ! Pourquoi avoir mis une serrure pour fermer une boîte vide. Je ne comprends pas.

— Vous pensez que ces caisses datent de la dernière guerre ?

— Comment le saurais-je ? Elles n'ont peut-être rien à voir avec ce que nous cherchons. Des caisses dans une cave, quoi de plus banal ? À Chartres, il existe des centaines de caves très profondes qui remontent au Moyen Âge. Une légende urbaine prétend que certaines sont reliées à la crypte de la cathédrale par des souterrains.

— À quoi servaient-elles ?

— Tout simplement à entreposer du vin, et pas seulement du vin de messe. La vallée de l'Eure était un pays viticole comme d'autres vallées du bassin parisien.

— Vous les Français, vous êtes des ivrognes, c'est bien connu. Mais pourquoi ces vignes ont-elles disparu ?

— Au XIIIe siècle, la température était plus élevée qu'aujourd'hui. On cultivait la vigne jusqu'en Angleterre. Et puis le chemin de fer n'existait pas. Les vins de Bordeaux et de Bourgogne étaient réservés à une élite fortunée. Les gens du peuple buvaient la piquette locale.

Mary se sentait perdue.

— Et ici, d'après vous, on est dans une cave à vins ?

— Sans doute. Près du château devait se trouver un négociant en vins et spiritueux. Il y en a eu un à Illiers-Combray, très réputé, pendant des décennies.

Conte s'approcha de la deuxième caisse, donna des coups par-dessus. Les planches cédèrent. Sa lampe balaya l'intérieur.

— On progresse ! On progresse ! J'aperçois un objet.

— Un bas-relief en pierre ! s'écria l'archéologue, la voix exaltée.

— Ne touchons à rien. C'est peut-être très fragile.

La lumière lécha la pierre.

— À votre avis, ça date de quand ? demanda Mary, interloquée.

— Difficile à dire. Sûrement très ancien. En tout cas, ce ne sont pas des sculptures du XIXe. Sans doute XVe ou XVIe. Renaissance ou gothique flamboyant. Je ne suis certain de rien. Il faut les voir de plus près.

Avec son pied droit, il frappa les flancs de la caisse qui s'écroulèrent rapidement. Le bas-relief apparut dans sa splendeur.

Dans la pierre, des personnages marchaient dans le même sens, vers la droite.

— Au moins, ce genre d'objet ne craint pas l'humidité, s'exclama l'historien. Les sculptures peuvent traverser des millénaires sans encombre.

Il observa les figures.

— Elles sont couvertes de mousses ou de lichen, quoi de plus normal. D'où proviennent-elles ? Pourquoi sont-elles là ? Difficile de savoir.

La lumière s'attarda longuement sur chaque visage.

La voix de l'archéologue était très exaltée.

— Ils sont couronnés. Ce sont des rois. Trois rois.

— Sans doute les rois de la Bible. Saül, David, Salomon.

L'Américaine effleura les statues de ses doigts frêles.

— Je ne crois pas.

Elle repensa à la chanson qu'elle avait fredonnée dans l'église de Meslay-le-Grenet.

— Les rois mages ! J'en suis certaine. Tels qu'ils apparaissent sur le grand vitrail occidental.

— Vous avez l'œil ! Comment le savez-vous ?

— Une intuition.

Conte fronça les sourcils.

— Ces statues ressemblent à celle du jubé. La même facture, la même taille.

— Le jubé ? Celui qui a été détruit ?

— Édifié au XIIIe siècle sous le règne de saint Louis, il séparait le chœur de la nef. Il a été démoli par les chanoines en 1763, au moment où la sculpture de l'Assomption a été érigée. Il fallait que les fidèles rassemblés admirent la nouvelle statue de la Vierge d'inspiration baroque. Un crime contre l'architecture. On a détruit le plus beau jubé du Moyen Âge. Quelques fragments ont été sauvés *in extremis*, d'autres ont servi de dallage ou de matériau de construction. Il existe une magnifique nativité. La Vierge esquisse un geste maternel au-dessus de l'enfant Jésus. Autrefois, on admirait les vestiges du jubé dans la chapelle Saint-Piat, derrière la cathédrale, aux côtés du trésor épiscopal.

– Ils ont été volés ?

– Volés, non, mais dissimulés dans le triforium. Les visiteurs ne peuvent plus les voir.

– Pour quelle raison ?

– Officiellement, il s'agit de les protéger. Le ministère de la Culture a peur qu'ils soient dégradés.

Après un instant de silence, il reprit.

– Une chose m'étonne. Les vestiges du jubé comprennent déjà trois bas-reliefs représentant les mages : le sommeil et le réveil des mages, les mages devant Hérode, l'adoration des mages. Ce serait donc une quatrième représentation. Très surprenant !

Mary était très exaltée.

– Moi, ça ne m'étonne pas. Les mages sont omniprésents dans la cathédrale. Sur le grand vitrail occidental, ils apportent à Jésus des pièces qui rendent hommage à Allah.

– Vous êtes bien renseignée. Cette découverte récente est stupéfiante. La présence d'Allah sur la verrière principale d'une cathédrale médiévale, on a du mal à le croire.

– Les constructeurs de Chartres étaient des intellectuels, pas des fanatiques.

Conte projeta de nouveau sa lampe sur le bas-relief.

– Regardez ! Sur le socle, une inscription.

– On ne voit pas bien.

En professionnelle des fouilles, Mary gratta la pierre de manière efficace et délicate.

— Une phrase en hébreu !

L'historien braqua la torche au plus près possible de la pierre.

L'inscription avait plus d'un centimètre de haut.

שְׁמַע, יִשְׂרָאֵל: יְהוָה אֱלֹהֵינוּ, יְהוָה אֶחָד.

Conte, qui connaissait bien cette langue, la déchiffra à voix haute sans difficulté. Il parlait d'une voix solennelle.

— « Écoute, Israël, l'Éternel, notre Dieu, l'Éternel est Un. » La profession de foi du judaïsme.

— Après celle des musulmans sur la façade occidentale, celle des hébreux. Qu'en déduire ?

Conte se caressa le menton.

— D'après moi, les intellectuels de l'École de Chartres ont voulu rendre hommage au peuple hébraïque. Pour eux, l'antisémitisme n'avait aucun sens. Pendant que des massacres de juifs étaient commis sur la route des croisades, ils gravaient leur amour pour les juifs dans la pierre.

— Étonnant d'avoir inscrit cela sur une sculpture chrétienne.

— C'est sans doute pour cette raison qu'elle a été cachée ici. Certains fanatiques ne supportaient pas de la voir exposée à la vue de tous.

Mary fronça les sourcils.

— Pourquoi ne pas l'avoir tout simplement détruite ? Cela aurait été plus simple, non ? Détruire des chefs-d'œuvre de l'art est monnaie courante. Les révolutionnaires, les nazis, les islamistes ne se sont pas gênés.

— Un chrétien, même fanatique, ne détruit pas une sculpture de cathédrale. Ce serait un sacrilège. Au pire, il la dissimule.

— À Chartres, combien de statues ont disparu ?

— Très peu, affirma Conte. Aujourd'hui, nous admirons la plupart des statues que les pèlerins du Moyen Âge admiraient. La cathédrale n'a guère souffert des guerres et des révolutions, contrairement à celle de Paris, Rouen,

Reims. Mais il y a quand même eu des dégradations. Le jubé a été abattu par les chanoines au XVIIIe siècle, je vous l'ai dit. La Révolution a jeté à terre les douze statues des apôtres présentes dans la nef. Elles ont été ensevelies on ne sait où. Une rumeur prétend qu'elles se trouvent en face de l'actuelle médiathèque, enterrées dans un jardin au pied des remparts. Des statues-colonnes du portail royal ont disparu au même moment.

L'historien examina de très près le bas-relief.

— Franchement, et sauf erreur de ma part, je pense qu'il s'agit bien d'un fragment du jubé. Même s'il est moins large, il a la même hauteur que les autres bas-reliefs. Les personnages sont identiques. Le sculpteur, ou l'atelier, est le même.

— Vous pensez qu'il a été placé dans cette cave au XVIIIe siècle ?

— Cela m'étonnerait. La caisse ne date pas de cette époque. Ou alors le bas-relief était ici depuis très longtemps, et enfermé dans cette caisse à une date récente.

Mary haussa les épaules.

— On n'est pas tellement avancé. Quel rapport entre ce bas-relief et les meurtres ? Les intellectuels et les artistes ont laissé des inscriptions partout dans la cathédrale. Sur les vitraux, sur le jubé. Ils ont voulu signifier au monde que le christianisme était une religion de tolérance et qu'elle tendait la main aux autres confessions. Qu'est-ce qu'on en déduit ?

Elle s'arrêta, ferma les yeux. Elle repensait au grand vitrail occidental. Elle revoyait la scène représentant la naissance du Christ.

— Le rideau qui s'ouvre au-dessus de la nativité de la verrière ouest rappelle le drapeau israélien. Les bandes ont exactement les mêmes couleurs : le blanc et le bleu.

— Vous allez loin.

— Le judaïsme est omniprésent dans la cathédrale.

— Certes, mais cela n'a rien d'extraordinaire, rétorqua Conte. Jésus était juif. Les mages sont venus rendre visite au roi des juifs. La cathédrale symbolise le passage de l'Ancien au Nouveau testament. Le portail royal en est l'illustration éclatante. Les statues-colonnes représentent les rois de la Bible. Au-dessus, dans toute sa gloire, sur le tympan, le Christ trône en majesté.

Il braqua de nouveau sa torche sur les rois mages.

— Comme ils sont beaux ! s'exclama l'historien d'une voix pleine d'admiration.

— Savez-vous que l'évangile selon saint Matthieu, qui seul évoque les mages, n'en mentionne pas le nombre, précisa Mary qui repensait aux propos de Flamel dans l'église de Meslay. Gaspard, Melchior et Balthazar est une invention ultérieure.

— Mais pourquoi trois ? Pourquoi pas deux ou quatre, ou dix ou vingt ?

Ils entendirent un bruit sur le sol mouillé. Quelqu'un venait-il vers eux ?

Conte projeta sa lampe vers l'entrée, mais il ne vit rien.

— Qu'est-ce que c'est ? demanda l'Américaine d'une voix glacée par la terreur.

— Je ne sais pas. On dirait que nous avons de la visite.

— Comment sait-on que nous sommes là ? Nous n'avions pas fermé la porte de la cave ?

— Heu, je crois l'avoir laissé entrouverte, je ne sais plus.

Le visage de Mary était blanc comme la pierre de Berchères.

L'endroit lui rappelait la crypte.

Elle repensa au meurtre de Saint-Germain.

Elle avait l'impression de revivre la même scène.

Un sol boueux.

Une galerie souterraine, longue, au sol inégal, éclairée faiblement.

Un cul-de-sac.

Une balle atteindrait Conte, tirée avec un revolver muni d'un silencieux. Il s'effondrerait à ses pieds, mort.

Ce sera le troisième mort de cette histoire effarante.
À moins qu'elle ne soit à son tour abattue.
Dans cette galerie souterraine, personne ne découvrira le cadavre des deux fugitifs.
Ils resteront ici à jamais.
Jusqu'à la fin des temps.

— Qu'est-ce qu'on fait ? murmura Mary d'une voix tremblante.

Ils tendirent de nouveau l'oreille. Ils n'entendaient plus rien.

Était-ce vraiment un pas ?

Ils n'en savaient rien.

Ils se turent quelques minutes, puis Conte reprit.

— Soyons rationnels. Nous ne sommes pas armés. À supposer qu'on veuille nous tuer, il suffit qu'on nous attende à l'entrée de la galerie ou en haut de l'escalier. Nous sommes coincés.

— Et donc ?

— Autant continuer à farfouiller. On n'a plus rien à perdre.

— Si nous mourons dans dix minutes, cela ne servira à rien !

Résignés, ils s'approchèrent de la troisième caisse.

— Une boîte en métal ! s'exclama l'historien. On l'ouvre et après on s'en va, c'est promis.

Il donna des coups de tournevis dedans.

— Du cuivre ! Sacrée épaisseur !

Il essaya de soulever le couvercle où se trouvait une serrure ouvragée.

— Fermée à clé ! Le contraire m'aurait étonné.

— Conte, faites levier avec votre tournevis. Vous avez des muscles. On regarde à l'intérieur puis on file. Je n'ai pas envie de moisir ici.

Il utilisa toutes ses forces pour faire sauter la serrure, qui finit par céder. Il ouvrit le couvercle, puis projeta le rayon lumineux à l'intérieur.

— Pouah, ça pue le moisi !

Ils se penchèrent dans un même mouvement.

— Regardez, trois rouleaux de papier ! cria Mary, très excitée.

Conte ouvrit grand les yeux.

— Ils ont l'air en mauvais état.

— Le métal ne les a pas protégés de l'humidité ?

— Un peu, sinon ils n'existeraient plus, mais ils sont quand même très dégradés. J'espère qu'ils ne vont pas s'effriter entre nos doigts.

Il attrapa l'un d'eux.

— Pas de précipitation, s'écria Mary, qui connaissait la fragilité des vieux documents.

— Dans ce cas, dépliez-le vous-même. Les mains féminines sont plus habiles. Je vais l'éclairer avec la lampe.

Mary déroula un document carré d'environ soixante-dix centimètres de côté.

— Le plan de Félibien ! hurla Conte, ébahi. Celui de la cathédrale du XIIIe siècle.

— Comment le savez-vous ?

— Son nom est inscrit en bas.

— Flamel avait donc raison. Il a échappé à l'incendie de la bibliothèque municipale en 1944.

— Eh bien, c'est une excellente nouvelle. Mais pour quelle raison a-t-il été placé ici ?

Mary avait son explication.

— On a caché les documents les plus précieux. On ne pouvait pas transporter toute la bibliothèque, il y avait trop de livres et de papiers. Soit il a été transféré avant l'incendie, soit quelqu'un l'a sauvé des flammes, mais cela ne change rien.

Ils observèrent longuement le délicat tracé du plan. Les légendes étaient nombreuses. Elles donnaient de précieuses indications sur le nom et la fonctionnalité de certaines parties de l'église. Ils étaient émerveillés par cette découverte exceptionnelle, mais ils ne savaient qu'en déduire.

— Regardez, on voit bien le plan du jubé, s'écria Mary.

Ils examinèrent de près le dessin de la galerie séparant le chœur du reste de l'église.

— On distingue parfaitement les sept pinacles qui surmontaient les sept ouvertures.

La lumière de la lampe éclairait de très près la feuille.

Mary avait une excellente vue. Dans le chœur, à proximité du jubé, elle aperçut trois caractères microscopiques placés dans l'axe de l'église.

ד

C

الله

— Un caractère hébreu, un caractère latin ou français, un caractère arabe, s'écria-t-elle.

Conte était perplexe.

— J'ignorais qu'existaient de telles inscriptions sur le plan de Félibien. Personne ne m'en avait jamais parlé. Et c'est vraiment minuscule. Comme si le secrétaire de l'Académie royale d'architecture n'avait pas voulu qu'on s'en aperçoive. Elles sont trop petites, je n'arrive pas à les lire. Il faudrait une loupe. Que voyez-vous exactement ?

— Je ne connais ni l'hébreu, ni l'arabe. Au milieu, c'est un C. Qu'est-ce que ça veut dire ? Christus ? Crux ? Communionem ? Chartres ? Constantinople ? Charlemagne ? Charles le Chauve ? Church ?

— Mary, c'est peut-être du français, mais sûrement pas de l'anglais, répondit l'historien avec un sourire.

Il plissa les yeux pour tenter de mieux voir.

— Je n'y arrive pas !

— Désolé, mais je ne peux pas vous aider. Pour moi, les autres caractères sont des gribouillis. Le premier ressemble à un 7, le dernier à un M renversé.

Ils ne voulaient pas perdre de temps.

Mary déplia le deuxième document et le posa à plat sur le premier.

Cette fois, ce n'était pas un plan, mais une gravure ancienne.

Elle représentait des bas-reliefs qu'ils n'eurent aucun mal à reconnaître, sauf un. Il s'agissait des sculptures de l'ancien jubé : la nativité, l'annonce aux bergers, les mages devant Hérode, l'adoration des mages, le sommeil et le réveil des mages, la présentation au temple.

— Extraordinaire ! murmura l'archéologue.

— Regardez, en bas, on aperçoit deux bas-reliefs deux fois plus petits en largeur que les autres. Le premier représente l'Annonciation, qui existe encore. Je ne connaissais pas le second. Il a sans doute été utilisé comme dalle, ou caché dans la crypte, et jamais retrouvé. Les statues étaient sacrées, on ne devait en aucune façon les détruire ou les placer hors de la cathédrale. Si on ne voulait plus les voir, on les enterrait.

L'Américaine avait l'œil aiguisé.

— Frédéric, il s'agit du bas-relief que nous venons de découvrir. Les mages ont l'air de s'en aller. Leurs mains sont vides. Vous êtes aveugle ou quoi ?

— Arrêtez de vous moquer de moi, s'il vous plaît. Cette gravure prouve que mon intuition était la bonne. Les sculptures découvertes proviennent bien du jubé. Des bas-reliefs deux fois plus petits que les autres se trouvaient à chaque extrémité. Celui de gauche représentait l'Annonciation. Celui de droite n'a pas été identifié. Certains historiens affirment qu'il n'a jamais existé.

— Nous venons de le retrouver, s'exclama Mary d'une voix triomphante.

Elle plongea de nouveau son regard sur la gravure. Elle poussa un cri.

— Regardez, en bas de la feuille, on voit une phrase en hébreu, une autre en latin et une troisième en arabe. Cette fois, vous pourrez les lire, les lettres sont très grandes.

שְׁמַע, יִשְׂרָאֵל: יְהוָה אֱלֹהֵינוּ, יְהוָה אֶחָד.

Credo in unum Deum, Patrem omnipotentem,
factorem cæli et terræ,
visibilium omnium, et invisibilium.

أشهد أن لآ إلَـهَ إلا الله

— La phrase en hébreu est identique à celle découverte sur le bas-relief, murmura l'historien. « Écoute, Israël, l'Éternel, notre Dieu, l'Éternel est Un. »

— La phrase en latin est la première du credo, ajouta l'Américaine : « Je crois en un seul Dieu, le Père tout-puissant, créateur du ciel et de la terre, de l'univers visible et invisible. » Pour l'arabe, je sèche. Conte, vous connaissez l'arabe, n'est-ce pas ?

— Il s'agit d'une partie de la chahada, la profession de foi de l'islam : « Il n'y a de dieu qu'Allah l'Unique. »

Un long silence de stupéfaction.

— La même expression que celle gravée sur le vitrail occidental. Mais pourquoi avoir écrit cela sous la représentation des bas-reliefs du jubé ?

— Parce que ces trois professions de foi s'y trouvaient, forcément, s'écria Conte sans hésitation. Cela me semble une évidence. La preuve, nous venons de découvrir la première sur celui qui avait disparu.

— On a retrouvé les autres bas-reliefs, non ? Les professions de foi chrétienne et musulmane y sont gravées ou pas ?

— Je n'en ai jamais entendu parler, mais cela ne prouve rien. Ces bas-reliefs sont des fragments. Des parties ont été perdues.

Mary était circonspecte.

— Sur cette gravure, on lit « Israël » à côté de la profession de foi musulmane. C'est très politiquement incorrect. Je devrais dire : très religieusement incorrect.

Conte lui rappela quelques faits historiques.

— Tout le monde sait que le nom d'Israël existait bien avant la création de l'État en 1947. On le trouve dans le Livre de la Genèse. Le troisième patriarche hébreu, Jacob, est appelé Israël, « celui qui lutte avec Dieu ». Après le retour des juifs d'Égypte, le mot Israël a désigné le pays de Canaan dirigé par le roi Salomon.

— Une chose m'étonne, s'exclama Mary. Cette gravure ne date pas du Moyen Âge. D'après moi, elle remonte au XVIIe ou au XVIIIe siècle. Il est même possible que Félibien en soit l'auteur. Est-ce lui qui a écrit ces mots en hébreu, latin et arabe ?

— Le maître-graveur a simplement recopié ce qu'il avait vu. Il a observé ces inscriptions que personne ne voyait, car trop hautes et trop petites. Un artiste du XIIIe siècle les avait écrites sur le jubé, imitant le maître-verrier du siècle précédent inscrivant le nom d'Allah sur le grand vitrail occidental.

Mary était très emballée.

— Ces trois professions de foi faisaient face aux vitraux du XIIe situés à l'autre bout de la nef. Les mages du jubé regardaient ceux de la façade. La coïncidence est troublante.

Les pensées s'entrechoquaient dans sa tête.

Elle respira un grand coup avant de reprendre.

— La conclusion saute aux yeux. Les mages représentent les trois parties du monde connu, *tres partes mundi*, mais aussi les trois religions monothéistes. La relique enfouie sous la crypte est très certainement liée à ces personnages. Tout ce que nous avons découvert accrédite cette hypothèse.

— Effectivement, les mages sont omniprésents dans la cathédrale, comme nulle part ailleurs dans le monde :

sur les vitraux, les portails, le jubé, la clôture du chœur[1]. Sur cette dernière, ils viennent adorer l'enfant habillés en princes du XVIe siècle, coiffés de grands chapeaux en plume. Mais leurs ossements sont à Cologne et les cadeaux apportés à l'enfant Jésus sur le mont Athos.

— Il s'agit de quelque chose de plus important. De plus sacré. De plus mystique.

— Admettons que ce soit vrai, qu'est-ce que cela change à notre destin ?

---

1. Mur sculpté séparant le chœur du déambulatoire. Élevé du XVIe au XVIIIe siècle, il comprend quarante et un groupes.

Mary attrapa le dernier document. Il était plus petit que les deux autres.

— Dépliez-le et posez-le sur le couvercle, ordonna Conte d'une voix ferme.

Il ne voulait pas s'attarder ici.

La jeune fille l'étala sur les deux autres en tenant les deux extrémités.

— Soyez très prudente. Ne l'abîmez pas. C'est peut-être notre dernière chance. La toute dernière. Il n'y a rien d'autre dans le coffre. Après, il va falloir remonter à la surface.

— Vous pensez qu'on nous attend en haut de l'escalier ?

Ils se turent et écoutèrent, l'oreille aux aguets.

— Nous n'entendons plus rien, murmura l'historien. Ce devait être de l'eau dégoulinant sur le sol.

Conte remarqua que le visage de Mary, après avoir été enjoué, était redevenu blême. Son humeur changeait d'une minute à l'autre.

— Ne vous en faites pas, ça va s'arranger, murmura-t-il d'une voix peu convaincue.

Après un silence, il ajouta.

— Vous imaginez ce que nous sommes en train de découvrir ? Des statues incroyables ! Des documents incroyables !

Elle secoua la tête.

— Les Légionnaires les ont cachés ici en espérant que personne ne les découvrirait. Une chose m'étonne. Il est facile de pénétrer dans ce souterrain. Aucune porte blindée. Rien. On entre comme dans un moulin.

— C'est le meilleur moyen de ne pas attirer l'attention. Quel cambrioleur aurait l'idée de descendre au fin fond de cette cave boueuse et sans lumière ?

Elle poussa un grand soupir.

— Nous avons découvert des curiosités archéologiques extraordinaires. Certes. Mais le plus important se trouve au fond de la crypte. Où exactement ? La crypte est immense. Et comment nous rendre là-bas sans nous faire remarquer ?

— Assez parlé, murmura l'historien d'une voix lasse. Regardons le dernier document.

La lampe balaya le papier.

— Le plan de la crypte ! s'écria Mary.

— En toute logique, il s'agit du plan dessiné par Félibien. Il l'a conçu en même temps que celui de l'église haute.

Un très long silence. Puis il reprit.

— Je suis surpris.

— Pourquoi ? Après le plan de l'église haute, il n'est pas étonnant de découvrir celui de l'église basse, non ?

— Certes, mais vous ne remarquez rien de bizarre ?

Mary écarquillait les yeux. Elle n'eut pas le temps de répondre.

— En grisé, poursuivit-il, on aperçoit la cathédrale carolingienne, celle qui a précédé l'édifice roman.

— Exact ! On voit la nef, le chœur et son déambulatoire.

— Merlet a découvert l'entrée de ce chœur. D'après certains historiens, il serait tombé sur l'accès nord.

— À votre avis, ce plan a été tracé par Félibien ?

Conte réfléchit avant de répondre.

— Peut-être. Ou peut-être pas. Les copies de ce plan du XIXe siècle ne reproduisent pas le tracé de l'église carolingienne. Difficile de savoir. En tout cas, très ancien. Regardez comme le papier est jauni.

Mary posa son index à un endroit très précis.

— C'est ici que Saint-Germain a été assassiné. Juste à côté de ce pilier cruciforme. On voit les marches qui le bordent.

— Cette gravure conforte les intuitions de Merlet, s'écria Conte d'une voix chargée d'émotion. Le pilier appartient au chœur carolingien. Il s'agit d'un vestige de la cathédrale construite après le raid viking de 858. Dans cette cathédrale a été déposé le voile de la Vierge sur ordre du roi Charles le Chauve.

L'Américaine compta les piliers.

— Douze dans la nef, six de chaque côté, et douze dans le chœur, en incluant ceux de l'abside. Vingt-quatre au total, comme les heures de la journée.

— La nef carolingienne se trouve entièrement à l'intérieur du tertre inexploré, entre les deux galeries de la crypte actuelle.

Mary secoua la tête.

— Vous pensez que les fondations sont toujours là ?

— Pourquoi auraient-elles disparu ?

L'historien, en expert, examina le plan avec minutie.

— À l'ouest du pilier cruciforme, au pied d'un pilier de la nef, se trouve une inscription microscopique.

Il projeta sa lampe dessus.

— Je n'arrive pas à lire. Trop petit. Mary ?

Elle regarda très attentivement et poussa un cri.

ד

C

الل‌ه

— Les mêmes caractères que sur le plan de l'église haute. Exactement les mêmes. Qu'est-ce que ça signifie ? Pourquoi les avoir tracés sur le côté, et non au centre, comme sur l'autre plan ? Par exemple dans le caveau Saint-Lubin. Pourquoi à côté d'un pilier de la nef ?

Au lieu de s'éclaircir, le mystère s'obscurcissait.

Mary émit une hypothèse.

— Saint-Germain m'emmène dans l'église carolingienne. Il se fait assassiner après m'avoir révélé qu'une relique était enterrée dans le coin. Cette inscription indique l'endroit précis où elle se trouve. Vous ne croyez pas ?

— Ce n'est pas très précis, objecta Conte. Les caractères s'étalent sur plusieurs centimètres. Vu l'échelle, sur le terrain, il y a au moins dix mètres entre la première et la dernière lettre. Ça laisse de la marge. Vous voulez creuser avec un bulldozer ?

L'achéologue tentait d'agir avec méthode.

— On va mettre côte à côte les trois documents.

Ils les posèrent sur les caisses et les examinèrent. La jeune fille observa avec minutie les inscriptions en hébreu, latin, arabe, l'une après l'autre.

Elle poussa un cri.

— Ça y est, j'ai compris.

— Vous en avez de la chance, moi je suis dans le flou le plus total.

— Normal, vous êtes bigleux. Conte, écoutez-moi bien.

Elle inspira un grand coup.

— Sur le plan de la crypte et sur celui du chœur, on observe les trois premières lettres des professions de foi hébraïque, chrétienne et musulmane, celles qu'on découvre sous les gravures du jubé, où elles étaient probablement gravées.

— Qu'en déduisez-vous ?

— Elles sont placées dans l'ordre chronologique : l'hébreu en haut, puis le latin, puis l'arabe. Le C de Credo, mais aussi de Christ, est placé au milieu. Les mages sont venus voir le Christ. La relique se trouve à l'endroit où est tracé le C. Ou plutôt, au milieu de la lettre C. Il faudrait superposer ce plan à celui des fouilles de Merlet, mais en gros, il est placé dans le remblai devant lequel Saint-Germain a été assassiné.

La réponse de l'historien fut cinglante.

— Si votre théorie est exacte, la relique se trouve à deux endroits différents. Sous le C de la crypte et sous le C du chœur.

– Mais non ! Saint-Germain m'a dit qu'elle était cachée dans la crypte. L'inscription du chœur n'est pas une géolocalisation, mais un hommage discret tracé dans l'axe de l'église.

– Vous avez réponse à tout ! Vous pensez que Félibien connaissait le secret ?

Mary eut une moue dubitative.

– Pourquoi pas ? Félibien était peut-être un initié. Vous m'avez dit vous-même qu'il était originaire de Chartres.

Conte trouvait Mary surexcitée. Elle échafaudait des hypothèses invérifiables.

– Et maintenant, soupira-t-il. Supposons que ce soit vrai. Vous allez rentrer à Chartres pour fouiller le sol ?

– Oui.

– Comment ça ?

– Je vais descendre dans la crypte et creuser en utilisant les indications données par ce plan.

– Il faudra un marteau-piqueur ! Ça va s'entendre ! Nous en avons parlé tout à l'heure. Vous m'avez exprimé vos réserves. Vous avez encore changé d'avis ?

– À cet endroit, ce n'est pas de la pierre, mais un remblai. De la terre entassée par les constructeurs du XIIIe siècle pour construire leur cathédrale. De la terre, rien que de la terre. Je vais imiter Merlet. À l'époque, les marteaux-piqueurs n'existaient pas. Je creuserai le remblai avec une pioche.

Elle devient folle, se dit Conte.

– Mary, il faudra demander une autorisation.

– Je me fiche des autorisations. On me traque depuis des jours, on cherche à me tuer, on m'accuse de meurtre, je dois fuir et me cacher, et vous pensez que je vais remplir un formulaire en trois exemplaires que j'enverrai en recommandé avec accusé de réception à la toute-puissante administration française, fidèle à ses habitudes, qui ne répondra jamais ? Frédéric, vous ne manquez pas d'humour.

— Pourquoi ne pas raconter l'histoire à la police ?

— Parce que la police ne me croira pas. Je suis considérée comme une femme dangereuse.

Elle sentit ses forces défaillir.

— Je n'en peux plus, dit-elle, je suis à bout. Je vais me suicider.

Elle se blottit contre l'historien. Il la serra très fort dans ses bras musculeux.

— Nous resterons unis jusqu'à la mort.

— Jusqu'à la mort ? Vous pensez que nous allons mourir ?

— Ce n'est pas ce que je veux dire, mais je ne vous abandonnerai jamais.

Après un instant de silence, il ajouta pour lui mettre un peu de baume au chœur.

— Je suis certain que nous sommes à deux doigts de découvrir la relique la plus incroyable de tous les temps.

Ils entendirent de nouveau un bruit étrange, très lointain, qui résonnait jusqu'à eux, comme si quelqu'un marchait à pas lents.

La jeune fille tressaillit.

— Un tueur nous attend.

— C'est de l'eau.

Mary respirait à peine, ou plutôt avec peine, le souffle court et empêché, les yeux fermés.

— De l'eau ? Ça ressemble à un pas humain.

Le bruit disparut aussi rapidement qu'il était apparu.

— L'eau coule par intermittence sur le sol, donnant l'illusion d'un pas, suggéra Conte pour tenter de détendre l'atmosphère.

Il éteignit sa lampe un instant, serra de nouveau la jeune fille dans ses bras, caressa ses beaux cheveux blonds. Il entendait son cœur battre à tout rompre. À un moment, dans la nuit, leurs lèvres se frôlèrent.

L'historien ralluma la lumière.

— Je mets les trois documents dans le sac. Nous rentrons.

— Nous rentrons où ?

Il répondit d'une voix peu convaincue.

— À Chartres. Où voulez-vous aller ? On ne va pas continuer à errer dans la campagne. Ces documents seront des pièces à conviction.

Il était très inquiet mais ne voulait pas le dire. S'affoler ne servait à rien. Il voulait faire montre d'un sang-froid absolu.

Mary roula délicatement les trois documents sur eux-mêmes et les rangea dans le sac de sport.

Conte éteignit de nouveau sa lampe.

— Mary, donnez-moi votre main.

— Vous voulez qu'on marche dans le noir ?

— Oui.

— Pour quelle raison ?

— Voyons, réfléchissez. Si nous laissons la lampe allumée, on se fera repérer facilement. Vous ne lisez jamais de romans policiers ? Les criminels filent à l'anglaise dans le noir le plus complet. Comme des petites souris.

— Nous ne sommes pas des criminels.

— Taisez-vous.

— Mais comment s'orienter ?

Il insista.

— Donnez-moi la main je vous dis.

Il attrapa les doigts de la jeune fille. Ils tremblaient.

L'historien voulut la rassurer.

— Vous avez raison. Il faudra creuser nous-mêmes le remblai.

Ils marchèrent en silence jusqu'à l'extrémité de la galerie, à pas lents, en tendant une main pour ne pas se cogner à la voûte, pendant que la deuxième main serrait celle de l'autre. Le noir était absolu.

Ils entendaient leurs pas sur la terre humide.

Ils entendaient leur souffle.

Ils avaient l'impression d'entendre leur cœur.

Le moment était d'une intensité inouïe.

— L'escalier commence ici, murmura Conte qui avait deviné l'ouverture avec ses doigts. Parlons à voix très basse, voulez-vous ?

Ils montèrent une à une les hautes marches en pierre l'un derrière l'autre sans se lâcher.

— Un tueur nous attend là-haut, j'en suis persuadée, murmura l'archéologue.

— Nous allons le savoir très vite. Le mieux est de ne plus rien dire.

Nous allons le savoir très vite. Ces mots remplirent d'horreur Mary.

Les images de Saint-Germain et de Flamel tués à ses côtés lui revenaient dans la tête.

Le même cauchemar allait-il recommencer ?

Au bout de minutes interminables, ils débouchèrent au rez-de-chaussée.

Personne.

À travers une fenêtre grillagée, un pâle croissant de lune projetait une lumière blafarde sur le carrelage noir et rouge.

Ils regardèrent autour d'eux. Le château avait l'air aussi abandonné qu'à l'aller.

— Retournons à la voiture, vite, chuchota Conte.

Ils traversèrent les pièces plongées dans la pénombre jusqu'à la fenêtre où ils étaient passés.

Un gémissement sortit de la bouche de l'Américaine.

— Quelqu'un est entré. Le battant est grand ouvert.

— C'est le vent.

Ils enjambèrent la rambarde sans un mot.

Ils regardèrent autour d'eux.

— Vous voyez, dit Conte, il n'y a personne.

La lumière de la lune éclairait le parc. Le spectacle était à la fois très beau et très inquiétant. Le toit d'ardoise de la maison du gardien luisait dans l'obscurité.

L'historien chuchota.

— Dans dix minutes, nous sommes bien au chaud dans la voiture. On va courir à toute vitesse jusqu'à la brèche.

Il sortit la clé de sa poche.

— Vous voyez, je suis prêt à démarrer.

— Et après, qu'est-ce qu'on fait ?

— On en discutera quand nous serons en sécurité.

Une fenêtre de la maison du gardien s'ouvrit, mais ni Conte, ni Mary ne s'en aperçurent.

Le tireur était muni d'un Famas longue portée équipé d'une lunette à vision nocturne.

Il avait un énorme grain de beauté sous l'œil gauche.

Conte était une cible facile.

Sa silhouette se détachait sur le mur clair du château.

La lune ressemblait à un projecteur dans un stand de tir.

Un seul coup partit.

Conte ne vit pas la flamme dégueulant du fusil.

La tête de l'historien explosa comme une coquille de noix. Son cerveau éclaboussa la façade, à la façon de celle de John Fitzgerald Kennedy sur le capot arrière de la Continental à Dallas le 22 novembre 1963.

Telle Jackie, Mary était abasourdie.

Tout s'était passé en une fraction de seconde.

Instinctivement, elle se baissa, attrapa des restes de cervelle et les remit dans le crâne.

Elle s'aperçut rapidement que son geste était vain.

Conte avait été tué sur le coup.

Elle ne pensa plus qu'à une chose : sauver sa peau par n'importe quel moyen.

Elle attrapa la clé de la voiture, le sac de sport et courut à l'ombre des arbres, en espérant que le tireur n'arriverait plus à la voir.

Elle n'avait entendu aucun coup de feu, juste un léger « flop » dans la nuit profonde. Puis une voix énorme dans la nuit.

Elle reconnut celle du tueur de la crypte.

Il criait dans un mégaphone : « Les mains en l'air, ne bougez plus, ou vous êtes morte ! »

Elle refusait de se rendre.
Un deuxième « flop ». Puis l'aboiement de deux chiens.
Deux énormes dobermans fonçaient sur elle.

Mary courut le plus vite possible, comme jamais elle ne l'avait fait dans sa vie.

Les aboiements se rapprochaient.

Bientôt, elle aperçut la silhouette des dogues écumant de rage à quelques mètres derrière elle.

Ils couraient vite, très vite. Mary était une proie fraîche et facile.

Elle utilisait toutes les ressources de son corps et de son esprit pour tenter de leur échapper.

Elle se voyait déjà dévorée, à la façon des premiers chrétiens jetés en pâture aux lions.

Maintenant, elle courait au milieu de buissons d'épines. Ses chairs saignaient.

Un chien plus rapide que l'autre la rattrapa. Elle tourna la tête. Dans la lumière de la lune, elle aperçut la mâchoire blanche dégoulinant de salive.

Hors d'haleine, elle s'arrêta. Elle regarda l'animal droit dans les yeux. Celui-ci était prêt à bondir sur elle.

Sans réfléchir, elle attrapa une énorme branche qui gisait sur le sol. Elle la brandit comme une massue. Elle était en colère. Le dogue, surpris, resta immobile, tout en continuant à aboyer. Ses oreilles dressées ressemblaient à celles d'un loup.

L'heure du loup.

L'heure de mourir.

Mary ne voulait pas mourir.

Il fallait combattre. David contre Goliath. Elle ne s'était jamais battue de sa vie. Elle aimait cueillir des fleurs, jouer du piano, écouter des cantates de Bach, visiter les cloîtres de New York, monter au clocher des églises. Elle ne s'était jamais retrouvée face à un chien furieux.

Elle saisit la branche à deux mains comme l'aurait fait un chevalier avec une épée. Elle laissa approcher le chien. Il bondit sur elle. Elle asséna un énorme coup sur le crâne. Celui-ci explosa.

C'était la deuxième fois qu'un crâne explosait en quelques minutes. Mais cette fois, c'était pour la bonne cause.

Le chien n'aboyait plus.

L'Américaine ne s'attarda pas à philosopher sur le destin des animaux dits de compagnie, elle reprit sa course folle à travers les arbres et les taillis.

Le deuxième chien continuait à la poursuivre.

Elle changeait sans arrêt de direction pour essayer de le semer.

Elle se perdit.

Elle ne savait plus où se trouvait la brèche.

Elle avait du mal à courir, le sol boueux la fatiguait, mais elle avait réussi à distancer le dogue.

Elle se perdit dans le parc. Elle ne savait plus où elle était, par où sortir. Elle courut un bon quart d'heure dans tous les sens.

Après avoir perdu du terrain, le second doberman se rapprochait. Elle était épuisée, elle n'avait plus la force de se battre.

Cette fois je suis foutue.

Elle était jeune, elle était belle, elle était fraîche, elle était fragile. Elle pensa à sainte Blandine, la patronne de Lyon morte en martyre du temps des Romains. Livrée aux bourreaux qui n'avaient jamais vu une femme si courageuse, Blandine se borna à répéter : « Je suis chrétienne ». Suspendue par les bras, offerte aux bêtes sauvages, elle ne fut attaquée par aucune d'entre elles.

Mary ne croyait pas à cette belle légende.

Le doberman allait-il la dévorer ?

Elle continua à courir.

Par le plus grand des hasards, elle retrouva la brèche.

Elle se faufila à travers le mur, puis courut de nouveau. Elle atteignit la petite route goudronnée. Sentir l'asphalte sous ses pieds la remplit de joie. C'était comme si elle renouait avec la civilisation après avoir traversé un royaume barbare.

Le chien allait-il sortir du parc ?

Au bout de quelques minutes, elle tourna la tête et l'aperçut au loin.

Sur le goudron, il n'aurait aucun mal à la rattraper.

Elle pensa se réfugier dans un arbre. C'était une solution, mais provisoire, et donc inutile.

Alors elle courut encore plus vite, comme si elle essayait de battre le record du monde de course à pied. Au bout de trois minutes, elle aperçut la Mégane de Conte.

Le chien n'était plus qu'à quelques mètres.

Elle attrapa la clé dans sa poche. Au même moment, le dogue saisit son mollet droit dans la mâchoire.

Une douleur intense traversa son corps. Elle poussa un hurlement.

Comment allait-elle monter dans le véhicule ? Elle secoua sa jambe du mieux qu'elle put, en donnant des grands coups avec son pied gauche sur le crâne de la bête féroce.

Celle-ci finit par lâcher prise.

Mary s'engouffra dans le véhicule et claqua la portière. Le chien sauta sur le capot. Il ouvrit sa gueule béante juste derrière le pare-brise. La bave coulait de sa bouche.

Elle craignait qu'il ne défonce le verre.

Elle tourna la clé de contact, démarra, appuya à fond sur la pédale d'accélérateur.

Le chien glissa et tomba sur la route.

Elle était sauvée, du moins provisoirement.

Au bout de quelques kilomètres, elle s'arrêta sur un bas-côté et se mit à sangloter.

Elle ignorait que le GIGN, lancé à ses trousses, quadrillait la région.

La campagne était vide et silencieuse.

Quelques lueurs au loin. Des lampadaires perçant la nuit. Une grande lueur vers le sud. Châteaudun.

Elle regarda sa montre.

Il était trois heures du matin.

Elle repensa au corps supplicié de Conte.

Elle vivait sa troisième nuit en enfer.

À sa grande surprise, elle aperçut un papier glissé derrière l'essuie-glace. Une feuille blanche pliée en quatre. Au début, elle crut que c'était un prospectus publicitaire qu'elle n'avait pas remarqué tout à l'heure. Mais ce n'était pas un prospectus.

Après avoir regardé qu'aucun phare ne venait vers elle, elle descendit de la voiture.

Une brise légère secoua ses blonds cheveux.

Les mains tremblantes, elle déplia le papier.

Une écriture en pattes de mouche.

Mary,

Vous n'êtes pas seule.

Je suis avec vous.

N'ayez pas peur.

Vous êtes dans la vérité.

Je vous attends dimanche à 21 heures au 13, place Billard à Chartres.

Sonnez trois fois.

Puis, à travers la porte, quand je dirai « qui est là ? », répondez « étoile dans la nuit ».

Elle était abasourdie.

Elle se demandait comment quelqu'un – mais qui ? – avait su que la voiture qui n'était même pas la sienne se trouvait sur une petite route de campagne. À l'évidence, le mot avait été placé pendant qu'elle explorait le château. Mais pourquoi Conte n'était-il pas cité ? L'individu avait-il appris que l'historien avait été tué ? Les avait-il pistés dès le début ?

Elle se perdait en conjectures.

Le tueur à la moto ? Il cherchait à lui tendre un piège en l'invitant chez lui ?

Mais pourquoi aurait-il laissé ce mot ? Pourquoi ne pas l'avoir attendue, elle, la frêle jeune fille, tapi dans un fourré, avant de fondre sur elle ?

Elle était perdue.

Elle ne comprenait pas.

Ce rendez-vous étrange n'était-il pas un traquenard ?

Elle imaginait la suite. Elle arriverait place Billard. Elle sonnerait à la porte, un homme la ferait entrer, faussement aimable. Il lui proposerait à boire. Il la droguerait. Il la tuerait, l'enterrerait dans la cave, et personne n'entendrait plus jamais parler d'elle. Le mystère de la disparition de Mary ne sera jamais résolu.

Le mystère du meurtre dans la cathédrale restera entier pour toujours.

Le mystère de la crypte aussi.

On continuera à s'entre-tuer.

L'affaire ne sera jamais élucidée.

Vais-je me jeter dans la gueule du loup ? se dit-elle. *Mais non, bien sûr. On a massacré Saint-Germain. On a massacré Flamel. On a massacré Conte. On a essayé de m'assassiner. Et maintenant, on m'invite à me constituer prisonnière. Jamais je ne ferai cela.*

En réalité, elle ne savait plus quoi faire.

L'histoire avait commencé quarante-huit heures avant dans l'obscurité effroyable d'une crypte millénaire. Quarante-huit heures. Trois morts. Un mort par nuit. Demain dimanche, elle serait la quatrième.

La machination était bien huilée, odieuse.

Elle ne comprenait toujours pas qui était son ennemi et pourquoi il lui en voulait à ce point.

Il n'avait aucun visage. Il ne donnait aucune explication.

Certains terroristes ont des revendications. Ils sont fiers de leurs actes. Ici, aucune revendication.

À mesure que les heures passaient, Mary s'enfonçait dans un brouillard de plus en plus cauchemardesque.

L'aube vint, magnifique. Une lueur immense embrasait l'Orient. Là-bas, très loin, à des milliers de kilomètres, c'était Bethléem. Le soleil devait être très haut en Palestine.

Bientôt, la lumière de mai illuminerait les champs et les bois.

Mary était épuisée. Cela faisait trois nuits qu'elle n'avait quasiment pas dormi.

Elle redémarra.

Rouler sur les chemins, les petites routes. C'était la seule façon d'échapper aux tueurs et aux forces de l'ordre. Elle se souvenait de la méthode de Flamel. Ne jamais traverser un gros village. Rester loin des grands axes.

Elle alluma la radio.

France Info.

Journal de six heures.

Le journaliste évoquait ce qu'il appelait « la tuerie de Chartres » après un reportage sur le voyage présidentiel aux États-Unis.

« La gendarmerie et la police traquent Mary Kennedy sans relâche. À l'heure où je vous parle, elle reste introuvable. Les forces de l'ordre ont ratissé une large zone à l'ouest de Vendôme, pour l'instant sans résultat. Des hélicoptères survolent le terrain, qui va être étendu dans les prochaines heures. »

Sa chance, c'était qu'on ne savait pas qu'elle avait changé d'endroit. Elle ne se trouvait plus à l'ouest de

Vendôme, mais au sud de Chartres. Elle avait parcouru plusieurs dizaines de kilomètres sans que les forces de l'ordre ne s'en aperçoivent.

Il fallait qu'elle continue à foncer sur les chemins.

Mais après, que ferait-elle ?

Elle avait le sentiment que toutes les portes s'étaient fermé l'une après l'autre.

Elle supposait que son signalement était affiché dans les commissariats et les gendarmeries.

Le speaker n'était pas tendre avec elle.

« En cavale depuis deux jours, Mary Kennedy a réussi à contourner de nombreux barrages. Même si elle reste présumée innocente, son attitude laisse penser qu'elle n'est pas étrangère aux faits qui lui sont reprochés. Est-ce un serial-killer d'un nouveau genre, une fraîche jeune femme tuant pour le plaisir ? Tout est possible. Nous vous tiendrons au courant dans les prochains bulletins d'information. »

Elle était atterrée par ce qu'elle entendait. Le dénouement s'éloignait sans cesse.

Elle pensa au labyrinthe de la cathédrale qui fascine les pèlerins depuis des siècles. Était-elle dans le labyrinthe ?

Inséré dans le dallage de la nef, à quelques mètres de la façade occidentale, il a été réalisé au début du XIIIe siècle en même temps que la cathédrale. Dans les autres cathédrales, la plupart des labyrinthes ont été reconstitués au XIXe siècle. Celui de Chartres a été foulé par les pèlerins au temps de Philippe Auguste et de saint Louis. Douze mètres de diamètre.

Le pèlerin pénètre par une porte fictive et marche deux cent soixante et un mètres avant d'atteindre le centre où se trouvait la figure du minotaure, aujourd'hui disparue. Étrange représentation païenne dans une église chrétienne.

Dans le labyrinthe chartrain, on ne se perd pas. Le parcours est sinueux et compliqué, à l'image de la vie, mais on finit toujours, après bien des pérégrinations, à entrer symboliquement dans la Jérusalem céleste.

Le labyrinthe mène au ciel.

Mary espérait qu'elle marchait dans le labyrinthe. Après les malheurs et les vicissitudes, elle entrerait dans la lumière.

Pour l'instant, elle était plongée dans la nuit.

Elle roula à l'aveuglette sur des chemins étroits. Il avait plu la semaine précédente. De grandes flaques reflétaient le ciel. Elle regardait autour d'elle, de tous côtés, sans cesse. Le moindre véhicule, la moindre silhouette, le moindre tracteur l'affolaient.

À un moment, à l'horizon, elle vit passer un hélicoptère. Était-ce de nouveau la gendarmerie ?

Que faire ?

Où aller ?

Elle jetait des coups d'œil furtifs sur la carte routière qu'elle avait mise sur le tableau de bord, histoire de ne pas se perdre complètement.

Elle était épuisée.

Avant de continuer sa route, avant de se rendre ou non au rendez-vous place Billard, avant de se constituer ou non prisonnière, il fallait qu'elle dorme. Longtemps, très longtemps. Dans une cachette. À l'abri de ses prédateurs.

Sur la gauche, près d'un bois, un peu plus loin, un grand hangar paraissait vide. Ouvert à tous les vents. Un garage pour tracteurs et moissonneuses-batteuses au moment des labours, des semailles et des moissons. En ce moment, aucune activité notable dans les champs. Le blé, l'avoine et l'orge n'avaient besoin de personne pour pousser. Juste la lumière du soleil.

Aucun bruit.

Seul le chant du vent dans les épis.

Au loin, très loin, elle aperçut les deux flèches de la cathédrale. Pour se donner du courage, elle récita à voix haute un quatrain de Charles Péguy.

Un homme de chez nous, de la glèbe féconde
A fait jaillir ici d'un seul enlèvement,
Et d'une seule source et d'un seul portement,
Vers votre assomption la flèche unique au monde.

La frêle Américaine, la douce jeune fille, l'idéaliste devenue gibier de potence gara sa voiture dans un coin du hangar.

Si un hélicoptère survolait la zone, il ne la verrait pas.

Elle craignait que le tueur à la moto ne la retrouve, mais elle n'avait pas le choix.

Il fallait absolument qu'elle dorme.

Elle plaça son véhicule en position de départ, au cas où il serait nécessaire de s'enfuir en une fraction de seconde.

Elle regarda autour d'elle pendant de longues minutes. Il n'y avait vraiment personne.

Elle laissa la clé sur le contact, se recroquevilla sur elle-même et sombra dans le sommeil.

Comme à Vendôme, ses rêves furent d'une violence inouïe. Elle traversa un pays ravagé par la guerre. Des avions passaient en rase-mottes, lâchant des bombes sur des populations sans défense. Des maisons, des immeubles étaient détruits. On entendait des pleurs et des hurlements. Des femmes et des enfants couraient, terrifiés. Un jeune homme était décapité au couteau de cuisine par des combattants barbus.

Mary entendit des coups de feu. Trois coups de feu au milieu d'un blanc infini.

Elle se réveilla en sursaut.

Elle regarda autour d'elle.

Elle se demandait si les coups de feu n'étaient pas réels. Quelqu'un était-il en train de tirer sur elle après l'avoir suivie ?

Elle observa l'alentour, la plaine infinie, jusqu'à l'horizon.

Personne.

Au loin, à la limite du regard, un tracteur passait, soulevant un nuage de poussière.

La campagne était silencieuse. Calme. Resplendissante dans la lumière de mai.

De nouveau, elle entendit le bruit d'un hélicoptère. Cette fois, il passait juste au-dessus d'elle. Dissimulée par le toit du hangar, la voiture ne pouvait être vue.

Rassurée, elle se rendormit.

Elle pénétra dans de nouveaux rêves. Elle marchait sur un chemin de montagne. Elle n'avait rien mangé depuis plusieurs jours. La nuit venait. Au loin, très haut, sur un sommet, brillait une lumière qui ressemblait à une étoile et qui la réconfortait. Elle voulait l'atteindre car elle avait faim, elle avait froid. Plus elle avançait, plus la lumière s'éloignait d'elle.

Elle se retrouva dans la crypte de la cathédrale.

Notre-Dame-de-sous-Terre était éclairée par mille torches qui transformaient le sanctuaire en une forêt de flammes.

Charles de Saint-Germain était assis sur une chaise. Il souriait. Il regardait la jeune fille. Celle-ci comprenait qu'elle devait le suivre sans demander d'explication. Il était pieds nus. Il était en sang. Ils marchèrent dans la galerie romane, puis ils descendirent l'escalier qui menait au caveau Saint-Lubin. Un grand feu crépitait sous les voûtes.

Saint-Germain lui montra la galerie creusée par Merlet.

Tout au fond, à l'endroit du meurtre, se trouvait une lumière incandescente, plus forte et plus belle que le soleil. Elle semblait sortir du mur occidental. Le mur lui-même était devenu lumière.

Saint-Germain ferma les yeux avant de disparaître.

Mary se retrouva seule.

Elle ne savait que faire.

Elle avait envie d'entrer dans cette lumière réconfortante mais elle n'y arrivait pas.

À ce moment précis, elle se réveilla.

Elle ne savait combien de temps elle avait dormi. Elle n'avait pas regardé sa montre quand elle s'était garée sous le hangar.

Le jour commençait à décroître.

Il aurait été facile de la cueillir dans son sommeil, mais personne, sans doute, n'était passé de la journée.

Un vol d'étourneaux traversa le ciel.

Elle se frotta les yeux, étonnée d'être encore en vie.

Elle sortit de la voiture, marcha quelques pas sur le chemin. L'air sentait bon. Les champs de blé vert étaient balayés par une brise. Au loin, elle entendit un coq chanter. Elle ne voyait aucune ferme. Elle était à distance des routes, des villes, des villages.

Que faire maintenant ?

Elle relut le message qu'on avait laissé sur le pare-brise.
Était-ce un coup de la police ? Elle ne le pensait pas. Si la police avait voulu l'arrêter, elle aurait simplement cerné la voiture en attendant son retour. Les Légionnaires de Dieu ? Mais pourquoi ne l'auraient-ils pas eux aussi attendue ? Il aurait été tellement simple de la cueillir et de l'assassiner. Un autre repenti ?
Elle se perdait en conjectures.
Et si ce n'était pas un piège ? Et si cette personne voulait vraiment l'aider ?

Répondez « étoile dans la nuit ».

Un souvenir traversa son cerveau. Elle repensa aux mots prononcés par Flamel devant l'église de Blandainville : « Mary, vous êtes l'étoile dans la nuit. Ne l'oubliez jamais. Étoile dans la nuit. »
Elle frissonna.
Vous êtes l'étoile dans la nuit.
Elle se dit qu'il existait bien des étoiles dans cette histoire sans queue ni tête. L'étoile de David, l'étoile de Bethléem, l'étoile du Berger. Les mots prononcés par Flamel. Et maintenant, les mots déposés sur un pare-brise.
Elle irait place Billard. Elle n'avait pas d'alternative. Que faire d'autre ? Passer vingt ans de sa vie en prison ? Mourir d'une balle en pleine tête ?
Elle supputait que l'utilisation de la même locution par deux personnes différentes n'était pas une coïncidence.
Malgré les risques, il fallait qu'elle aille à ce rendez-vous.

Un nouveau problème jaillit. Comment se rendre là-bas ? Elle imaginait que des barrages de gendarmerie bloquaient les entrées de l'agglomération et que sa voiture serait vite repérée.

Elle repensa au jeu du serpent qu'elle pratiquait quand elle avait une dizaine d'années, dans la campagne de Nouvelle Angleterre. Ses grands-parents possédaient une ferme au fond d'une vallée arborée. Le jeu consistait à atteindre leur maison sans se faire repérer par un guetteur, un autre enfant, qui se trouvait près de la porte d'entrée. Pour avancer, il fallait se dissimuler, ramper, se cacher dans des recoins, se faire tout petit, disparaître dans le paysage. Mary excellait dans ce jeu. Elle savait se fondre dans la nature, devenir invisible, progresser en terrain ennemi sans se faire remarquer.

Elle entrerait à Chartres à pied, en utilisant des techniques de dissimulation.

Un jeu d'enfant.

Après avoir dévoré des victuailles laissées par Conte dans le coffre, elle déplia la carte routière. Elle comprit qu'elle se trouvait au sud de Chartres. Elle irait en voiture le plus près possible de la ville par les chemins. Elle savait que la gendarmerie n'avait pas les moyens de tout contrôler.

Elle arriverait dans la cité médiévale *entre chien et loup*. Elle avait appris cette expression française à l'université. Elle la trouvait très évocatrice. Pendant que le chien se couche, le loup se lève. L'heure où la nuit vient, où les lampadaires sont encore éteints. L'heure idéale pour devenir invisible.

Sur la carte, elle repéra une petite ville à l'orée de Chartres : Barjouville. Elle imaginait des bois, des coteaux, des ruelles, des impasses.

Elle essayerait de se garer là-bas, dans une rue obscure, puis elle rentrerait dans Chartres à pied.

Elle mettrait son grand chapeau qui la rendait méconnaissable.

À Chartres, les renforts promis par l'Empereur avaient débarqué. Certains étaient venus de loin. Ils avaient pris place à divers endroits, fondus dans la ville, invisibles. Le plan Salomon se mettait en place.

La Papesse avait loué une chambre à l'hôtel du Grand Monarque, sur la place des Épars, sous le nom d'Emma Sand, accompagnée de son faux mari, Michel Satolas, un pseudonyme. Elle ne savait combien de temps elle resterait ici.

Le temps qu'il faudra, se disait-elle.

Deux jours. Trois jours. Une semaine. Un mois.

Au moment où Mary regardait la carte qui lui indiquait le chemin à suivre, Emma prenait le thé dans sa chambre avec son *mari*, comme deux bourgeois en villégiature

Les rideaux étaient fermés.

Elle avait expressément indiqué au serveur qu'elle ne devait être dérangée sous aucun prétexte.

Sur une commode, le pendule d'une horloge Louis XV battait de gauche à droite.

Le couple devisait assis dans des fauteuils Napoléon.

— Conte a été abattu par Angus, murmura Satolas, un rictus au coin des lèvres.

— Quelle nouvelle extraordinaire ! Son entrée en scène m'avait perturbée. Il était l'un des grands spécialistes de la cathédrale. Il aurait fini par comprendre. À mon avis, il était sur le point de nous démasquer.

— Maintenant, au moins, il ne risque plus de parler.

Un sourire de jouissance irradiait le visage de la Papesse.

— Comment l'avez-vous tué ?

— Nous avions placé des tireurs aux endroits clés. Là où personne ne doit mettre les pieds. À notre immense surprise, Conte et l'Américaine ont pénétré dans le château de Villefontaine. Nous aurions voulu les neutraliser avant qu'ils n'entrent, mais cela n'a pas été possible. Angus n'était pas prêt, l'imbécile !

— Ils ont découvert le souterrain ?

— Hélas, oui. Angus est descendu après la mort de Conte. La gravure et les deux plans ont disparu. On ne les a pas retrouvés à côté du cadavre. L'Américaine les a donc embarqués. Dire que nous nous apprêtions à les déplacer pour les mettre en lieu sûr.

La Papesse ferma les yeux. Elle repensa à l'histoire du bas-relief et des trois documents cachés à Villefontaine.

Pendant la dernière guerre, un initié nommé Morin avait profité de la confusion générale pour les dissimuler au fond du souterrain. La guerre finie, cet initié avait prévu de les transférer dans le coffre d'une banque américaine afin de les soustraire à la curiosité malsaine des historiens, mais il est mort en 1942. Après la Libération, les vitraux ont été rendus à la cathédrale, mais le bas-relief et les trois documents, cachés à l'extrémité de la galerie, ont été oubliés. Très récemment, par hasard, un Légionnaire a retrouvé une lettre de Morin indiquant l'endroit où il les avait dissimulés. Flamel en avait été informé.

La Papesse soupira.

— Pourquoi les avoir laissé descendre dans le souterrain ? demanda Satolas. Il aurait mieux valu les suivre dans le château et tirer dessus.

— En entrant dans le bâtiment, nous prenions des risques. Vu les circonstances, il était possible que Conte soit armé. Nous préférions le cueillir à la sortie.

— Et l'Américaine ?

— Angus devait la toucher aux jambes, sans la tuer, pour l'empêcher de s'enfuir. Comme convenu, nous voulions l'attraper vivante, l'enlever puis la questionner. Mais cet idiot a raté sa cible. Elle a disparu dans l'obscurité. Elle a même réussi à échapper aux deux dobermans lancés à ses trousses et à un autre de nos hommes que nous appelons Fulbert. Puis nous avons entendu une voiture démarrer au loin.

La Papesse semblait très contrariée. Elle se leva et donna des ordres de manière péremptoire.

– Vous êtes chargé de surveiller la cathédrale et la ville. Nous avons reçu des renforts. Vous êtes le maître des opérations. En cas d'échec, vous trinquerez.

Elle sortit une feuille d'un attaché-case en peau de serpent.

– Voici la liste des Légionnaires en place avec leur pseudonyme, leur téléphone et les sites qu'ils doivent sécuriser : les abords et l'intérieur de la cathédrale, mais aussi tous les lieux où l'Américaine est susceptible de se rendre, son domicile, celui de Conte, l'hôtel de police, la gendarmerie départementale, la mairie, l'évêché… Vous lirez vous-même la suite.

L'homme attrapa la feuille et la parcourut des yeux.

– L'appartement de Conte ? Il faut surveiller l'appartement de Conte ? À quoi ça sert puisqu'il est mort ?

– Certes, mais Mary a peut-être récupéré ses clés. Pour les mêmes raisons, vous devez également placer vos hommes autour de la maison de Saint-Germain et de Flamel. Et naturellement, vous devez communiquer avec eux en langage codé. Jusque-là, vous n'avez pas été très efficace.

Satolas était vexé.

– Nous avons tué Saint-Germain et Flamel. Mary Kennedy a été accusée de meurtre grâce à ma stratégie.

– Faites en sorte qu'elle soit retrouvée. Vous devez absolument l'emmener à l'endroit que vous connaissez. Si vous n'arrivez pas à l'enlever, vous déguiserez son meurtre en suicide. Mais le mieux, et de loin, est de la capturer vivante.

– Quel traitement pour la cathédrale ?

– Elle doit être protégée de toute intrusion intempestive. On placera des hommes à l'intérieur. Quant à la crypte, vous devez l'inspecter régulièrement et surveiller ses entrées. De jour comme de nuit. Imaginons que Mary se mêle à un groupe de touristes et se laisse enfermer à l'intérieur.

— Au moindre doute, nos hommes agiront. Fidèles à leurs habitudes, ils seront armés comme aucun planton de base ne l'est.

Après un instant de silence, il osa une question embarrassante.

— Et s'ils se font pincer avec leur arme par les forces de l'ordre, que diront-ils ?

La Papesse se gratta le nez.

— Cher monsieur, l'individu chargé de sécuriser l'intérieur de la cathédrale – appelons-le Moustique – est au-dessus de tout soupçon. Il ne sera pas inquiété.

Lors de chaque mission, l'identité des protagonistes est dissimulée à leurs comparses afin que ne pas mettre en péril ceux qui participent à l'opération, pour le cas où certains seraient arrêtés et interrogés. La Papesse, et elle seule, connaît le nom de ceux qui agissent sur le terrain. La Légion fonctionne comme des services secrets : ils sont cloisonnés à l'extrême.

Satolas fronça les sourcils.

— Que voulez-vous dire ? Vous avez embauché le bedeau de la cathédrale ? Le curé ? L'évêque ?

— Mieux que ça !

Elle jubilait intérieurement.

— Si Mary tente de pénétrer dans la crypte, alors tout sera terminé pour elle. Pauvre petite fille, je n'aimerais pas être à sa place. Nous avons placé deux camionnettes d'un genre spécial dans Chartres. Vous avez leur emplacement et le téléphone des chauffeurs sur la feuille. Dès que vous l'aurez neutralisée, appelez l'un deux. Il se fera un plaisir de l'embarquer à bord de son panier à salade jusqu'au lieu de son supplice.

Mary ne roulait pas trop vite pour ne pas soulever des nuages de poussière qui aurait révélé sa présence.

Le soleil couchant illuminait la plaine.

Elle se dirigeait vers les flèches de la cathédrale, masquées de temps en temps par un bosquet.

Elle traversa un village, Corancez, dont elle n'avait jamais entendu parler.

Quelques maisons. Des fermes. Une mare. Des vergers. Autour, la plaine immense qui rejoignait le ciel à l'horizon.

Pas un chat.

Une voiture garée devant une maison. Un tracteur arrêté sur un chemin.

Elle se souvint qu'on était dimanche.

Elle avait l'impression que le village était abandonné.

Où étaient passés les gendarmes ?

Étrange.

La cathédrale n'était plus qu'à quelques petits kilomètres. Si Mary n'avait pas été pourchassée, elle aurait pu arriver là-bas rapidement. Elle se serait garée sur la place Châtelet, en contrebas, puis elle serait entrée dans la cathédrale comme elle l'avait toujours fait. Elle aurait salué l'équipe qui restaure le monument, les maçons, les sculpteurs, les peintres, les maîtres verriers.

Cela aurait été tellement beau et tellement simple.

Que pensaient ses amis de sa fuite ? Croyaient-ils en son innocence ? Elle imaginait le meilleur et le pire. Elle était persuadée que certains la défendaient, d'autres l'accablaient. La plupart n'en savaient rien, hébétés par ce scénario hors de toute logique.

Le soleil se couchait derrière les collines du Perche qu'on devinait à l'ouest, à peine plus hautes que la plaine.

Le début de la nuit. L'instant où la cathédrale est la plus émouvante. Elle semble plus vaste, plus belle, plus mystique qu'en plein jour.

L'Américaine s'arrêta un instant pour la contempler. Elle se remémora un extrait de *La Cathédrale* de Huysmans qu'elle avait appris par cœur pendant ses études: « Partout, sous la futaie de cette cathédrale, la Vierge était présente. Elle paraissait être arrivée de tous les points du monde, sous l'extérieur des diverses races connues du Moyen Âge: noire, telle qu'une femme d'Afrique, jaune ainsi qu'une Mongole, teintée de café au lait comme une métisse, blanche enfin de même qu'une Européenne, certifiant de la sorte que Médiatrice de l'humanité tout entière, Elle était toute à chacun et toute à tous, assurant par la présence de ce Fils, dont le visage empruntait à chaque famille son caractère, que le Messie était venu pour rédimer indifféremment tous les hommes. »

Chartres incarnait tous les hommes, tous les peuples. Mary en était persuadée.

La Mégane blanche passa sous l'autoroute et atteignit Barjouville niché dans la vallée de l'Eure. Le dernier village de la campagne. La première banlieue de Chartres.

Elle était stupéfaite de n'avoir rencontré aucun gendarme. Elle gara sa voiture dans une petite rue entre deux camionnettes.

La nuit venait, les lampadaires n'étaient pas encore allumés.

Elle enfonça son grand chapeau, le plus près possible de ses yeux. Puis, après avoir observé l'alentour, elle sortit de la voiture, le sac de sport à la main. Il n'y avait personne. Il était vingt heures. Les gens regardaient le journal télévisé. Les derniers rebondissements de l'affaire de Chartres les passionnaient, sans doute. Elle pressa le pas et se dirigea vers la vieille ville. Elle ne connaissait pas le chemin, mais il était facile à trouver. Il suffisait de marcher vers les flèches de la cathédrale. Du fond de la vallée, elle ne les distinguait pas. Elles étaient cachées par le relief et la végétation, mais la jeune fille devinait leur présence.

Elle escalada un chemin pentu coincé entre deux bosquets et déboucha dans un quartier moderne.

Elle avançait dans les petites rues, jamais les grandes, en marchant d'un pas ordinaire, comme une jeune femme ordinaire qui rentre chez elle après une journée de travail.

Elle serrait contre elle le sac contenant les trois documents.

Pour ne pas se faire remarquer, elle avançait sans regarder, sans regarder le nom des rues, les panneaux indicateurs. Elle ne devait pas courir. Elle ne devait pas s'arrêter.

À un moment, elle aperçut une voiture de police. Elle rasa le mur à sa droite, mine de rien, mais ne se cacha pas. Elle se cacha une fois la voiture disparue. Quelques instants, dans un recoin, pour calmer ses tremblements.

Elle atteignit Luisant, faubourg de Chartres. Elle marchait désormais en pleine ville. Les voitures et les piétons étaient légion.

Les deux flèches se dressaient au-dessus des toits. Elles étaient maintenant si proches que Mary ne les perdait jamais de vue.

Les projecteurs commençaient à l'éclairer.

Un homme moustachu, habillé d'un costume, l'aborda.

— Mademoiselle, savez-vous où se trouve la rue Saint-Brice ?

Elle flaira un piège. Pourquoi lui demandait-il cela ? Voulait-il entendre sa voix ? La confondre ?

Elle avait l'accent américain. Il était facile de savoir qu'elle n'était pas d'ici.

Après un instant d'hésitation, elle répondit « non » en hochant la tête, avant d'accélérer le pas.

Il fallait qu'elle atteigne coûte que coûte la place Billard et sonne à la porte de celui qui l'attendait.

Au bout d'une quinzaine de minutes, elle arriva devant le panneau « Chartres ».

Elle ne savait pas où se trouvait la place, elle se rappelait vaguement qu'elle était dans le centre. Il fallait qu'elle la trouve par elle-même en regardant un plan.

À un moment, elle entendit des pas derrière elle. Elle ne savait pas si elle était paranoïaque, ou si quelqu'un la suivait. Elle se retourna. Un homme à la forte corpulence marchait à la même vitesse. Elle prit peur et accéléra.

Elle traversa le boulevard de la Courtille qui marquait l'emplacement des remparts médiévaux et arriva dans la vieille ville. Elle redoutait de croiser une connaissance, un ouvrier du chantier ou une personnalité locale. Si quelqu'un la voyait, il préviendrait la police, elle en était certaine. Elle imaginait Pascal Grange, le puissant Pascal Grange, l'arrêtant, un sourire de triomphe au coin des lèvres. Ceux qui l'avaient aimée l'insulteraient. Les trois personnes capables de la défendre étaient mortes. Elle serait considérée comme leur assassin. Comment faire parler des morts ?

Elle jeta de nouveau un œil derrière elle.

L'homme à la forte corpulence la suivait du même pas.

Un hasard ?

Elle voulait en avoir le cœur net.

Elle tenait à peine sur ses jambes. Elle entendait déjà siffler la balle qui l'atteindrait en pleine tête.

Elle tourna à gauche dans la première ruelle.

L'homme tourna lui aussi.

Elle accéléra le pas. Mais où aller ? Courir ? Les gens la verraient courir. Ils la regarderaient. Ils la reconnaîtraient. Le quartier serait bouclé.

L'homme marcha plus vite.

Était-ce un policier en civil ? Le tueur de la crypte ?

Il fallait qu'elle lui échappe.

Elle changea de nouveau de direction. La ruelle était minuscule. Il n'y avait personne. Elle se mit à courir. Puis elle s'engouffra dans une autre ruelle.

La ville était un labyrinthe, un lacis de ruelles, de places, de rues, de tertres, d'escaliers, de passages voûtés, de petits ponts, de jardins.

Elle entendit la course de l'homme à ses trousses. Elle était agile, rapide, elle avait été championne de course à pied à l'université de Columbia.

Elle connaissait une technique pour semer un poursuivant. Changer de direction chaque fois que possible, en essayant de revenir à son point de départ. La plupart des fuyards courent de manière rectiligne, instinctive, le plus loin possible de l'endroit où ils se trouvent.

Elle tourna une dizaine de fois, en accélérant son allure à chaque fois.

Elle sema son poursuivant.

Elle ne savait pas ce qu'il voulait, qui il était. Elle préférait ne pas savoir.

Au bout d'une quinzaine de minutes, elle déboucha au coin d'une petite esplanade. Elle regarda un plan de la ville, repéra la place Billard, et l'endroit où elle se trouvait, marqué par un rond. Elle était proche de l'église Saint-Pierre. Elle avança de quelques mètres et la découvrit. Saint-Pierre, la *petite cathédrale de Chartres*. Un chevet aérien, des arcs-boutants graciles, un long vaisseau éclairé de vitraux du XIVe siècle, période non représentée dans le vaisseau amiral. Mary l'avait visitée la semaine précédente, il y a une éternité. Frédéric Conte lui avait montré les grands personnages – apôtres, évêques, abbés – figurant dans les fenêtres de la nef.

En trois jours, elle avait l'impression d'avoir traversé des siècles.

Trois jours.

Trois meurtres.

Trois verrières occidentales.

Trois porches.

Trois Vierges.

Trois mages.

Le chiffre trois était omniprésent, y compris dans sa propre histoire.

Sur un banc, deux enfants mâchouillaient des bonbons sous l'œil de leur mère. Mary les trouva mignons. Pendant quelques secondes, elle oublia l'affreuse histoire dans laquelle elle était plongée.

Vingt heures trente sonnèrent au clocher, une tour romane épaisse et austère, vestige d'une église plus ancienne.

Il restait trente minutes avant le rendez-vous.

La place Billard était très proche.

Elle craignait de voir surgir l'homme à la forte corpulence. Était-elle pistée ? Surveillée de loin ?

La porte de l'église était ouverte. Elle entra. Malgré l'heure tardive, une messe était célébrée. Des gens chantaient des cantiques. Leurs voix étaient belles.

Elle s'assit au fond, en essayant de ne pas se faire remarquer. Personne ne la regardait. Elle était une paroissienne comme les autres, elle participait à un office, elle n'était pas la criminelle que tout le monde recherchait. Elle saisit un missel à couverture bordeaux, l'ouvrit, et fit semblant de chanter. Elle imitait les autres paroissiens, se levait et s'asseyait en même temps qu'eux. *Se fondre dans le paysage.* La police et les tueurs ne viendraient pas la chercher ici.

Après, elle se jetterait à corps perdu dans la dernière bataille, comme un agneau se jette dans la gueule du loup.

Mary resta seule quelques minutes après la fin de l'office. Elle attendit que les derniers paroissiens s'en aillent pour sortir à son tour.

Puis elle s'élança dans la nuit.

Elle remonta la rue Saint-Pierre, puis celle des Changes, qui débouchait sur la place Billard. Son appartement n'était pas très loin, elle supposait qu'il était surveillé.

Elle marchait le long des murs, mais pas trop vite. Elle avait enlevé son chapeau pour éviter de paraître excentrique.

La pente était forte et courte jusqu'à la place. L'Américaine l'atteignit au bout de quelques minutes. Au milieu se trouvait un marché couvert de style Baltard.

Elle observa l'alentour. Il y avait foule. C'était à la fois rassurant et inquiétant. Quelqu'un l'observait-il de loin, caché derrière le rideau d'une fenêtre ?

Elle sonna au numéro 13.

Elle appuya trois fois sur la sonnette, en s'appliquant.

Elle n'entendait rien, pas un bruit. Se serait-elle trompée d'endroit ?

Elle fouilla dans sa poche et relut le papier qu'on avait laissé sur le pare-brise.

Je vous attends dimanche à 21 heures au 13, place Billard à Chartres.

Sonnez trois fois.

Puis, à travers la porte, quand je dirai « qui est là ? », répondez « étoile dans la nuit ».

Elle sonna de nouveau trois fois. Elle attendit encore. Elle ne comprenait pas.

Sur la place, dans une autre maison, elle aperçut un rideau qui s'ouvrait. Derrière, dans un coin, un homme la regardait. Elle prit peur. Était-elle tombée dans un piège ? Allait-on l'abattre comme un gibier ?

À cet instant précis, elle entendit une voix de l'autre côté de la porte : « Qui est là ? »

« Étoile dans la nuit », répondit-elle d'une voix gonflée par l'émotion.

La porte s'entrouvrit.

— Soyez la bienvenue, murmura une voix aimable.

À l'intérieur se tenait un jeune homme aux yeux clairs. Des cheveux tellement courts qu'on voyait surtout le cuir chevelu. L'Américaine était étonnée. Elle s'attendait à tomber sur un individu à la mine patibulaire, et c'était un beau gosse qui l'attendait.

— J'ai failli ne pas venir, grogna-t-elle.

— Vous auriez eu tort.

— J'ai échappé trois fois à la mort en quelques jours. Qui êtes-vous ?

L'homme souriait.

— Si je vous le dis maintenant, vous n'allez pas me croire.

Ses yeux étaient bleus comme ceux de l'homme cagoulé. Elle frissonna. Mary savait que le loup avait parfois un visage d'agneau.

— À tout hasard, m'avez-vous déjà rencontrée ? demanda-t-elle d'une voix blanche.

— Jamais. Mais j'ai souvent entendu parler de vous.

— Vraiment ? Et vous vous appelez ?

— Appelez-moi Fulbert, mais c'est un surnom.

— Vous vous prenez pour l'évêque qui a construit la cathédrale romane ?

— Si cela vous rassure, oui. Mais ne restons pas devant la porte. On pourrait nous entendre de l'extérieur.

Ils marchèrent dans un long couloir bordé de trophées, des têtes de sangliers aux défenses couvertes de vernis, jusqu'à une salle voûtée dont les murs étaient décorés d'armures médiévales. Deux grands fauteuils entouraient une table basse.

Fulbert lui proposa de s'asseoir.

— Vous connaissez l'histoire de cette maison ?

— Ma spécialité, ce sont les fouilles du parvis de la cathédrale.

Elle hésitait à parler d'elle.

Une question la taraudait.

Elle sortit le papier trouvé sur le pare-brise.

— J'imagine que c'est vous qui m'avez laissé ça, n'est-ce pas ?

— Personne d'autre que moi n'aurait pu le faire, voyons. Nous allons en reparler. Mais d'abord, j'aimerais vous offrir un café. Vous voulez ? La nuit sera longue.

Mary crut que le jeune homme allait lui faire des avances.

Elle l'observa des pieds à la tête. Il portait un jean délavé et un tee-shirt vert pomme. Rien à voir avec l'austère tenue de Saint-Germain ou de Flamel.

— La nuit sera longue ? En quel sens ? Vous avez des propositions indécentes à me faire ?

— Si je vous ai fait venir ici, ce n'est pas pour vous sauter dessus. Le sujet qui nous intéresse est autrement plus grave.

— Quel sujet ?

Elle ne savait que penser de ce rebondissement aussi inattendu que les précédents. Elle était accueillie par un inconnu qui l'avait contactée sur le lieu d'un crime et qui redoublait d'amabilités à son égard. Pourquoi lui accordait-il autant d'importance ?

— L'humanité est aux portes de l'Enfer. Nous n'avons jamais été aussi près d'une catastrophe mondiale.

Les portes de l'Enfer.

Il parle comme Flamel.

Il alla chercher une cafetière, des tasses et un plat en argent rempli de madeleines. Il prit place dans un fauteuil en face de son invitée et remplit sa tasse d'un café noir comme de l'encre.

— Du sucre ?

— Non merci.

Fulbert lui montra du doigt les armures.

— Vous vous trouvez dans le commun de l'ancien château comtal qui occupait, *grosso modo*, l'actuelle place Billard. Il a été démoli au XIXe siècle. Il n'en reste quasiment rien.

— J'ai entendu parler de cette forteresse, répondit-elle sans être intéressée par le sujet.

— Vous êtes dans la salle des gardes, ou ce qu'il en reste. La forteresse était vaste. Elle symbolisait le pouvoir des comtes de Chartres face à la puissance de l'Église. Les rapports entre eux étaient tantôt excellents, tantôt exécrables. Le premier château a été édifié par Thibaut le Tricheur, comte de Blois, au Xe siècle. Il a été bâti en bois avant d'être reconstruit en pierre de taille. Malgré son importance, il a été peu habité. Et du coup, il s'est dégradé à cause du manque d'entretien. Le donjon a été détruit à la fin du XVIe siècle. Puis le château a servi d'abattoir. Après la Révolution, il est devenu prison. Une sorte de Bastille beauceronne. Mais cette vocation a été de courte durée. On l'a remplacé au XIXe siècle par un marché à ossature métallique, celui que nous admirons aujourd'hui.

Mary se demandait pourquoi il parlait de ça.

— Il existe de beaux restes, se contenta-t-elle de dire, l'esprit ailleurs.

— La bâtisse était énorme, mais les comtes de Blois préféraient séjourner dans le val de Loire, surtout après 1500. Les châteaux Renaissance étaient quand même plus confortables que l'austère forteresse chartraine. Hercule d'Este, par exemple, qui avait le titre de duc de Chartres, était marié à Renée de France, fille du roi Louis XII et d'Anne de Bretagne. Celle-ci avait goûté aux splendeurs de l'Italie, où elle a vécu une trentaine d'années. Les vieux forts humides, ce n'était pas sa tasse de thé.

Après un moment de silence, il changea de conversation. Il se mit à parler d'une voix très grave.

— Je vais trahir une promesse que j'ai faite voilà quelques années. Si on l'apprend, je serai en danger de mort. Je compte sur vous pour ne rien dire.

Encore un repenti, se dit Mary. *Le troisième en quarante-huit heures.*

— Dans ce cas, pourquoi la trahir ? Vous êtes masochiste ?

— La survie de l'humanité passe avant ma propre vie.

Elle ne comprenait pas pourquoi il disait ça. Quel rapport avec elle ?

— Et pourquoi m'avoir choisie pour…

Elle n'arrivait pas à terminer sa phrase. Fulbert s'en chargea.

— Vous révéler le secret le mieux gardé de l'histoire ?

— Le mieux gardé de l'histoire ? Vous n'exagérez pas un peu ? Vous travaillez pour l'office du tourisme de Chartres ? La plus belle cathédrale, la plus belle ville, le secret le mieux gardé…

L'homme observa la jeune fille avec ses grands yeux bleus.

— Vous serez tellement surprise que vous risquez de ne pas me croire.

— Pourquoi ne pas révéler vous-même aux médias ce que vous voulez me dire ?

— Parce que si je parle en public, je signe mon arrêt de mort.

Mary s'inquiétait.

— Vous m'envoyez au casse-pipe à votre place, c'est ça ? Je vous en suis très reconnaissante, merci.

Il inspira un grand coup.

— Premièrement, en tant qu'archéologue, il n'y a rien d'extraordinaire à ce que vous découvriez une relique cachée depuis des siècles. Deuxièmement, vous n'avez pas prêté serment. Troisièmement, suite à cette découverte, la police vous protégera.

— Mais je n'ai pas envie d'être protégée par la police ! Je veux juste vivre normalement.

Il se racla la gorge.

— Vous n'avez pas le choix.

— J'ai le choix de quitter ce pays que j'aimais et qui me persécute.

Fulbert changea de voix. Elle devint quasi menaçante.

— Vous êtes accusée de plusieurs meurtres. Vous devez accepter ma proposition.

— Quelle proposition ?

— Grâce à cette découverte, vous deviendrez l'archéologue qui a changé l'histoire du monde, comme Léonard de Vinci a changé l'histoire de la peinture ou Einstein celle de la physique.

Elle le trouvait anormalement lyrique.

Depuis le début de cette aventure, elle se débattait dans un cauchemar peuplé de fous. Elle allait bientôt s'extraire de son sommeil, se lever, et renouer avec une existence normale. Elle voulait revenir en arrière, reprendre le fil de sa vie au moment précis où elle avait accepté de suivre Saint-Germain sous la terre.

Elle n'aurait jamais dû descendre dans la crypte en pleine nuit avec le vieillard au visage effrayant.

Elle aurait dû rester chez elle, rue des Écuyers, à manger sa soupe devant un bon bouquin.

— À quoi pensez-vous ? demanda Fulbert qui avait remarqué son air dubitatif.

Il lui versa une autre tasse de café.

— À votre avis ?

— Vous pensez que je vais vous tuer ?

— Oui.

— Ne soyez pas stupide.

L'Américaine attrapa la tasse en soupirant.

— Vous avez un revolver dans votre poche ?

— Si j'avais voulu vous tuer, je l'aurais fait dès votre arrivée. Pourquoi vous avoir proposé un café si mon but est de vous assassiner ?

Sans bouger d'un centimètre, elle lança dans un souffle.

— Vous allez m'emmener dans une cave insonorisée. On n'entendra rien, ni le revolver, ni mes hurlements.

— Pourquoi être venue si vous pensez que vous allez mourir ?

— Parce que je n'avais pas le choix. Je suis une petite souris coincée dans un piège à glu. Vous êtes ma dernière chance. Ma dernière carte. Soit vous me tuez, soit vous me sauvez.

— Je vous sauverai.

— Vraiment ?

— Faites-moi confiance.

Un sourire illumina le visage du jeune homme. Elle se tut un instant. Elle avala le café, puis reprit d'une voix accusatrice.

— Vous avez assassiné Conte.

— Ce n'est pas moi. Le tireur a décidé de l'abattre sans me demander mon avis.

— Vous n'étiez pas seul ?

— Vous n'avez pas entendu la voix dans le mégaphone ? Nous étions deux. Je n'avais pas de fusil.

— Qu'auriez-vous fait si vous aviez été armé ?

Il regarda le plafond, puis les armures accrochées au mur.

— Je n'en sais rien. Je ne me suis pas posé la question. Nous avions des lunettes de vision nocturne. J'ai été révolté par l'assassinat de votre ami. J'ai vu sa tête éclater. C'était la première fois que j'assistais à une exécution capitale. Dans ces conditions, mon serment n'avait plus aucun sens. Je ne voulais pas continuer à servir ces assassins. Je voulais que vous échappiez à la mort. Ma réaction a été instinctive.

— Je ne comprends pas. Votre complice avait un fusil dans les mains et vous n'avez pas trouvé ça bizarre ? Vous pensiez qu'il chassait la bécasse ?

— Le tueur n'est pas arrivé dans le même véhicule que moi. Il portait une valise. Quand il a sorti son fusil, il m'a dit qu'il s'en servirait pour vous faire peur, rien de plus. Il tirerait en l'air deux ou trois fois. Puis, avec un mégaphone, il devait vous intimer de vous rendre. C'est la méthode utilisée par la police pour arrêter les gangsters. *Les mains en l'air ou je tire !* Nous n'étions pas postés à la même fenêtre. La balle est partie, elle a fait mouche, c'était trop tard.

— Le tueur n'a pas trouvé étrange que vous quittiez la maison après le carnage ?

— Nous avions chacun une mission différente. Si vous arriviez à vous échapper, je devais me précipiter vers votre véhicule, vous attendre dans un fourré, vous balancer du gaz lacrymo dans le visage jusqu'à ce que vous vous évanouissiez, pendant que le tireur resterait dans la maison du gardien pour le cas où vous reviendriez. Votre corps devait être emmené dans une camionnette vers un lieu tenu secret.

— Et vous avez retrouvé le tireur après avoir déposé votre petit mot ?

— Oui.

— Qu'avez-vous dit ?

— J'ai raconté que vous vous étiez enfuie juste avant mon arrivée et du coup, il est reparti dans la camionnette et moi dans ma voiture. Vous savez tout, ou presque.

Elle essayait de le piéger.

— Comment saviez-vous que la Mégane était garée à cet endroit ?

— Ce n'était pas compliqué à deviner. Il n'existe qu'une seule route pour venir au château, et c'est un cul-de-sac.

Mary avait l'impression que les choses s'obscurcissaient à mesure qu'elle cherchait à voir plus clair. Un homme censé la neutraliser était en train de lui dire qu'il cherchait à la sauver.

— Vous faites partie d'une organisation criminelle et ce soir, vous m'annoncez que vous voulez m'aider.

Fulbert inspira un grand coup.

— Laissez-moi vous expliquer. J'appartiens à la Légion de Dieu, une société secrète qui influence certaines décisions dans le monde. Nous sommes les descendants des Templiers, qui ont été exterminés. Notre organisation est une sorte de franc-maçonnerie mystique. Depuis quelques mois, des défections ont lieu. On nous demande de commettre des crimes contraires à notre idéal. La mort de Charles de Saint-Germain et de Bastien Flamel m'ont révolté. Notre Papesse les a considérés comme des traîtres.

— Votre Papesse ?

— Celle qui dirige l'organisation en France. Une femme abjecte. Personne ne connaît son vrai nom et seuls quelques-uns d'entre nous lui parlent de visu. Certains disent qu'elle est sénatrice, d'autres qu'elle est directrice d'une grande entreprise.

— La Légion de Dieu est une organisation internationale ?

— Elle existe dans la plupart des pays occidentaux. Le quartier général se trouve à Phoenix, capitale de l'Arizona. Le gourou est un richissime homme d'affaires américain. Sa fortune est colossale, mais je ne vous dirai pas son nom ce soir. Il est presque aussi puissant que le président des États-Unis.

Après un silence de stupéfaction, Mary s'écria :

— Votre histoire est rocambolesque.

— Vous êtes toute blanche, répondit-il d'une voix inquiète.

— Cela vous étonne ? Un puissant businessman cherche à me tuer, c'est bien cela ? Un de mes compatriotes ?

— Il vous déteste. Il veut que vous disparaissiez de la surface de la Terre.

— La Papesse sait que vous êtes un repenti ?

— Ma défection remonte à quelques heures. J'ignore si elle a compris que l'un des plus fidèles serviteurs de l'organisation s'apprêtait à…

Il n'arrivait pas à terminer sa phrase.

— Qu'attendez-vous exactement de moi ? murmura l'Américaine d'une voix lasse.

— Ma proposition va vous effrayer, mais nous devons retourner dans la crypte, à l'endroit précis où Saint-Germain a été assassiné.

— Jamais.

— Si vous n'acceptez pas, le monde va sombrer.

Sur le front de Mary, des gouttes de sueur perlaient.

— Vous irez sans moi.

— J'ai besoin de vous. Je ne peux transporter seul la sainte relique.

Fulbert avait les joues rouges d'excitation.

Elle faisait celle qui ne comprenait rien.

— Quelle relique ?

— Je vous le dis si vous acceptez de venir avec moi. Sinon, cela ne sert à rien.

Le front diaphane de l'Américaine se plissa d'inquiétude.

— Comment entrer dans la crypte sans se faire remarquer ? Les Légionnaires la surveillent jour et nuit, non ?

— Il existe un passage secret qui permet de la rejoindre sans passer par l'église haute. Il débouche dans le caveau Saint-Lubin.

— En êtes-vous certain ? Des légendes courent sur l'existence de souterrains reliant la crypte à plusieurs maisons de la ville. Mais jusque-là, d'après tous mes amis historiens, rien n'a jamais été découvert. Il s'agit d'une légende urbaine.

La voix de Fulbert se voulait convaincante.

— Il en existe au moins un et il part d'ici.

Mary était très surprise.

— Je ne comprends pas la raison d'être d'un souterrain entre le palais comtal, symbole du pouvoir politique, et la cathédrale, siège du pouvoir épiscopal. D'après mes lectures, les chanoines et les comtes ne s'entendaient pas très bien.

Fulbert était étonné par le raisonnement caricatural de l'Américaine.

— Malgré les querelles et les conflits, l'un ne pouvait existait sans l'autre. Sans le pouvoir politique, il n'y aurait pas eu de cathédrale. Sans l'Église, Chartres ne serait jamais devenue une grande cité prospère. Des millions de gens venaient de toute l'Europe pour vénérer le voile de la Vierge, une manne pour l'économie locale. Malgré leurs divergences, les comtes et les évêques avaient des intérêts communs.

— Pourquoi avoir creusé un souterrain ?

— En 858, les Vikings ont rasé la ville et la cathédrale. Ils ont massacré des centaines de civils. Après l'an mil, le château comtal est devenu le donjon de Chartres, l'endroit où les gens pouvaient s'abriter en cas d'attaque. Le souterrain permettait aux chanoines de la cathédrale de se réfugier en lieu sûr. Je vous rappelle que le sanctuaire de Chartres n'est pas fortifié, contrairement à d'autres églises. La cathédrale est très vulnérable.

Vulnérable, il a raison, pensa Mary. Elle revit en un éclair la scène du meurtre de Saint-Germain.

— Une chose m'étonne. Ce souterrain est inconnu des historiens. Pour quelle raison ?

— Tout simplement parce que son existence est restée en partie secrète. Puis, peu à peu, comme il ne servait plus à rien, il a été oublié. Il s'est même en partie effondré au XIXe siècle. Je l'ai moi-même réhabilité, sans jamais oser entrer dans la crypte, qu'on atteint en soulevant une dalle en pierre. Aujourd'hui, grâce à ce souterrain, la lumière va remplacer la nuit.

La lumière va remplacer la nuit. Rien que ça.

Elle regarda autour d'elle. Les armures ressemblaient à des sentinelles. La pièce était remplie d'objets aux couleurs vives : petites statues polychromes, bouquets de fleurs, icônes saintes posées sur des trépieds.

L'homme mentait peut-être depuis le début, pensait-elle. *Il essaie d'endormir ma méfiance. Il va m'entraîner dans la cave et m'enterrer vivante dans un trou qu'il a déjà creusé.*

La voix de Fulbert devenait solennelle.

— Mary, je vais vous conter la véritable histoire de la sainte chemise de la Vierge.

— Flamel m'en a parlé avant de mourir.

Elle en avait assez de ces cours d'histoire. Elle voulait agir.

— Pourquoi ne pas descendre tout de suite dans la crypte ?

— Vous venez de dire que vous refusiez de me suivre.

— Si je n'ai d'autre choix que d'aller au casse-pipe, autant ne pas tarder.

— Il est trop tôt.

— La cathédrale est fermée à la visite, non ?

— Certes, mais il y a des dizaines de touristes qui traînent autour pour admirer les illuminations[1]. Nous allons faire du bruit. J'attends que tout le monde soit couché. Je ne veux prendre aucun risque. Vers trois heures, ce sera parfait.

Elle regarda sa montre. Elle devait attendre encore un long moment.

— Le voile dont vous me parlez a été offert par Charles le Chauve, je commence à le savoir, soupira-t-elle.

— Vous ne connaissez sûrement pas l'histoire en totalité.

La voix de Mary était pleine d'une ironie mordante.

— Dans ce cas, balancez-moi votre science. J'ouvre grand les oreilles.

1. D'avril à octobre, dans toute la ville, *Chartres en lumières*, est un spectacle féerique attirant des visiteurs du monde entier.

— En 876, Charles le Chauve est venu en personne apporter la tunique au chapitre de la cathédrale, lieu de culte marial depuis les premiers temps du christianisme. Elle avait été acquise par l'empereur Charlemagne lors d'un pèlerinage à Constantinople.

— Sacré Charlemagne ! C'est pour ça qu'un vitrail de la cathédrale lui est consacré ?

— Mary, vous êtes un puits de science. Cette magnifique verrière située dans le déambulatoire évoque justement le voyage à Constantinople. Sur un médaillon, on aperçoit l'empereur Constantin VI offrant trois reliques à Charlemagne, dans trois coffres posés sur un autel à trois colonnes. À Chartres, chaque détail a une signification cachée.

Encore le chiffre trois, pensa Mary.

— Dans le premier coffre, celui de gauche, se trouvait le voile de la Vierge, une tunique de plusieurs mètres de long, une cape que portaient les femmes de Palestine. Dans celui de droite, il y avait le suaire du Christ, qu'on admire aujourd'hui à Turin. Ce médaillon est là pour témoigner de l'authenticité de ces reliques.

— Et dans celui du milieu ?

— Le coffre central est blanc, alors que les deux autres sont ocre. Le coffre blanc est le plus important. Jusque-là, son contenu n'a jamais été révélé à la multitude.

— Il est enseveli à Chartres, c'est cela que vous voulez me dire ?

Fulbert la regardait avec des yeux ardents.

— Je cherche à vous convaincre que Chartres n'est pas seulement un chef-d'œuvre de l'art gothique. On vénère ici des reliques remontant à l'époque du Christ.

Dans le souterrain de Villefontaine, Mary en était arrivée à cette conclusion, mais elle refusait de le dire à son interlocuteur.

— Charles le Chauve était le petit-fils de Charlemagne, poursuivit Fulbert. Il a lui-même décidé la translation du voile de la Vierge à Chartres parce que la cathédrale n'est pas un lieu comme les autres. Des études scientifiques récentes ont prouvé que ce voile, très abîmé à la Révolution, datait bien des premiers temps du christianisme. Il n'y a aucun doute à ce sujet. On ne peut démontrer que la Vierge l'a réellement porté, mais on est certain qu'il a été fabriqué par des tisserands de Palestine au début de notre ère. Ces études montrent qu'il ne s'agit pas d'une reconstitution du Moyen Âge. À partir de 876, les chrétiens ont été invités à se prosterner devant lui au moins une fois dans leur vie, à la façon des musulmans vénérant la pierre noire à La Mecque. Des rassemblements gigantesques avaient lieu. Tantôt le voile était exposé dans le chœur, tantôt dans la crypte. Après la construction de la cathédrale romane, lors des grands pèlerinages, l'église basse accueillait les processions. On entrait par le clocher nord, on descendait les marches, on avançait à genoux sur les dalles froides puis, après avoir prié devant la statue de Notre-Dame-de-sous-Terre et le puits des Saints-Forts, on atteignait la sainte tunique exposée dans la chapelle absidiale tournée vers l'Orient. À mi-chemin du long parcours, on apercevait le voile sacré. Puis on ressortait par la porte située sous le clocher sud. Vous imaginez le spectacle ? Des foules chantant des cantiques à la Vierge dans la lumière des cierges avançant à genoux dans la crypte la plus vaste et la plus sacrée de l'Occident.

— Vous pensez que Marie a vraiment porté ce voile ?

Fulbert réfléchit quelques instants avant de répondre.

— En tout cas, les pèlerins du Moyen Âge en étaient persuadés. Dans notre société matérialiste et anticléricale, nous avons du mal à comprendre la foi de l'époque médiévale.

— Après les processions dans la crypte, les pèlerins ne se rendaient pas dans l'église haute ?

— Lors des grands pèlerinages, l'église haute était réservée aux chanoines, aux diacres, aux prêtres et à l'évêque. Elle était l'au-delà éclairé par les plus beaux vitraux du monde, alors que l'église basse représentait l'ici-bas.

Mary était perplexe. Si l'histoire du voile l'intéressait, elle ne voyait toujours pas le rapport avec la sienne.

— Pourquoi me parlez-vous de ça ?

— Parce que vous hésitez à me suivre.

— Hésiter ? Mais c'est vous qui hésitez ? Vous me dites qu'il faut attendre plusieurs heures avant de descendre.

Fulbert l'enveloppa d'un regard empreint de douceur. Intimidée, elle baissa les yeux.

— À Chartres, Charles le Chauve dépose le voile porté par la Vierge, murmura-t-il. Il dépose une autre relique…

— Quelle relique ? Le lange de l'enfant Jésus ? C'est cela ? Est-ce à cause de ce lange qu'on cherche à me tuer ? Je ne comprends rien à cette histoire. Rien du tout !

Mary se servit elle-même une troisième tasse de café et grignota une madeleine. La colère montait en elle.

— Quelle est la suite des festivités ?

Fulbert se gratta la gorge.

— Vous avez entendu parler de René Merlet ?

— L'historien a fait des fouilles dans la crypte, mais ça n'a rien donné, ou si peu.

— Merlet était un initié. Il appartenait à la Légion. Il voulait retrouver lui-même la relique. Il avait entendu dire qu'elle était dissimulée à l'arrière du puits des Saints-Forts, et c'est pourquoi il a creusé à cet endroit. S'il avait continué, il l'aurait extirpée de sa cachette. Mais il s'est arrêté brusquement.

Mary haussa les épaules.

— Le programme de la nuit, c'est quoi ?

— Dans la crypte, nous creuserons et nous rapporterons la relique cachée au IXe siècle. Je ne suis pas certain de l'endroit exact où elle se trouve, mais vous allez m'éclairer.

Les grands yeux bleus de Fulbert plongeaient dans les siens. Elle était décontenancée. Elle ricana nerveusement.

— Je vais vous indiquer où elle se trouve ? Mais comment le saurais-je ?

Après avoir respiré un grand coup, il jeta sur la jeune fille un regard interrogateur.

— À Villefontaine, vous avez trouvé le plan de la crypte carolingienne, n'est-ce pas ?

— Pourquoi cette question ?

Il comprit qu'elle cachait quelque chose dans son sac de sport.

— Montrez-moi ce que vous avez découvert.

Elle hésita un instant. Que risquait-elle ? Après tout, elle n'avait plus rien à perdre. Elle extirpa les trois précieux documents.

Fulbert scruta en silence le dessin de l'église basse pendant de longues minutes.

— Quelle splendeur ! Regardez cette inscription.

Il mit le doigt sur les trois caractères : hébraïque, latin, arabe.

— Juste à l'endroit où Merlet a creusé. L'historien a fait le plus gros du boulot. Mais où est-elle exactement ? Le plan n'est pas très précis.

Mary lui exposa sa théorie. Le centre du C, symbole du Credo et de Christus, se trouvait à l'emplacement de la relique.

Il écarquillait les yeux.

— Vous en savez plus que moi, petite cachotière. Pourquoi ne pas avoir dit en arrivant que vous aviez ce trésor dans votre sac ?

Elle respira un grand coup.

— En arrivant ici, monsieur, j'ignorais à qui j'avais affaire.

Elle avait dit monsieur. Elle se méfie encore, pensa Fulbert.

— Puisque vous vous intéressez à la question, quel est votre avis sur cette relique ? demanda le jeune homme.

Elle ferma les yeux. Elle essayait de reconstituer le cheminement qui l'avait amené à une hypothèse.

— La relique dont vous me parlez est liée à l'existence des rois mages, murmura-t-elle. Je n'en suis pas certaine. Mais c'est la conclusion à laquelle je suis arrivée.

Fulbert était interloqué.

Elle connaît presque la vérité. Quelle perspicacité !

— Puisque vous vous approchez de la lumière, poursuivit-il, j'espère que vous n'allez pas refuser de descendre avec moi. J'ai besoin de vous. Grâce au plan que vous m'apportez, nous savons exactement où se cache l'inestimable vestige.

— Vous ne le saviez pas ?

— Pas avec une telle précision. Ce plan est le seul qui donne une indication sur l'emplacement de la relique. Nous le pensions perdu à jamais.

Il continuait à dire « nous », comme s'il appartenait encore à la Légion. Ce détail froissa Mary, mais elle ne le releva pas.

— Vous pensez que mon intuition est la bonne ? La relique se trouve au milieu du C ?

— Je n'en suis pas certain, mais votre hypothèse me séduit. Dans quelques heures, nous serons fixés.

— Imaginons que ce soit vrai. Vous avez de quoi dégager le remblai ? Nous n'allons pas faire cela avec nos doigts.

Un sourire se dessina sur le visage du repenti.

— J'ai ce qu'il faut. Ce sera facile. Merlet n'a eu aucun mal à avancer avec les moyens de l'époque : pelles, pioches, burins, marteaux, truelles.

— Le chantier a duré des mois. Son équipe était composée d'ouvriers robustes habitués à ce genre de tâche.

— Quand j'ai restauré le souterrain en partie écroulé, j'ai acheté un appareil capable de percer un mur en quelques minutes.

— Ça ne va pas s'entendre ?

— La galerie est enfouie à plusieurs mètres sous terre. Les murs et les plafonds sont très épais. Je vous le redis : personne ne s'apercevra de rien.

Mary observa le plan du coin de l'œil.

— Cette relique a un nom ?

— Dans la Légion, on l'appelle le Tabernacle. Rien à voir avec celui du trésor de la cathédrale, appelé le tabernacle de Saint-Aignan, chef-d'œuvre de l'art du XIIIe siècle, décoré d'émaux de Limoges, le seul tabernacle datant de cette époque en France[1]. Il s'agit d'autre chose.

— Pourquoi cette appellation étrange ? Dans la religion catholique, le tabernacle est le meuble contenant le pain consacré au cours de la messe, non ?

— À l'époque de Moïse, il désignait la tente abritant l'Arche d'Alliance.

Mary éclata d'un rire nerveux.

— On va tomber sur l'Arche d'Alliance ou quoi ? Une légende dit qu'elle se trouve sous la cathédrale. Elle aurait été enfouie par les Templiers. Encore eux. Ils sont partout. On ne peut pas leur échapper.

— Cette légende est grotesque ! L'Arche d'Alliance n'est pas cachée ici. On la cherche depuis des siècles, elle n'a jamais été retrouvée, à supposer qu'elle existe encore.

L'Américaine était à la fois effrayée et excitée.

— Une chose m'échappe : pourquoi me demander de creuser avec vous ?

— Je ne peux pas déplacer le Tabernacle tout seul. D'après la légende, il serait très lourd.

— On m'embrigade dans cette histoire sanglante juste pour creuser un mur et trimbaler un coffre. Grotesque !

Elle était hors d'elle.

— Vous avez fait une erreur de casting ! Il aurait fallu embaucher un déménageur ou un joueur de rugby. M'avez-vous bien regardée ?

---

1. Il existe deux tabernacles du XIIIe siècle dans le monde : le premier se trouve à Chartres, le second au Metropolitan Museum de New York.

Elle avala une nouvelle tasse de café. Elle essayait de se calmer. Elle n'y parvenait pas.

Fulbert posa sa main sur les cheveux de Mary.

– Du calme, voyons. Je vous dirai bientôt pourquoi vous avez été choisie par le Seigneur.

Ces paroles la firent sursauter.

Vous avez été choisie par le Seigneur.

Fulbert utilisait les mots que Saint-Germain avait utilisés juste avant d'être abattu.

Fulbert regarda sa montre. Il était presque vingt-trois heures. Il soupira.

– Il est encore trop tôt pour descendre, bien trop tôt.

– Pourquoi ai-je été choisie par le Seigneur ?

Il ne répondit pas.

– Mary, en vous attendant, j'ai préparé deux sacs contenant du matériel nécessaire à notre expédition : deux pioches pliantes, deux marteaux, deux burins. On coiffera chacun un casque équipé d'une lampe frontale.

– C'est de la spéléo, pas de l'archéologie.

– La crypte est une ancienne grotte, dit-on. Alors, ça y est, vous êtes partante ?

Mary ne savait que répondre. Une question lui brûlait les lèvres. Elle hésita un instant avant de la poser.

– Je viendrai si vous me dites à quoi ressemble ce Tabernacle qui fait couler tant de sang.

– Le Tabernacle prouve l'amour de Dieu pour l'humanité.

– Comme c'est mignon, s'écria-t-elle d'une voix ironique. Plutôt une bonne nouvelle, non ?

Il plongea ses yeux ardents dans ceux de Mary.

– Vous êtes d'une grande naïveté.

– Allons bon, voilà autre chose. Pourquoi dites-vous cela ?

– On dirait que vous ne connaissez pas l'histoire des civilisations.

Elle haussa les épaules.

– Quel rapport avec le problème qui nous intéresse ?

— Le rapport, c'est le Tabernacle. La cathédrale a été construite en son honneur. Pour lui servir d'écrin, de châsse, de reliquaire.

— Arrêtez de tourner autour du pot. J'en ai assez. Soyez synthétique s'il vous plaît.

La voix de Fulbert était empreinte de gravité.

— Le sculpteur Auguste Rodin, un initié lui aussi, l'évoque à plusieurs reprises dans ses écrits. Écoutez ce qu'il dit de la cathédrale au début de la Première Guerre mondiale : « Ses nervures de forêts enchantées, comme des mains qui croisent leurs doigts pour protéger un Tabernacle[1] ».

— Je suis perdue.

— Depuis des millénaires, les hommes s'entre-tuent. Rien n'arrête les massacres. À chaque fois qu'une guerre se termine, malgré les promesses de paix éternelle, une autre guerre survient. Une spirale infernale.

— Quel rapport avec la crypte ? s'énervait Mary.

— Les guerres – presque toutes – sont déclenchées par des fanatiques qui utilisent le nom de Dieu pour justifier leurs crimes. Il est commode de dire que le Très-Haut est de son côté. Cela excuse toutes les atrocités, tous les massacres, toutes les exterminations. Un exemple ? Pendant la Seconde Guerre mondiale, les nazis voulaient anéantir l'une des trois religions monothéistes : le judaïsme.

— Mais Hitler n'était pas chrétien. Il combattait aussi le christianisme. Des millions de chrétiens sont morts dans les camps.

— Vous avez raison. Malgré son éducation catholique, Hitler détestait le Christ, mais il se disait inspiré par le Dieu unique, créateur de l'univers. Vous l'ignorez sans doute, mais il avait une grande admiration pour l'islam, mais pas l'islam des modérés, l'islam des fanatiques et des guerriers.

Il sortit un papier de sa poche qu'il déplia.

— En vous attendant, j'ai recopié quelques citations. Voici ce que disait le Führer : « Si à Poitiers, Charles

1. *Les cathédrales de France*, 1914.

Martel avait été battu, la face du monde eût changé. Puisque le monde était déjà voué à l'influence judaïque (et son produit, le christianisme, est une chose si fade !), il eût beaucoup mieux valu que le mahométisme triomphât. Cette religion récompense l'héroïsme, elle promet aux guerriers les joies du septième ciel. Animés par un tel esprit, les Germains eussent conquis le monde. C'est le christianisme qui les en a empêchés. Je conçois que l'on puisse s'enthousiasmer pour le paradis de Mahomet, mais pas pour le fade paradis des chrétiens ! »[1]

— Vous voulez dire que la dernière guerre trouve son inspiration dans la religion ?

— Une religion dévoyée, fanatique, avec le Diable à la place de Dieu. On pourrait dire cela de quasiment toutes les guerres. Je ne vais pas vous faire une liste, elle serait trop longue. Mais attention, pour faire la guerre au nom de Dieu, il faut inverser le message originel, celui de paix et d'amour.

La voix de Mary était moqueuse.

— Tout cela a déjà été dit cent fois, mille fois, dix mille fois.

— Si tout cela a été rabâché, pourquoi rien ne change ? Regardez le Moyen-Orient d'aujourd'hui. À feu et à sang ! Syrie, Irak, Liban, Yémen, Libye, et j'en passe. Les massacres se multiplient. L'État islamique commet des crimes au nom d'Allah. Les chrétiens d'Orient, parmi d'autres, sont exterminés à cause de leur foi. Ils sont fusillés, décapités, enterrés vivants. Certains sont crucifiés, vous voyez le symbole ?

— Le Tabernacle est censé mettre fin aux guerres de religions ?

— Le jour où sera révélée son existence, les guerres n'auront plus de raison d'être.

1. Adolf Hitler (traduction de l'allemand par François Genoud), *Libres propos sur la guerre et la paix recueillis sur l'ordre de Martin Bormann*, Flammarion, 1952.

Mary ne voulait pas croire à cette fable mystique.

— Si je comprends bien, le Tabernacle a été ramené de Constantinople par Charlemagne. On l'a dissimulé parce qu'il n'arrangeait pas les affaires de la monarchie carolingienne. Ai-je bien compris ?

— En révélant son existence, Charles le Chauve craignait que le peuple refuse de se battre au nom de la foi chrétienne, d'autant que l'islam constituait une sérieuse menace. Si, en 732, la bataille de Poitiers avait été perdue, elle aurait mis fin au royaume des Francs. On aurait eu un calife à Paris. Le Tabernacle a été déplacé plusieurs fois à l'intérieur du sanctuaire, mais toujours caché. Si on l'avait exposé, les croisades n'auraient pas eu lieu.

— Mais certains connaissaient son existence, non ?

— À Chartres, une poignée d'initiés savait qu'il était dissimulé dans les entrailles de la cathédrale. Quelques grands intellectuels et quelques grands artistes. Notre-Dame de Chartres est la châsse grandiose de la chemise de la Vierge et du Tabernacle, comme la Sainte-Chapelle est celle de la couronne d'épines et d'un morceau de la vraie croix. Certains initiés voulaient que son existence soit révélée, d'autres pas. Et finalement, en dehors d'eux, le peuple n'en a jamais rien su.

— Et les Templiers ? Quel a été leur rôle dans cette affaire ?

— Ils étaient les gardiens du secret. Ce n'était pas dans leur intérêt qu'il soit connu du plus grand nombre. Je vous rappelle que les Templiers s'enrichissaient grâce aux croisades. Quand les derniers d'entre eux ont été arrêtés par le roi Philippe le Bel parce qu'ils menaçaient la monarchie, le grand maître Jacques de Molay, au cours de son procès, a menacé de tout révéler. Un chantage, en quelque sorte. Il n'avait plus rien à perdre. Il voulait que le roi le libère. Ce dernier, effrayé, pour le faire taire définitivement, l'envoya au bûcher. Il fut brûlé à Paris en mars 1314.

Mary continuait à poser des questions embarrassantes.

– Qu'est-ce qui vous prouve que cette relique existe et qu'elle remonte à la naissance du Christ ?

– Je le sais, c'est tout. Je suis un initié. Demain, la science le démontrera.

– Vous allez faire analyser…

Elle hésita sur le mot à utiliser.

– … Appelons ça « l'objet non identifié ».

Fulbert répondait avec aplomb.

– Il sera envoyé au CNRS.

– La foi n'a pas besoin de preuves scientifiques.

– Dans cette histoire, la science sera l'alliée de la foi.

La nuit enveloppait Chartres. La cathédrale éclairée par des centaines de projecteurs ressemblait à un vaisseau de lumière flottant sur un océan de maisons.

Chaque façade du sanctuaire était surveillée par un Légionnaire, dissimulé sur les toits, équipé d'une paire de jumelles et d'un revolver.

Les ordres étaient clairs.

Les sentinelles avaient pour mission de neutraliser tous ceux qui essayaient d'entrer dans la cathédrale, au besoin en ouvrant le feu. Des hommes – faux touristes – se trouvaient dans des chambres d'hôtel à proximité de l'église, prêts à intervenir à tout moment.

À l'intérieur du monument, deux hommes désignés par la Papesse marchaient en silence depuis la fin des visites. Ils avaient enfilé des cagoules pour le cas où ils rencontreraient quelqu'un. L'un était trapu, de petite taille. L'autre était grand et athlétique.

Dans l'annexe du château comtal, Mary essayait de chasser son angoisse. Après trois nuits de sang, elle était persuadée que cette nouvelle épreuve serait plus horrible encore. *Dans une heure ou deux,* se disait-elle, *je serai transformée en passoire. La quatrième passoire de cette histoire.*

Elle imaginait le moment précis où elle recevrait une balle en pleine tête.

Que ressent-on à ce moment-là ?

Rien ?

Une atroce douleur ?

Meurt-on tout de suite ?

Et après la mort, que se passe-t-il ? Y a-t-il un passage, un tunnel, une frontière à franchir ?

Fulbert ne disait plus rien. Dans un coin de la pièce, il vérifiait avec minutie le contenu de deux sacs à dos de type militaire. Puis, dans un placard, il prit deux casques de chantier équipés d'une lampe frontale.

— Cela me rappelle un peu le boulot, s'écria Mary en riant nerveusement.

Elle avait participé à plusieurs chantiers dans toute la France. Après un soupir, elle ajouta :

— J'aurais dû passer chez moi avant de venir. Je possède un matériel très performant : un casque équipé d'une lampe très puissante et des outils pour creuser les matériaux les plus durs.

— Vous avez bien fait de ne pas retourner dans votre appartement.

— Pour quelle raison ?

— Vous nagez dans un rêve ou quoi ? Votre appartement a été perquisitionné par la police, je l'ai lu dans la presse. Et depuis, il est surveillé en permanence pour le cas où vous y retourneriez. Vous avez de la chance d'être passée entre les mailles du filet quand vous êtes montée ici. La rue des Écuyers n'est pas loin de la place Billard. J'avais peur que vous vous fassiez coincer.

L'Américaine était aussi naïve qu'elle était douée en archéologie.

Elle changea de conversation.

— Pourquoi René Merlet a-t-il arrêté de fouiller ?

— Il voulait découvrir l'architecture des précédentes cathédrales, l'emplacement du premier sanctuaire de Notre-Dame-de-sous-Terre et l'arrière du puits des Saints-Forts qui avait été comblé. C'était la raison officielle. En réalité, je vous l'ai dit, il profitait de ces fouilles pour tenter de retrouver le Tabernacle. Merlet, grand archéologue et grand historien, a rapidement pris ses distances avec notre mouvement. Cet idéaliste était un homme épris de paix et de justice. La présence du Tabernacle le taraudait. Il craignait que ce ne soit qu'une simple légende. Il a creusé pour en avoir le cœur net.

— Il n'a pas été menacé ?

— Au début, non. Les autres Légionnaires pensaient qu'il n'arriverait à rien. Mais il était têtu comme un Beauceron. Les fouilles ont duré plusieurs mois. Merlet et ses hommes avançaient très vite, bien plus vite qu'on ne l'aurait imaginé. Ils sont tombés sur la cathédrale du IXe siècle. Alors que les travaux étaient très avancés, ils se sont arrêtés du jour au lendemain. À regret, Merlet a décidé de ne pas poursuivre l'aventure.

— Que s'est-il passé ?

Fulbert se mit à sourire d'un air étrange.

— À votre avis ? Ce n'est pas difficile à deviner. Le maître de la Légion l'a menacé d'une mort imminente s'il poursuivait ses fouilles. Merlet a tout abandonné, il a même brûlé les carnets de notes où il avait consigné ses découvertes et ses hypothèses. Quand on visite cette galerie, on voit bien que le chantier a été laissé en plan. À deux endroits, des trous ont été creusés à la va-vite dans le remblai, puis abandonnés en l'état.

Le jeune homme disait cela d'une voix très sourde, très basse.

— Un jour, quelqu'un a rendu visite à Merlet au milieu de la nuit avec un couteau. Il a menacé de le tuer. L'archéologue a eu peur. Le lendemain, il n'est pas retourné dans la crypte.

— Comment le savez-vous ?

— Les Légionnaires ont conservé sa lettre de renoncement. À l'époque, les Chartrains n'ont pas compris pourquoi des fouilles si prometteuses s'arrêtaient si brutalement.

— Et s'il avait continué, que ce serait-il passé ?

— Il serait mort dans un accident. Son exécution avait été programmée.

— Un accident ?

— Il montait souvent dans les parties hautes de l'église. Vous me suivez ?

À ce moment précis, de grands coups résonnèrent dans la porte.

Le visage de Fulbert, jusque-là paisible, devint blême. Il attrapa les deux sacs à dos contenant le matériel d'exploration. L'Américaine glissa dans l'un d'eux le plan de la crypte.

— Qu'est-ce que c'est ? demanda Mary d'une voix blanche.

— Je n'en sais rien.

— Les Légionnaires ont peut-être compris que vous étiez en train de les trahir.

— Possible, et c'est ce qui m'inquiète.

Les bruits contre la porte avaient cessé.

Fulbert attendit quelques minutes, en silence, avant de reprendre.

— Trois initiés ont trahi le serment parce que vous étiez arrivée à bon port. Votre présence nous a poussés à sortir du silence. Ce n'est pas la première fois que des initiés essayent de révéler la vérité au monde. À chaque fois, ils ont été tués.

— Et brusquement, trois personnes, presque simultanément, décident de tout me raconter. Pour quelle raison ? Je suis archéologue, j'en conviens, mais je ne suis pas la seule à pratiquer ce métier.

— Saint-Germain et Flamel ne vous ont pas parlé de la Prophétie ?

— Ils sont morts trop tôt.

— À votre sujet, ils sont restés muets ?

— Saint-Germain m'a dit comme vous que j'avais été choisie par le Seigneur. Qu'est-ce que ça veut dire ? Comment savoir que le Seigneur a pensé à moi ? Cette affirmation est risible.

— Flamel n'a pas évoqué un certain Hardouin ?

— Du tout.

— Hardouin appartenait au chapitre de la cathédrale. Il a vécu à la fin du XVIe siècle.

— Quel lien avec moi ?

— Il avait des dons de voyance et de…

Elle le coupa sèchement.

— Je ne crois pas à ce genre de choses.

— Écoutez-moi. Un peu à la manière de son mentor Michel de Nostradamus, le chanoine écrivait des quatrains à vocation prophétique, tous titrés en majuscules. Certains sont restés célèbres, comme celui qui a été écrit en 1584 et que je connais par cœur :

LE GRAND ROI EN SON ROYAUME
Le festoyeur du château d'Aquitaine
Délaissant le sang les frayeurs humaines
Après Beaune ira sur cheval joyeux
Marmoutier la paix le royaume heureux

— Ce genre de prophétie, on peut l'interpréter de différentes manières, soupira l'archéologue en haussant les épaules. J'ai lu un ouvrage sur Nostradamus. Sur les centaines de quatrains écrits par ce soi-disant prophète, on en trouve quelques-uns qui, après coup, évoquent vaguement des événements historiques.

Fulbert n'avait pas l'air d'entendre.

— Celui-ci est troublant, n'est-ce pas ?

— Ah bon ?

Il affecta un air grave.

— Je vous offre une explication de texte. « Le festoyeur du château d'Aquitaine », c'est Henri de Navarre, né à Pau. Pendant plusieurs mois, avant de devenir roi de France sous le nom d'Henri IV, il séjourne au château de Nérac, en Aquitaine, avec son épouse Marguerite de Navarre, où il s'amuse comme un fou : il chasse, il danse, il joue aux cartes, sans parler du reste. L'atmosphère est galante, ce qui déplaît aux pasteurs puritains qui l'accompagnent.

— Quel rapport entre Henri IV et la ville de Beaune ? Tout le monde sait qu'Henri de Navarre a été sacré à Chartres, mais le quatrain ne le dit pas.

— En cherchant un peu, on comprend la signification du mot « Beaune ». Henri s'est converti au catholicisme dans la basilique Saint-Denis en s'agenouillant devant monseigneur de Beaune, archevêque de Bourges. Troublant, non ?

— Et Marmourtier ?

— L'abbaye de Marmourtier se trouve près de Tours. Comme la cathédrale de Reims, elle possède une sainte ampoule contenant l'huile destinée au sacre des rois. Reims étant aux mains d'Henri de Guise, on a sacré le roi à Chartres avec l'ampoule de Marmoutier. Vous saisissez ?

— Admettons.

— La fin du quatrain est facile à comprendre : après s'être converti au catholicisme devant monseigneur de Beaune, le Navarrais s'est fait sacrer à Chartres, oint par l'ampoule de Marmoutier. Vous connaissez la suite ? Il est entré triomphalement à Paris puis il a mis aux guerres de religions en accordant des droits aux protestants à travers à l'édit de Nantes. Ce sont les derniers mots : « la paix le royaume heureux ».

Mary restait sceptique.

— Ce texte n'a-t-il pas été écrit *après* le couronnement ?

— Nous avons la preuve que non. On le trouve dans un livre publié dix ans auparavant qui contient les cent prophéties du chanoine. Il a été conservé dans les archives municipales. Il a même échappé miraculeusement au bombardement de la dernière guerre. Vous pourrez donc vérifier par vous-même.

Mary essayait d'y voir clair.

— À supposer que ce soit vrai. Quel rapport avec l'histoire qui nous préoccupe ?

— De nombreux quatrains évoquent le Tabernacle à demi-mot. Mais le plus troublant n'est pas là. Mary, regardez-moi droit dans les yeux.

Elle prit peur. La mine de Fulbert devenait inquiétante.

— Vous allez m'annoncer que je vais mourir ?

— Nous allons tous mourir.

La jeune fille tremblait.

Fulbert respira un grand coup.

— Vous apparaissez dans un quatrain.

— Je refuse de le croire.

— Quand vous êtes arrivée à Chartres, vous avez jeté le trouble parmi nous. La Prophétie s'accomplissait.

— Vraiment ?

— Ouvrez grand vos oreilles.

ÉTOILE DE LA NUIT CHOISIE PAR LE SEIGNEUR
La fille d'Amsterdam nouvelle et d'or
Creusera la terre molle trois faces
Tabernacle fin des guerres de mort
Je vous salue Mary pleine de grâce

— Vous allez encore interpréter à votre manière ce quatrain parfaitement incompréhensible !

— Il faudrait que vous le lisiez vous-même. En l'écoutant, vous ne saisissez pas une chose très perturbante. « Mary » est écrit à l'anglaise. Étonnant dans une phrase évoquant la Vierge. À l'époque, on a cru à une erreur de typographie.

L'Américaine transpirait à grosses gouttes.

— Oui, c'est certainement une faute d'orthographe. Et le reste, comment le comprenez-vous ?

— Amsterdam nouvelle, c'est New York, non ?

— À l'époque du chanoine, les Hollandais n'avaient pas encore débarqué sur l'île de Manhattan. La ville s'est appelée « Nouvelle Amsterdam » à partir du siècle suivant.

— C'est d'autant plus troublant ! Hardouin a parlé d'une ville qui n'existait pas encore.

— Fulbert, vous avez réponse à tout !

— « D'or », ce sont vos beaux cheveux blonds.

— Sur le plan syntaxique, « d'or » se rapporte plutôt à Amsterdam, non ?

Le jeune homme n'avait pas l'air d'entendre.

— « Creusera la terre ». Vous êtes archéologue ou je me trompe ?

Le visage de Mary était blanc comme un linge. La voix de Fulbert devenait rauque.

— Quant au Tabernacle, il est explicitement mentionné, n'est-ce pas ?

Mary ne savait que répondre. Ces révélations la mettaient dans un état de nervosité extrême.

— Si j'en crois ce que vous me dites, mon arrivée a semé la discorde parmi les Légionnaires de Dieu.

— Vous avez compris. Notre organisation s'est scindée en deux. Il y a ceux qui disait que le temps était venu de révéler le grand secret au monde, et puis il y a eu les autres. Ceux qui cherchent aujourd'hui à vous tuer.

— Pourquoi garder le mystère sur le Tabernacle ?

— Trop d'intérêts économiques sont en jeu.

Mary était comme le bouchon sur la vague, ballottée en tous sens. Elle essayait de comprendre.

— Mais de quoi parlez-vous ?

On tapait de nouveau dans la porte à grands coups. Le bruit était accompagné de cris.

— Ouvrez ! Ouvrez ! Police !

Le visage de Fulbert changea de couleur.

— La police ? Mais comment a-t-elle réussi à remonter jusqu'à moi ? Je n'ai laissé aucun indice nulle part.

Une douce pensée effleura le cerveau fatigué de Mary. Elle s'écria :

— La police est peut-être en train de démanteler cette mafia.

À peine cette phrase prononcée, elle regretta de l'avoir dite.

— Je ne parle pas de vous, Fulbert. Excusez-moi.

— À partir du moment où je trahis le secret qui me lie à la Légion de Dieu, *de facto* je n'en fais plus partie.

— Ouvrez ou nous défonçons la porte, hurla une voix d'une rare violence.

Fulbert ferma les yeux un instant.

– Ce n'est pas la police. Mes coreligionnaires ont compris que je les trahissais. Je reconnais la voix de l'un d'eux. Ils viennent me tuer. Descendons dans le souterrain, vite !

Au fond de la pièce se trouvait un rideau que Fulbert ouvrit. Derrière apparut une grille dotée d'une énorme serrure. Elle barrait l'escalier menant au souterrain.

Les assaillants, quatre jeunes hommes à la carrure imposante, venaient de fracturer la porte. Ils se précipitèrent dans la maison, foncèrent dans la galerie décorée de trophées de chasse, pistolet au poing.

Fulbert ouvrit précipitamment la grille et s'engouffra avec l'Américaine dans l'escalier. Il eut juste le temps de la refermer à clé, au moment précis où les assaillants débouchaient dans la salle des gardes.

Un coup de feu retentit, puis un deuxième. L'escalier en colimaçon protégeait les fugitifs de tout projectile.

Fulbert essayait de rester philosophe.

– Voilà la preuve absolue que nous n'avons pas affaire à la police. La police ne tire pas sur des fuyards désarmés. C'est contraire à tous les règlements.

– J'adore les souterrains, voyez-vous. Après celui de la crypte, après celui de Villefontaine, je découvre celui du château comtal. Quelle aubaine pour une archéologue américaine habituée aux caves en béton !

– Ne vous en faites pas. La grille est très solide. Elle remonte au Moyen Âge. Elle était capable de résister aux béliers. Ce n'est pas avec des pistolets modernes qu'ils vont réussir à l'ouvrir.

Il montra la clé, longue d'une trentaine de centimètres, à la forme alambiquée.

– Le passage est sécurisé, comme on dit en langage moderne.

– Les Légionnaires de Dieu savent que nous allons dans la crypte. En arrivant, nous allons être cueillis.

– Détrompez-vous ! Dans l'organisation, je vous l'ai dit, pour des raisons de sécurité, tout est très compartimenté. Un peu comme dans la mafia. Vous avez eu raison d'utiliser ce mot tout à l'heure. Les membres ne connaissent que des parcelles d'un ensemble très vaste.

– Vous voulez dire que les autres membres ignorent que ce souterrain existe ?

– Seuls deux le savaient. Maintenant, il n'y en a plus qu'un.

– Qui était l'autre ?

— Charles de Saint-Germain.

Un filet de sueur glaciale descendit sur l'échine de l'Américaine.

Ils arrivèrent en bas de l'escalier.

Une galerie s'ouvrait, voûtée comme une église romane. Elle ressemblait à celle du château de Villefontaine.

— Chacun connaît un bout de vérité, poursuivit Fulbert. Personne ne connaît l'ensemble du réseau, sauf les plus hauts placés dans la hiérarchie.

— Vous êtes placé très haut ?

— Très haut oui. Je suis l'un des plus hauts. Du moins ici, en France.

Il respira un grand coup.

— Allez, Mary, je vous dis tout. Je n'ai plus rien à perdre. La Légion travaille dans l'ombre d'une multinationale très connue.

— Laquelle ?

— Vous connaissez le discours d'adieu du président Eisenhower du 17 janvier 1961 ?

— Je n'ai pas une aussi bonne mémoire que vous.

— Avant de transmettre le pouvoir à John Fitzgerald Kennedy, il a prononcé une allocution lourde de sous-entendus.

Il sortit de sa poche le papier qu'il avait déplié auparavant.

— J'ai fait un copier-coller pour vous. Écoutez-moi. Ce discours est l'un des plus importants du XXe siècle. Voici ce que prédisait le commandant suprême des armées alliées en Europe au moment de la victoire contre le nazisme qui fut élu à deux reprises président des États-Unis : « Dans les assemblées du gouvernement, nous devons donc nous garder de toute influence injustifiée, qu'elle ait ou non été sollicitée, exercée par le complexe militaro-industriel. Le risque potentiel d'une désastreuse ascension d'un pouvoir illégitime existe et persistera. Nous ne devons jamais laisser le poids de cette combinaison mettre en danger nos libertés et nos processus démocratiques. Nous ne devrions jamais rien prendre pour argent comptant. Seule une communauté de citoyens prompts à la réaction et bien informés pourra imposer un véritable entrelacement de l'énorme machinerie industrielle et militaire de la défense avec nos méthodes et nos buts pacifiques, de telle sorte que sécurité et liberté puissent prospérer ensemble.[1] » Ce discours est prophétique : Kennedy, son successeur, a été tué car il voulait mettre fin à la guerre du Viet Nam. Je n'ai pas le temps de vous le démontrer, mais soyez-en certaine. Vous faites partie de sa famille ?

– En Amérique, ce nom est relativement courant, mais je ne vois pas le rapport entre le président Eisenhower et la cathédrale de Chartres. Vraiment pas.

Fulbert sortit les deux casques de chantier. Il coiffa la tête de Mary et la sienne. Puis il alluma les lampes frontales.

Les deux faisceaux éclairèrent une longue galerie dont l'extrémité se perdait dans l'obscurité.

Le jeune homme aux yeux clairs poursuivait sa démonstration.

– Un peu plus loin dans son discours, Eisenhower a dit : « Le désarmement, dans l'honneur et la confiance mutuels, est un impératif permanent. Ensemble nous devons apprendre à composer avec nos différences, non pas avec les armes, mais avec l'intelligence et l'honnêteté des intentions. »

– Le moins que l'on puisse dire, c'est que personne ne l'a écouté.

– Je ne vais pas vous répéter ce que je vous ai dit.

Mary ferma un instant les yeux, s'appuya sur le mur et chercha à le contredire.

– À l'époque soviétique, les guerres étaient idéologiques, non ?

1. Discours d'adieu prononcé par le président Dwight David Eisenhower, le 17 janvier 1961, à la fin de son dernier mandat.

— Le communisme était une religion sans dieu. Il combattait la foi des autres. Les chrétiens ont été persécutés en Russie. L'Union soviétique a été une aubaine pour le complexe militaro-industriel qui domine le monde.

— Je suis perdue.

— Je ne vais pas vous faire un cours de géostratégie.

Il toussa un instant avant de reprendre.

— Il faut creuser, Mary. Creuser !

De nouveau, elle se demandait si elle n'avait pas affaire à un dingue.

Jusque-là, il semblait calme et posé. Maintenant, il transpirait à grosses gouttes malgré la fraîcheur. Il ânonnait.

— Il y a beaucoup de choses étranges dans cette histoire invraisemblable, répliqua l'Américaine.

— Vous ne me croyez pas ?

— Je ne crois que ce que je vois.

— Je n'attendais pas mieux de vous. Bientôt, vous verrez de vos yeux ce qu'on cache au monde depuis des siècles. Nous ramènerons ce coffre à l'air libre. Puis nous appellerons la police. Je raconterai mon passé obscur et je demanderai pardon. Vous serez innocentée.

Il reprit un instant son souffle avant de poursuivre.

— Avançons, Mary, ayons du courage. La fin du cauchemar est proche.

À quelques centaines de mètres de là, dans sa chambre du Grand Monarque, la Papesse était d'une nervosité extrême. Elle avait allumé une cigarette, un geste inhabituel chez elle. Elle marchait de long en large sous les yeux de Satolas qui essayait de la calmer. Elle venait de recevoir un appel urgent.

— Nous enregistrons une nouvelle défection dans nos rangs, s'écria-t-elle. Vous savez qui a disparu de nos écrans radars ?

— Pas la moindre idée.

— Fulbert en personne !

— Je ne peux pas le croire.

— Vous le savez, il était chargé d'intercepter l'Américaine au château de Villefontaine. Il ne l'a pas fait. Et depuis, il ne répond plus à aucun de nos appels.

Satolas écarquillait les yeux.

— Il a peut-être un problème de téléphone, tout simplement.

— Sûrement pas. L'un de nos hommes a vu la jeune fille arriver à Chartres à pied. Un autre l'a aperçue place Billard. Je suis abasourdie. Le fidèle Fulbert, le serviteur de toujours, l'initié si proche de moi, a trahi son serment. L'arrivée de l'Américaine lui a fait perdre la tête.

— La solution est simple. Il faut l'éliminer. Trahir, c'est mourir.

— Je ne vous ai pas attendu pour agir. Plusieurs hommes ont défoncé la porte les armes à la main. Ils n'ont pas pu les neutraliser. Le duo s'est enfermé dans une cave en verrouillant une énorme grille derrière eux. Pour l'instant, nous n'avons pas réussi à la faire sauter. Il faudrait des explosifs.

— Nous en possédons.

— Que proposez-vous ?

— Nous avons des charges type Sesamex, un explosif autocollant efficace et peu bruyant. Il ne faut pas que tout le pâté de maisons entende. La cave possède-t-elle une deuxième sortie ?

— Nous n'en savons rien. Fulbert n'a jamais fait visiter sa maison à personne. Nous craignons qu'il n'ait fui par une porte dérobée.

— Pour quelle raison a-t-il fait venir l'Américaine ?

— C'est la question qui nous taraude. Au début, je me suis dit qu'il lui avait tendu un piège. Je l'espérais. Mais il ne décroche pas son téléphone. Il n'a pas suivi les consignes qu'on lui avait données. Des consignes pourtant très précises.

— Lesquelles ?

— Il devait neutraliser la jeune fille à Villefontaine et, en cas d'échec, après avoir discuté avec Angus dans la maison du gardien, il devait participer à une réunion dans cet hôtel aujourd'hui à dix-neuf heures. Depuis qu'il a quitté Angus, plus aucune nouvelle de lui. Tout cela sent très mauvais, n'est-ce pas ?

— Comment expliquez-vous cette volte-face ?

— Nous ne l'expliquons pas. Fulbert était l'un des piliers de la Légion. Je ne veux croire qu'un homme aussi intelligent ait pu être influencé par la prophétie abracadabrante du chanoine Hardouin.

Elle éructait de rage.

Elle prit une carafe d'eau, remplit un verre. Elle y plongea un cachet effervescent. L'eau se teinta de rouge. Elle avala le liquide en une seule fois puis regarda droit devant elle, dans le vide. Elle vivait dans la hantise de la catastrophe. La trahison de ses plus proches collaborateurs l'avait anéantie. Elle scruta les yeux de Satolas.

— Vous avez l'intention de nous trahir ?

C'était la deuxième fois qu'elle lui posait la question.

— Je préférerais mourir. Quel intérêt pour moi de commettre l'irréparable ?

L'un et l'autre touchaient de grasses rétributions en échange de leurs services.

La Papesse ouvrit une mallette. À l'intérieur se trouvaient des liasses de billets de cinq cents euros. Elle se saisit de l'une d'elles.

— Dix mille pour vous. Le prix de votre fidélité.

Satolas recevait régulièrement ce type d'émolument, toujours en espèces.

— Quel sort réservons-nous à Fulbert ? demanda-t-il.

Il devinait la réponse.

— Nous allons lui tresser une couronne de lauriers ?

— Une balle dans la tête ?

— Ou dans le cœur. Peu importe.

— Et la jeune fille ?

— Enlèvement. Séquestration. On la charcutera pendant des heures, des jours, je vous l'ai dit. Il faut que le juge d'instruction pense qu'elle a tué Fulbert et qu'elle s'est enfuie. Les consignes n'ont pas changé. Son corps sera « évaporé » par nos hommes, pour reprendre une expression chère à George Orwell. Pas de corps, pas de meurtre.

Elle ricana longuement.

Satolas toussa. Il se demandait si ce crime serait une bonne chose.

— Vous n'avez pas peur que la police réoriente son enquête et découvre le pot aux roses ? Faire disparaître un corps, ce n'est pas si facile. Surtout dans une enquête comme celle-ci.

— C'est ce que vous prétendez depuis le début. D'abord, nous pensions l'effrayer. Nous espérions qu'elle serait poursuivie pour meurtre, mais rien ne s'est passé comme prévu. Plus les heures passent, plus la situation se complique.

— Mais la police ? Vous n'avez pas peur de la police ?

La Papesse esquissa un sourire, Satolas ne savait pas ce qu'il signifiait. La femme aux lèvres très maquillées tira sur sa cigarette, avala la fumée, la recracha au loin dans la pièce.

— En France, la police est d'une grande légèreté. Je vous l'ai déjà dit.

— Des dizaines d'inspecteurs travaillent sur cette affaire.

— Satolas, je ne peux pas tout vous dire. N'oubliez pas que notre Légion est très compartimentée.

— Vous voulez dire que la police est dans notre camp ?

— Attention, ce n'est pas ce que j'ai dit. Mais il est possible, vu nos moyens considérables, d'orienter l'enquête dans un sens ou un autre. Vous me comprenez ?

Elle ne voulait pas en dire plus.

Elle regarda par la fenêtre.

Au-dessus des toits, les flèches de la cathédrale se dressaient dans la nuit. Les projecteurs venaient de s'éteindre.

On avait promis l'enfer à la Papesse si le Tabernacle était découvert.

La galerie souterraine n'était pas rectiligne. Elle comprenait plusieurs coudes.

— Pourquoi n'avoir pas creusé en ligne droite ? demanda Mary, intriguée. Nous contournons d'autres caves ?

— Nous nous trouvons à trente mètres sous terre. À cette profondeur, il n'existe aucune cave. Le souterrain fait des zigzags pour des raisons de sécurité. Il est facile de barrer un couloir sinueux en cas de besoin. Il comprend des herses dont le mécanisme n'était connu que par quelques proches des comtes.

— Vous m'avez dit que les historiens ignoraient l'existence de ce souterrain ?

— J'ai lu des dizaines de livres consacrés à la vieille ville. Je ne l'ai vu mentionné nulle part.

Ils progressaient sur un sol boueux.

Les murs étaient très humides.

À certains endroits, l'eau ruisselait.

Des flaques d'eau ralentissaient la marche. Il fallait les contourner afin de ne pas se mouiller les pieds.

— J'ai l'impression de me retrouver dans le souterrain de Villefontaine, soupira Mary. Espérons que ça ne se terminera pas de la même manière.

Curieusement, à mesure qu'elle progressait dans cet endroit sinistre, elle avait de moins en moins peur. Elle se sentait en sécurité, dans le ventre de la ville, sous des dizaines de mètres de terre. Ce ventre était maternel, protecteur. Elle avait l'impression de flotter. Ce sentiment dura quelques minutes.

La voix de Fulbert la tira de sa rêverie.

— Asseyez-vous un instant sur ce banc et écoutez-moi.

Il désigna une maçonnerie en pierres grossières.

Mary le fixa un moment, inquiète.

— Je vous écoute.

— Vous allez m'obéir en toutes choses sans me poser de questions.

Elle hocha sa tête en signe d'acquiescement.

— Même si je meurs ou si je suis blessé, poursuivit-il d'une voix caverneuse, vous ne devez pas abandonner la partie.

L'Américaine projeta sa lampe dans les yeux de son compagnon.

— Je n'ai toujours pas compris en quoi consistait cette mission. Nous allons essayer de déterrer une relique et après ? Qu'est-ce qu'on fait ? Qu'est-ce qu'on dit ?

— Vous n'avez toujours pas compris de quoi il s'agissait ?

Elle disait ce qui lui passait par la tête, en vrac.

— Les rois mages… Des inscriptions en rapport avec les trois religions…

— Vous chauffez.

— J'ai retourné dans mon cerveau tout ce que j'ai entendu depuis trois jours. Sans résultat probant.

— Flamel vous a parlé de l'islam ? Il s'est beaucoup intéressé à la question.

— Il m'a révélé que la phrase « Il n'y a de dieu qu'Allah l'Unique » était trois fois présente sur le vitrail central de la façade occidentale.

— Effectivement et c'est très important. Sur ce vitrail de 1150, le plus vieux de Chartres, une scène représente l'adoration des mages. Le Christ est à leur droite sur les genoux de la Vierge. Chaque roi mage apporte une monnaie d'or de cinq centimètres de diamètre, un dinar almoravide frappé de caractères arabes. Au centre se trouve la première partie de la chahada, profession de foi islamique. Les guides touristiques n'en parlent pas car cette inscription ne plaît pas à tout le monde. Elle est mentionnée dans très peu de livres, alors que sa présence est capitale.

— Quelle différence entre la chahada et « Allah Akbar », une phrase bien connue des Français depuis quelque temps ?

— « Allah Akbar », c'est le takbir. Il est employé par les musulmans dans de nombreuses circonstances, par exemple comme cri de victoire. Mais la chahada est plus importante. Et ce n'est pas tout.

— Vous allez me démontrer que la cathédrale est une mosquée surmontée par deux minarets.

Il n'avait pas l'air d'avoir entendu.

— Sur le pourtour de chaque dinar se trouve une partie du verset 79 de la sourate III du Coran : « Il ne conviendrait pas à un être humain à qui Allah a donné le Livre, la Compréhension et la Prophétie, de dire ensuite aux gens : "Soyez mes adorateurs, à l'exclusion d'Allah" ; mais au contraire, il devra dire : "Devenez des savants, obéissant au Seigneur, puisque vous enseignez le Livre et vous l'étudiez" ».

— J'en déduis que ce vitrail à la gloire du Christ est aussi un hommage à Allah ?

— Il est surtout un hymne à la tolérance, au savoir et à la paix. On est bien loin des cris de guerre des fanatiques. Cette verrière est la plus grande et la plus belle de toute l'époque romane. Au moment où les croisades battaient leur plein, un artiste a rendu hommage aux musulmans.

— Je l'avais compris. On en déduit quoi ?

— Ce maître verrier, un initié, connaissait l'existence du Tabernacle mais il n'avait pas le droit d'en parler en public. Il avait peur de mourir. Dans le plus grand secret, il a gravé le nom d'Allah sur le vitrail le plus sacré du christianisme. Personne ne l'a su. Les visiteurs de la cathédrale ne peuvent voir ces inscriptions. Elles sont trop hautes et trop petites. On les a découvertes récemment lors d'un nettoyage approfondi. Yahvé et Allah sont partout à Chartres. Un croissant de lune, symbole de l'islam, surmonte le clocher vieux, un soleil surmonte le clocher neuf, aux côtés de la croix chrétienne.

Mary était dubitative.

— Un soleil ? Mais pourquoi un soleil ?

— Le soleil est une étoile. Le symbole du judaïsme est une étoile. Vous avez compris ?

Elle ferma les yeux. Elle repensait à la croix, à l'étoile et au croissant de lune que lui avait montrés Flamel dans le ciel de Blandainville.

Fulbert continuait sa démonstration.

— Les architectes de Chartres étaient des chrétiens authentiques et des humanistes authentiques. Ils ont gravé leurs convictions dans le verre et la pierre.

Mary pencha sa tête sur le côté.

— J'ai compris ! Les mages symbolisent les trois religions du Livre réunies autour du Christ.

Elle repensa aux dernières paroles de Saint-Germain.

Les rois sont avec nous. Ne l'oublie jamais.

Fulbert ajusta sa lampe sur le casque puis inspira un grand coup.

— Les mages sont œcuméniques, absolument ! Aujourd'hui, l'Église encourage l'œcuménisme, mais cela n'a pas toujours été le cas. En 1986, à Assise, en évitant toute idée de syncrétisme, le pape a proposé aux grandes religions du monde de prier pour la paix. Assise est devenue le symbole de la paix universelle, au-delà des croyances de chacun. Au départ, l'œcuménisme était un dialogue entre les différentes églises chrétiennes, pas avec le judaïsme et l'islam. Le message de Chartres va plus loin.

— Est-ce à dire que toutes les religions se valent ?

— Attention, Mary, ce n'est pas ce que j'ai dit. Pour un chrétien, la foi s'inspire du message évangélique. Il n'a aucune raison de mélanger sa foi à celle des autres. Il ne s'amuse pas à faire une synthèse hasardeuse entre judaïsme, christianisme et islam. Mais défendre sa foi ne signifie pas qu'on doit massacrer son voisin qui prie d'une autre manière. Vous saisissez la nuance ? On peut aimer Mozart sans pour autant brûler les œuvres de Wagner.

Elle toussa.

— La Légion s'oppose à ce message pacifiste, c'est cela ?

— Pas seulement la Légion. Toutes les organisations guerrières haïssent ce message. Si nous considérons que Dieu est amour, les guerres de religion sont contraires à l'esprit de Dieu.

Il ajouta d'un air grave.

— Vous n'avez jamais remarqué ? De nombreux grands pacifistes ont été assassinés : Jean Jaurès, Gandhi, John Fitzgerald Kennedy, Martin Luther King, monseigneur Romero, Yitzhak Rabbin, et j'en passe. Étrange, non ?

— Ne me dites pas que la Légion est à l'origine de ces crimes. Je ne vous croirai pas.

— Je n'ai pas affirmé ça. Je vous dis simplement qu'un homme de paix est plus menacé qu'un homme de guerre. Quel étonnant paradoxe ! Prêcher la paix, c'est s'exposer à la violence des autres.

Il se tut, puis regarda de nouveau sa montre.

— Il nous reste encore un peu de temps. Mary, êtes-vous convaincue par ce que j'ai dit ?

Elle ferma les yeux avant de répondre :

— Peut-être.

La voix de Fulbert vibrait comme celle d'un baryton.

— Aujourd'hui, l'islamisme met à feu et à sang une partie du monde. À votre avis, à qui profite le crime ?

— J'écoute.

— À ceux qui fabriquent les canons, voyons : les multinationales de la guerre et du sang, les lobbys de l'armement. Les États eux-mêmes sont entre leurs mains. Souvenez-vous du message du président Eisenhower.

Il s'approcha de Mary et la prit par l'épaule.

— Vous commencez à y voir plus clair ?

— Vaguement.

— Écoutez-moi bien. Ce que je vais vous dire est très important.

Elle le regarda fixement.

– Les Légionnaires de Dieu travaillent pour le Consortium. Vous voyez de quoi il s'agit ?

– Le Consortium ? Vous avez dit le Consortium ? La multinationale américaine d'armement ?

– C'est cela. La plus grande entreprise du monde. Satellites, avions de combat, blindés, bateaux de guerre, missiles, drones, canons, mitrailleuses, mitraillettes, fusils, revolvers et j'en passe. Je ne vais pas vous décliner le catalogue, il fait des milliers de pages. Pendant que des êtres humains sont massacrés, réduits en bouillie, anéantis, les hommes du Consortium engrangent des sommes phénoménales.

– Le commerce des armes n'est pas nouveau, objecta Mary. Il existe depuis des millénaires.

– Ce commerce n'a jamais été aussi florissant. Les armes ne se sont jamais aussi bien vendues. Après la fin de la guerre froide, un vent de panique a soufflé sur le Consortium. Si les Russes tendaient la main aux Américains, les affaires allaient péricliter. Mais très vite, la multinationale a redressé la tête. Le 11 septembre a été une aubaine.

– Vous voulez dire que le 11 septembre a été organisé par les Américains ?

– Je n'ai jamais dit ça. Je réfute cette idée fumeuse que les attentats auraient été fomentés par la Maison blanche. Cette théorie du complot est fausse et stupide. Le massacre a bien été commis sur ordre de Ben Laden. Mais il a profité aux multinationales de l'armement. Sans le 11 septembre, le monde musulman ne se serait pas embrasé. En tout cas, pas avec une telle intensité. Une aubaine pour les marchands de canons. Aujourd'hui, le Moyen-Orient et la moitié de l'Afrique sont à feu et à sang. L'incendie s'étend inexorablement. Washington, New York, Madrid, Londres, Paris, Copenhague, Tunis, Sousse ont été frappés par des attentats atroces. Demain, il sera trop tard pour l'éteindre. Nous sommes tous sur le même navire. Nous allons tous sombrer. Vous vous souvenez de la phrase d'André Malraux ?

— Il a dit tant de choses.

— « Le XXIe siècle sera mystique ou ne sera pas. »

— Le moins que l'on puisse dire, c'est que ses vœux ont été exaucés, s'écria l'Américaine d'une voix désabusée. On n'a jamais autant entendu parler de religion.

— Malraux n'imaginait pas un scénario pareil. Des religions d'amour sèment la terreur à travers le monde. Le paradoxe est à son comble.

Mary observa le visage exalté du repenti. Elle poussa un grand soupir puis murmura d'une voix quasi inaudible.

— Et vous pensez mettre fin aux guerres grâce à une trouvaille archéologique ? Fulbert, pardonnez-moi, je vous aime bien, mais vous êtes un doux rêveur.

Le jeune homme éteignit sa lampe frontale. Il demanda à Mary de l'imiter. Elle appuya sur l'interrupteur.

– Pourquoi cette obscurité ? Nous allons nous cogner. Vous faites des économies de batterie ou quoi ?

– On entend mieux les bruits dans le noir. Taisez-vous un instant.

À cause de la forme particulière du souterrain, sinueuse, à angles presque droits, les coups assénés dans la grille censée les protéger étaient très estompés.

– Vous n'avez pas peur qu'ils entrent ? demanda la jeune fille d'une voix diaphane.

– Ils ont peu de chance d'arriver ici. Vous ne vous en êtes pas aperçue, mais il y a quelques minutes j'ai appuyé avec mon pied sur une dalle qui a fait tomber une herse à quelques mètres derrière nous sans faire de bruit. Nous sommes coupés de nos ennemis par deux barrières d'une solidité à toute épreuve.

Ils restèrent dans le noir total quelques minutes, sans rien dire. Ils entendaient leur respiration, une respiration lente et régulière. Les pensées se bousculaient dans la tête de l'Américaine. Elle voyait une petite lumière au bout de sa route, minuscule, mais elle était si ténue qu'elle craignait de la voir s'éteindre, telle une bougie dans le vent.

Elle rompit le silence la première.

– En somme, vous cherchez à me prouver que la cathédrale a été construite par des pacifistes.

– Pendant tout le Moyen Âge, les pacifistes et les bellicistes se sont affrontés. Les premiers n'ont pas pris les armes, bien sûr, ils auraient été en contradiction avec leurs idées. Ils ont utilisé des burins et des pinceaux. Ils ont été sculpteurs ou maîtres verriers. La cathédrale, symbole de paix, est une ode à la connaissance, à la culture, à l'art, à la création et à la tolérance. Elle s'oppose au dessein des guerriers qui, au même moment, commettaient des massacres en Terre sainte. D'un côté on construit, on sculpte, on peint, de l'autre on détruit, on pille, on assassine. Les hommes n'ont pas beaucoup changé. En Irak et en Syrie, on anéantit des merveilles archéologiques au nom de Dieu.

Mary avait les yeux fixés sur son mentor.

— En vous écoutant, j'ai du mal à croire que vous avez fait partie de cette Légion sanguinaire.

— Au départ, je voulais défendre la primauté du christianisme. Mes pensées étaient pures, désintéressées. Puis l'argent est venu. J'en ai gagné beaucoup. Le Consortium engraisse ceux qui l'aident. L'argent rend fou. Je reconnais ma faiblesse. Hier, quand j'ai compris que la Légion était une organisation criminelle, je vous le redis, j'ai eu honte !

— J'ai du mal à comprendre ce revirement.

— Je ne vous demande pas de comprendre. Je vous supplie juste de me croire.

— Admettons que je vous croie.

Elle n'arrivait pas à retirer de sa tête que Fulbert était en train de la piéger.

Leurs yeux s'habituaient peu à peu à la pénombre.

Sur chaque casque, à l'emplacement de l'interrupteur, un témoin lumineux. Il éclairait très légèrement le souterrain. Le regard du jeune homme brillait dans la nuit.

Mary le trouvait encore plus beau qu'en pleine lumière.

Elle respira un grand coup.

La voix douce du garçon la tira de sa rêverie.

— Êtes-vous prête ?

Elle s'efforçait de garder un ton normal.

— Je suis prête à recevoir une balle en plein cœur. Ne visez pas la tête, j'ai un casque.

— Que vous arrive-t-il ?

— Je m'attends à tout.

— Donnez-moi votre main.

Elle tendit ses doigts. Le garçon les saisit. Il les serra dans sa paume brûlante.

— Comme vous avez froid !

Il approcha le poignet de ses lèvres et l'embrassa.

Elle fut parcourue d'un frisson de bonheur, un bonheur fugace, qui s'estompa très vite. La réalité rugueuse reprit vite le dessus.

Il ralluma sa lampe frontale.

— On y va. Il est l'heure. Dans cinq minutes, nous pénétrons dans la crypte. Ou plutôt dans le caveau Saint-Lubin, la crypte de la crypte.

Mary se croyait de nouveau dans un film d'épouvante. Elle revenait sur le lieu d'un supplice de manière consentante. Elle se dit qu'elle était masochiste.

— Et ensuite ?

— Nous entrerons dans la galerie creusée par Merlet.

— Allons-nous mourir ?

En guise de réponse, il tendit à Mary une paire de gants de chantier.

— Vous croyez qu'on va réussir à creuser ?

— Merlet l'a fait avant nous.

Par principe, Mary essayait de le contredire.

— Il faudra des jours. Même si votre Tabernacle n'est enfoui qu'à quelques centimètres, ce n'est pas avec des instruments de fortune que nous allons percer ce remblai. Je suis archéologue. Je sais de quoi je parle.

— Une surprise vous attend.

Quelques mètres plus loin se trouvait une grande caisse. Fulbert l'ouvrit et plongea les mains dedans.

— Regardez, nous avons ce qu'il faut. Un petit marteau-piqueur à essence spécialement conçu pour percer les murs. Une merveille technologique.

— Mais ça va s'entendre ! Nous allons réveiller tout le quartier !

— Vous n'avez rien écouté. Si j'ai attendu si longtemps avant d'entrer dans la crypte, ce n'est pas pour le plaisir. Vous me comprenez ou pas ?

— On sera arrêté avant d'avoir découvert quoi que ce soit. Ça fait combien de temps que vous préparez cette expédition ?

— Des mois.

— Ça fait vingt-quatre heures que vous avez retourné votre veste.

— Depuis des mois, je me dis qu'un jour, pour une raison ou une autre, il faudra déterrer le Tabernacle.

— Êtes-vous certain au moins qu'il existe ? Et si tout ça n'était qu'une belle légende ?

À mesure qu'elle approchait de la crypte, elle croyait de moins en moins à cette histoire. Le Tabernacle était une fable comme le monstre du Loch Ness ou le fantôme de la Tour de Londres. Il existe des milliers de légendes auxquelles des millions de gens croient. Dans son métier d'archéologue, elle avait été souvent informée de la présence de trésors enfouis qui, en réalité, après vérification, n'existaient pas.

— Je n'ai aucune certitude, répondit Fulbert, mais il serait étonnant que le Consortium consacre autant d'énergie pour protéger un objet virtuel. Nous allons en avoir le cœur net dans quelques minutes.

— Si des tueurs débarquent avec armes et munitions, que faisons-nous ?

— J'ai de quoi résister.

Il sortit de la caisse deux masques anti-gaz et une double cartouche reliée par des tuyaux à un manomètre, sur lequel était branchée une poignée pistolet.

— En cas de problème, nous utiliserons les grands moyens. Du gaz lacrymogène à dosage spécial, le même que celui utilisé par le GIGN. La poudre propulsée à plusieurs dizaines de mètres a un effet paralysant.

— Mortel ?

— Mortel, non. Les gens tombent dans les pommes pendant une bonne heure, c'est tout. Dans un espace confiné comme celui de la galerie de Merlet, il sera très efficace. C'est moi qui porterai les deux cartouches sur mon dos à la façon d'un plongeur.

— Pourquoi deux bouteilles ?

— L'une contient de la poudre, l'autre de l'air comprimé qui permet de propulser la première.

— Et si le GIGN débarque avec des masques à gaz ?

— Je ne crains pas les forces de l'ordre. Elles surveillent mollement le sanctuaire.

— Vous craignez que la Légion nous entende ?

— Elle a toujours un œil sur la cathédrale. Mais je peux vous assurer qu'elle n'est pas équipée pour résister à une attaque chimique. Vous êtes prête pour le grand saut ?

Il sortit un pistolet de sa poche.

Elle recula d'un pas.

— Qu'avez-vous ? demanda-t-il. Vous pensez que je vais vous tuer ?

— Je suis prête à mourir. Mais je veux en finir vite, le plus vite possible.

Elle ferma les yeux. Le coup de feu allait retentir d'une seconde à l'autre.

Mary sentit le corps de Fulbert se coller contre elle. Ses bras musclés s'enroulèrent autour de son corps. Il embrassa ses joues.

— Je ne vous veux aucun mal.

Elle se raidit.

— Pourquoi ce pistolet ?

— J'aurais dû vous prévenir, je suis vraiment désolé. Il s'agit de nous défendre. Menacer nos assaillants. Tirer s'ils tirent sur nous. J'espère ne pas avoir à m'en servir.

— Les gaz ne suffiront pas ?

— On peut utiliser l'un et l'autre.

— Je déteste la violence et les armes à feu.

Il lui caressa les cheveux.

— Je sais. C'est pour ça que vous êtes là, à mes côtés.

— Vous pensez que la Légion est capable de nous massacrer ?

Elle connaissait la réponse.

— Je préfère vous le dire. Ils sont prêts à nous cribler de balles.

Elle eut un mouvement de recul.

— Je refuse de faire un pas de plus.

— Nous n'avons pas d'autre choix que d'avancer. Nos ennemis ont investi ma maison. Nous ne pouvons revenir en arrière.

— Et si nous réussissons à nous emparer de la fameuse relique ? Qu'est-ce qu'on fait ?

— Mary, vous avez oublié ce que j'ai dit. J'appelle la police, je prouve que vous êtes innocente, je dénonce la conspiration.

Elle secoua la tête d'un air dubitatif.

— Et si on ne vous croit pas ?
— On me croira.
— Ensuite ?
— Ensuite, nous ferons analyser notre découverte.
Elle semblait de plus en plus sceptique.
— Vous avez vraiment besoin de moi pour faire ça ?
— Sans le vouloir, c'est vous qui avez provoqué les événements de ces derniers jours. Ne l'oubliez pas, vous avez été choisie par le Seigneur.
Mary renifla nerveusement.
Ça y est, il recommence.
Elle respira un grand coup avant de crier.
— Je ne veux pas retourner dans la crypte !
— Arrêtez de changer d'avis sans arrêt. Nous allons gagner cette bataille contre le mal. La Prophétie doit se réaliser.
— Pourquoi ne pas appeler la police dès maintenant ? Après tout, des hommes ont violé votre domicile.
Elle essayait de trouver un prétexte pour ne pas entrer dans le caveau maudit.
— Vous n'avez qu'à montrer le plan de la crypte découvert à Villefontaine, poursuivit-elle. Un chantier de fouilles s'ouvrira. Il y a des fouilles sur le parvis de la cathédrale. Ça fera un deuxième chantier. Je m'engage à y participer.
— Vous connaissez Viollet-le-Duc ?
— Oui, mais quel rapport ?
— Imaginez Viollet-le-Duc aujourd'hui. Il ne pourrait rien faire. Juste gratter les pierres et souffler dessus. Si Notre-Dame de Paris était en ruines, elle resterait en ruines. Jamais on ne l'autoriserait à restaurer le monument comme il l'a fait. Il ne pourrait recréer la statuaire des portails, inventer les célèbres gargouilles ou dresser la flèche sur le transept. La quasi-totalité des statues de Notre-Dame sont de pures créations du XIXe siècle, ne l'oubliez pas. Aujourd'hui, creuser sous la cathédrale ne serait pas autorisé.

Il en avait assez de parler.

Il ajusta les lampes au-dessus des casques. Il plaça le marteau-piqueur de poche dans son sac à dos puis il accrocha un masque anti-gaz au cou de Mary. Il lui expliqua le fonctionnement.

— Inutile de le mettre pour l'instant, mais il vaut mieux prévoir afin de parer à toute éventualité. Si nécessaire, vous le relèverez sur votre visage en l'ajustant bien, puis vous appuierez sur cette valve pour faire monter l'oxygène. Mais seulement si je vous le dis.

— Il faut inspirer fort ?

— Pas nécessairement. Respirez, c'est tout.

Il continua à farfouiller dans la caisse.

— Une petite bière avant l'assaut final ?

Mary ne buvait jamais d'alcool, mais elle accepta, ce qui montrait bien sa nervosité.

Fulbert extirpa deux cannettes et les ouvrit.

— Buvez jusqu'à la dernière goutte. Vous en avez besoin. Ça vous donnera des forces.

Il sortit une boîte de gâteaux au chocolat.

— Mangez si vous voulez.

Elle dévora plusieurs biscuits. Elle était affamée.

— Dans cinq minutes, nous débouchons dans la crypte. Soyez prête.

Sur la gauche, dans une encoignure, se trouvait une énorme roue qui actionnait l'ouverture de la trappe via une chaîne en fer.

Fulbert regarda sa montre.

— Il est trois heures. C'est le moment. Nous serons tranquilles. Dès que la trappe s'ouvrira, nous fonçons vers le corridor de Merlet. Quand nous aurons exhumé la relique, nous gagnons l'air libre par l'entrée nord de la crypte et nous prévenons la police. Compris ?

— Vous avez la clé de la porte ?

— Elle se trouve dans une cachette.

— Décrite comme ça, l'opération semble d'une simplicité enfantine.

— Tout sera facile si nous sommes efficaces. Et nous le serons. Mary, *ready* ?

— *Ready*, chuchota-t-elle d'une voix enrouée par l'émotion.

Elle n'en menait pas large.

Avec sa lampe, Fulbert éclaira la roue dotée de deux poignées. Il appuya sur l'une d'elle de toutes ses forces.

La roue ne bougeait pas d'un millimètre.

— Vous n'avez jamais essayé d'ouvrir la trappe? demanda l'archéologue, dubitative.

— Non.

— Ça fait combien de temps qu'elle n'a pas été ouverte ?

— Je n'en sais rien. Des années ? Des siècles ?

— Des siècles ? Et vous pensez que ça va fonctionner ?

— Les ingénieurs du Moyen Âge étaient très doués. Ce qu'ils fabriquaient était capable de traverser le temps sans encombre. La cathédrale est un exemple de leur génie.

Il redoublait d'efforts, mais la roue restait immobile.

— Et si on n'arrive pas à entrer, on fait quoi? On retourne en arrière et on se fait cueillir par vos gentils visiteurs ?

— Vous voyez, vous avez maintenant envie de rentrer dans la crypte ! Vous me disiez le contraire il y a cinq minutes... Je sens que la roue bouge. Aidez-moi !

Malgré la fraîcheur, des gouttes de sueur perlaient sur son front pâle.

Mary saisit l'autre poignée et appuya de toutes ses forces. La roue grinça puis bougea. Ils redoublèrent d'efforts.

Une trappe en pierre se leva doucement d'une quarantaine de centimètres.

De l'autre côté, dans la lueur des lampes, ils distinguèrent le caveau Saint-Lubin.

— Ça alors ! s'exclama Mary.

— Vous êtes surprise ?

— Oui.

— Vous ne m'aviez pas cru ?

— Non.

— Pourquoi ?

— Je pensais que tout était bidon. Que vous mentiez. Comment saviez-vous que nous déboucherions dans la crypte alors que vous n'étiez jamais passé par là ?

Vexé, il fronça les sourcils.

— Parce que j'ai un plan très précis du souterrain. Pour quelle raison aurais-je menti ?

L'Américaine se tut. Elle était très émue.

Elle ne réfléchissait plus. Elle agissait en automate. Elle était comme extérieure à ce qu'elle vivait, étrangère à sa propre vie. Elle venait d'adopter cette stratégie pour ne plus souffrir. Elle ne voulait plus souffrir. Sinon, elle se tuait. La douleur était si forte qu'elle ne la supportait plus.

— Mettez-vous à ma place. Depuis quelques jours, j'avance dans un cauchemar. Je suis menacée de mort. On abat froidement des hommes qui se tiennent à mes côtés. Vous pensez que je vais croire tout le monde sur parole ?

— Je ne suis pas « tout le monde ».

— Pour moi, vous n'êtes rien. Je vous connais à peine. Je suis venue parce que j'étais acculée. Je n'avais d'autre choix. Sinon, je serais restée chez moi tranquillement.

— L'essentiel est que vous soyez venue.

Elle regarda le passage minuscule.

— Vous pensez que vous allez réussir à ramper dans ce trou de souris ?

— En me faisant tout petit, oui. Vous, étant donné votre taille, vous n'aurez aucun mal. Allez-y la première, mademoiselle l'Américaine.

Après un court instant de réflexion, il ajouta :

— On va enlever nos sacs à dos. On les fera passer après.

À moitié rassurée, elle rampa sous la trappe. Puis, arrivée de l'autre côté, elle se leva. Sa lampe éclaira l'énorme pilier qui soutenait la statue de l'Assomption de la Vierge. Elle se retourna vers Fulbert.

— Vous ne venez pas ? J'espère que vous n'allez pas refermer la trappe derrière moi !

En guise de réponse, il éclata de rire.

Elle s'affola.

— Pourquoi ce rire ? Pourquoi ? C'est un piège, n'est-ce pas ?

— Mary, excusez-moi. Je suis un peu nerveux. Et en même temps, tellement heureux.

— Heureux ?

— Oui, heureux. Heureux d'atteindre la crypte. Je n'étais pas certain que nous arriverions à entrer.

Il rampa à son tour puis se releva.

— On la laisse ouverte ? demanda-t-elle sans savoir pourquoi elle posait cette question.

— Aucune importance.

Elle regarda autour d'elle. Le caveau était éclairé par les deux lampes frontales qui dessinaient des ronds sur les murs séculaires. Elle reconnut le passage par lequel elle était arrivée avec Saint-Germain. Quelques marches. La jonction entre Notre-Dame-de-sous-Terre et la crypte Saint-Lubin.

Elle frissonna.

À cet endroit, elle avait vu l'homme à la cagoule, le meurtrier immonde, avec ses yeux bleus qui brillaient dans la nuit. Ses paroles étaient gravées dans sa mémoire.

Mademoiselle, je pourrais vous tuer avec cette arme munie d'un silencieux. Personne n'entendra. Mais je ne le ferai pas, car je n'ai aucune raison de le faire sur vous. Pour vous rassurer, je peux vous faire constater qu'elle n'est pas chargée. Cela vous apaise ? Pour l'instant, vous ne risquez rien.

Mary dévisagea Fulbert.

— Vous connaissez l'homme qui a tué Saint-Germain ?

— Des murs en béton sont dressés entre les membres de la Légion. On se connaît peu, ou pas du tout.

Il projeta sa lampe sur le pilier central.

— Une atmosphère de paix règne en ce lieu. Les murs transpirent le recueillement.

Elle le trouvait bien lyrique.

Une frêle odeur d'encens flottait.

Ils avancèrent de quelques pas.

— Nous arrivons dans la galerie de Merlet, s'exclama Fulbert, ému. Nous touchons au but.

Ils ne disaient plus rien. Ils entendaient la respiration de l'autre, une respiration courte, comme s'ils avaient du mal à aspirer l'air de la caverne médiévale. Ils étaient très troublés. Ils se demandaient l'un et l'autre s'ils montaient au ciel ou sur l'échafaud.

Après avoir marché sur les deux planches, ils grimpèrent le petit escalier en bois menant à l'endroit le plus secret de la cathédrale. Ils se reposèrent un instant, assis sur les marches carolingiennes, sans rien dire. Ils regardaient autour d'eux. Ils essayèrent d'écouter les bruits de la nuit. Ils entendaient le silence, rien que le silence.

Mary imaginait les voûtes immenses, juste au-dessus d'elle, perchées à trente-sept mètres du dallage. Elle imaginait les milliers de carrés de vitrail éteints, en sommeil, jusqu'à la lumière de l'aube. La cathédrale en lévitation au-dessus d'elle la rassurait.

La Jérusalem céleste.

Dans la nef, deux Légionnaires cagoulés marchaient côte à côte en longeant les murs. Quinze minutes auparavant, ils avaient inspecté la crypte où ils n'avaient rien décelé d'anormal. Ils étaient ressortis par un escalier débouchant directement dans le chœur, juste à côté de la statue de l'Assomption.

Les projecteurs n'illuminaient plus le vaisseau gothique.

— On perd son temps, murmura le plus grand qui semblait le chef.

— Vous pensez qu'ils ne viendront pas ?

— Comment voulez-vous qu'ils entrent ? Toutes les issues sont surveillées. Les trois portails. Les entrées extérieures de la crypte. La maison de Fulbert est occupée par nos hommes, j'ai reçu un message m'expliquant la situation.

— Ils se sont réfugiés dans la cave ?

— Absolument, et nous en contrôlons l'accès. Je ne vois pas comment ils pourront s'en sortir. Nous allons faire exploser la porte. Avec un explosif spécial, puissant et silencieux.

L'homme trapu s'arrêta de marcher. Il se caressa la tête à travers la cagoule.

— Jusqu'à quelle heure restons-nous ?

— Avant l'ouverture des portes de la cathédrale, nous retirons nos cagoules et nous nous agenouillons devant le voile de la Vierge. On nous prendra pour des adorateurs de la sainte relique.

Il ricana.

Mary sortit le plan de la crypte de son sac. Elle montra le C avec son index. Fulbert regarda tout autour et réfléchit quelques instants.

— D'après moi, le Tabernacle est là, juste derrière.

Il désigna le mur occidental qui fermait le réduit.

L'Américaine plaça ses mains à plusieurs endroits de la paroi. Elle semblait inquiète.

— Impossible de creuser ici. Trop dur.

— Vous n'avez pas écouté ce que j'ai dit.

— Mais si ! Sauf que je me rends compte que vous vous êtes trompé. Vous n'êtes pas archéologue, ça se sent.

Dans un coin, sur la gauche, s'ouvrait une anfractuosité aux contours grossiers.

— Vous voyez, Merlet a cherché ici, poursuivit Conte. Sauf qu'il n'a rien trouvé. Je vous ai expliqué pourquoi. À mon avis, si j'en crois ce que Saint-Germain m'avait dit, le Tabernacle est posé sur le sol. Nous devons creuser un peu plus bas.

Très excité, il extirpa de son sac le mini marteau-piqueur et le mit en marche.

— Mary, sortez votre burin et votre marteau.

— Quel boucan !

Dans la lumière de la lampe frontale, Fulbert s'aperçut que les mains de l'Américaine tremblaient.

— Allons, aidez-moi. Personne n'entend. Nous sommes sous une cathédrale vide. Les maisons les plus proches se trouvent à plus de cent mètres d'ici.

Elle palpa le mur où il fallait creuser.

— Il est très chaud. Bizarre.

Interloqué, Fulbert arrêta sa machine et tâta le remblai.

— La température est au-dessus de la normale.

Il toucha un endroit éloigné du premier.

— Ici, c'est tiède.

— Personne ne s'était aperçu que ce coin de mur était chaud ?

— En tout cas, je l'ignorais.

Mary ne put s'empêcher de penser que cette chaleur indiquait le lieu où se trouvait le Tabernacle. Un frisson la parcourut.

— Comment expliquer ce phénomène ? s'écria-t-elle.

— Il existe des roches brûlantes dans les entrailles de la terre, mais à de grandes profondeurs. Ou alors près des volcans ou des sources d'eau chaude.

— Une canalisation ? Il m'est arrivé de tomber sur des tuyaux lors de certaines fouilles.

— Impossible ici. Mais ça ne sert à rien de se poser des questions. Agissons, et vite.

Fulbert remit le marteau-piqueur en marche. Il s'attaqua au mur. Celui-ci s'effrita dès les premiers coups de boutoir.

— On dirait du beurre, s'écria-t-il, ravi.

À l'aide d'un marteau et d'un burin, Mary creusa à son tour. Elle était heureuse de constater que le mur cédait facilement.

Les Légionnaires étaient assis dans le transept sud, face à la rosace dite de la Maison de France, offerte par le roi saint Louis et sa mère Blanche de Castille.

Ils ne disaient plus rien.

Leurs yeux scrutaient les ogives séculaires. Malgré leur mission très particulière, ils étaient sensibles à la beauté des lieux. Ils devinaient les croisées, à près de quarante mètres de hauteur. Les travaux récents avaient magnifié les clés de voûte sculptées. Elles avaient été repeintes en de vives couleurs, celles du XIIIe siècle. Aucune n'était semblable à l'autre. Les deux hommes devinaient les sculptures polychromes repeintes avec minutie par des artistes contemporains.

On achevait la restauration de la nef. Dans les premières travées, d'immenses échafaudages bâchés coupaient la perspective.

— On attend pour rien, murmura le chef. Fulbert est coincé dans sa cave avec cette idiote d'Amerloque. Ils ne viendront pas ici.

Au loin, tout à coup, ils entendirent une sorte de vibration. Un bruit quasi imperceptible, comme le bourdonnement d'une mouche.

— C'est quoi ? demanda l'homme trapu.

L'autre tendit l'oreille.

— Difficile de savoir. Ça semble très éloigné. Probablement un truc dans la rue ou dans une maison voisine.

— Vous plaisantez ? Ça vient du dessous. De la crypte.

— De la crypte ?

Ils se turent.

Ils écoutaient, tétanisés.

Le bruit s'arrêta aussi rapidement qu'il était venu.

— Rien, ce n'était rien, s'écria le plus grand d'une voix soulagée.

Fulbert venait de couper le moteur. Il avait creusé une ouverture dans le remblai. Il avait le visage couvert de poussière.

— J'ai l'impression d'être dans une mine de charbon. Je dois avoir une drôle de tête.

— Vous êtes tout blanc, comme une statue de plâtre.

— Donnez des coups à droite du trou que je viens de faire.

Il voulait extraire la relique le plus rapidement possible, sortir de la cathédrale avant le lever du jour pour ne pas être vu.

— On ne respecte pas les protocoles de l'archéologie contemporaine, dit-elle avec amusement. On creuse dans le tas, sans aucune précaution. Nous risquons de tout casser.

Fulbert était touché par l'ingénuité de la jeune fille.

— Ne vous en faites pas, quand on tombera sur ce qu'on cherche, on s'en apercevra très vite. Il paraît que c'est de l'or massif.

— Vous voulez devenir riche, c'est ça ? dit-elle en riant.

— Le Tabernacle sera exposé au musée du Louvre. Il deviendra aussi célèbre que la Joconde.

Elle semblait surprise.

— On ne le laissera pas dans la cathédrale ? Mais c'est indigne. Ça ressemble au pillage des frises du Parthénon par les Anglais qui les ont ramenées au British Museum.

— La cathédrale n'est pas assez sécurisée. Ou alors, il faudra le mettre dans un caisson blindé en verre, ce qui ne sera pas joli dans un sanctuaire comme celui de Chartres.

Et puis le Tabernacle ne fait pas partie de l'architecture de la cathédrale, on n'arrache pas des statues ou des vitraux.

Fulbert reprit le marteau-piqueur et se mit de nouveau à creuser. Il progressait rapidement. Le remblai friable ne résistait pas.

L'Américaine tapait avec son marteau sur le burin. Elle avait l'habitude. C'était son métier. De ses doigts frêles, elle palpait l'intérieur de l'orifice. À mesure que le trou s'agrandissait, la pierre devenait de plus en plus chaude.

— Ce phénomène est très étrange, murmura-t-elle, abasourdie.

Fulbert essuya la sueur de son front avec son bras.

— Moi non plus, je ne comprends pas. Je ne trouve aucune explication.

Elle hésita un instant avant de lâcher une question qui la taraudait.

— Un phénomène surnaturel ?

Après un silence gêné, elle ajouta :

— Vous y croyez ? Moi, pas du tout.

— Bien sûr que j'y crois ! cria-t-il en enfonçant son engin toujours plus loin. Je ne crois pas à n'importe quoi, mais à certaines choses, oui. La Vierge est apparue à Lourdes, c'est une évidence. Les miracles existent. La science est désemparée face à certains phénomènes.

Il n'avait pas envie de s'étendre sur le sujet. Ce n'était pas le moment.

— Creusez Mary, dépêchez-vous, j'ai tellement hâte.

Dans l'excavation, à une quarantaine de centimètres de profondeur, la pierre avait une couleur orangée.

La jeune fille poussa un cri.

— On dirait que c'est phosphorescent !

— Du calme ! Du calme ! Ce sont nos lampes qui produisent cet effet. Rien d'extraordinaire. La lumière se concentre dans un orifice microscopique.

— Éteignons-les un instant, je vous prie.

Ils appuyèrent ensemble sur leur interrupteur.

L'obscurité totale, *sauf à l'endroit où ils avaient creusé.*

Une lueur spectrale, oscillant entre le rose et l'orangé, suintait de la cavité.

Ils étaient frappés de stupeur.

Ils n'avaient jamais vu une chose pareille.

Au moment où Fulbert avait arrêté son marteau-piqueur, les deux Légionnaires s'étaient levés de leur chaise. Ils avaient marché dans le bas-côté sud vers la façade occidentale. Ils voulaient jeter un œil sur les portes principales.

La longueur intérieure de la cathédrale est de cent trente mètres, si bien qu'on peut se trouver à un endroit sans savoir ce qui se passe à l'autre bout.

Ils avaient débouché dans le narthex, vestige de la cathédrale romane, sous le clocher sud.

— Encore une nuit de foutue, dit le plus grand. Je commence à en avoir marre.

— Vous travaillez demain ?

— Je n'ai pas le choix. J'ai réussi à me mettre en congé cette nuit, mais j'ai cru que ce ne serait pas possible. Vous le savez, je fais deux boulots en même temps, un pour la Légion, un pour une autre organisation.

L'homme trapu ignorait laquelle.

Ils s'arrêtèrent de marcher. Ils venaient d'entendre un léger vrombissement.

— On dirait que ça recommence, s'écria le plus grand.

— Un bourdonnement. Loin, très loin. Vous pensez que ça vient de la crypte ?

— Je n'en sais rien.

Sous sa cagoule, l'homme grimaçait.

— Si quelqu'un est dessous, je ne sais pas comment il est entré. Les portes extérieures de la crypte, au nord et au sud, sont surveillées en permanence et nous n'avons été informés de rien.

— La cathédrale est immense. Nous n'avons peut-être rien vu. Si c'est le cas, nous sommes des imbéciles. Nous et ceux du dehors. Depuis plusieurs jours, une pauvre Américaine nous file entre les doigts alors que nos moyens sont considérables. Retournons dans le chœur. Si le bruit vient de la crypte, on s'en rendra compte très vite. On prendra l'escalier par lequel nous sommes remontés tout à l'heure.

Mary et Fulbert avaient rallumé les lampes frontales. Ils étaient dans un état d'excitation indescriptible.

Le marteau-piqueur perforait de nouveau la paroi, fouillant toujours plus loin. L'excavation atteignait quelque cinquante centimètres de profondeur.

— J'ai touché quelque chose de dur, très dur, hurla Fulbert d'une voix triomphante.

— Une roche ?

— La fève dans la galette des rois !

Il arrêta l'appareil pour souffler un peu. Il transpirait à grosses gouttes.

— Vous savez pourquoi on fête l'Épiphanie douze jours après Noël et non le jour de Noël ?

— Je connais le sujet. Douze, ce sont les douze mois de l'année, les douze heures entre minuit et midi, les douze tribus d'Israël, les douze apôtres.

— En célébrant l'Épiphanie, qui signifie « manifestation de Dieu » en grec, on passe du chiffre douze au chiffre trois symbolisé par les trois mages.

Le jeune homme s'essuya de nouveau le front.

— Il n'y a plus de temps à perdre, lâcha-t-il d'une voix exaltée.

Il remit en marche le marteau-piqueur et creusa toujours plus profond. Son excitation était à son comble. Ses forces étaient décuplées.

— Ça y est, j'aperçois quelque chose… Un objet doré… Un coffre… Extraordinaire ! Magnifique !

Il donna encore quelques coups avant d'arrêter le moteur.

— On va terminer manuellement. J'ai peur que le fleuret n'abîme la relique. Ce serait dommage. De toute façon, nous y sommes presque. Je suis tombé sur de la terre meuble. Très facile à creuser.

— Merlet a consolidé la paroi avec de la chaux, ça se voit, précisa l'archéologue. Un classique dans les travaux de restauration. Mais derrière, c'est tout mou.

Fulbert posa le marteau-piqueur sur le sol. Il s'empara d'une truelle et creusa. Mary continuait à donner des coups de marteau sur son burin. Elle élargissait le trou.

La terre était de plus en plus sombre et de plus en plus facile à excaver.

Ils étaient dans un état d'euphorie indescriptible. Un état proche de la frénésie.

Ils terminèrent le travail avec leurs mains gantées.

Un bout du Tabernacle apparut.

Ils le dégagèrent totalement.

C'était un petit coffre, bien plus petit que ce qu'ils avaient imaginé. Il semblait en or massif.

Des bas-reliefs l'ornaient. Ils représentaient des personnages habillés de longues tuniques mais ni l'archéologue, ni le repenti ne savaient de qui il s'agissait.

Mais le plus important était d'une autre nature.

La relique rayonnait de lumière, comme si elle avait été éclairée de l'intérieur.

Une lumière irréelle, plus claire que mille soleils, débordante d'amour, de douceur, de tendresse. Une lumière incomparable, qu'on ne voit jamais sur Terre.

Une présence invisible l'habitait, quelque chose de plus grand et de plus beau que le genre humain tout entier.

Mary et Fulbert étaient bouleversés. Ils avaient les yeux pleins de larmes. Ils se turent un instant, abasourdis, figés.

Un parfum exhalait de ses flancs, une odeur de myrrhe et d'encens qui envahissait le corps.

Ils avaient l'impression de voir Dieu, ou du moins la lumière de Dieu. Quelque chose d'inouï, d'inimaginable, d'indescriptible.

Peu à peu la lumière baissa en intensité, puis disparut.

Fulbert n'en revenait pas.

— Étrange. La relique a réagi au moment où elle a été déterrée. Elle s'est mise à briller après des siècles d'enfouissement. Et pschitt ! Tout est parti d'un seul coup. Vous avez déjà constaté ce phénomène lors de vos fouilles ?

— Heu… Je n'en ai aucun souvenir. Je ne comprends pas cette…

Elle ne trouvait pas le mot qui convenait.

— Comment dire ? Cette réaction chimique. Scientifiquement, je ne vois pas à quoi ça peut correspondre.

— Un autre phénomène surnaturel ? Ne cherchons pas à comprendre. Ce qui compte, c'est son contenu.

— Surnaturel ? Mais je vous répète que je ne crois pas aux phénomènes surnaturels. Tout a une explication scientifique, mon cher.

— Le saint suaire, vous n'y croyez pas ?

Elle ne répondit pas. Une longue minute s'écoula. Puis elle reprit la parole.

— Je ne m'attendais pas à vivre une telle émotion. Je n'avais jamais connu ça auparavant.

Fulbert se voulait pragmatique.

— Allons, finissons le travail. Déterrons ce Tabernacle. Et ouvrons-le.

La terre qui l'entourait était fine comme le sable des plages.

— Une chose m'étonne, poursuivit-il.

— Quoi ?

— Je pensais qu'il serait beaucoup plus grand. Or, il est minuscule. Une trentaine de centimètres de côté, pas plus.

Elle haussa les épaules.

— J'aurais très bien pu ne pas venir ! Vous m'avez dit que vous auriez besoin de moi pour le porter.

Fulbert était fasciné par ce coffre qu'ils extirpaient de sa gangue millénaire. Il avait l'impression d'exhumer l'Arche d'Alliance, mais ce n'était pas l'Arche d'Alliance. C'était beaucoup mieux.

De chaque côté du coffre se trouvait une poignée. Fulbert en toucha une. Elle était brûlante. Puis il effleura le coffre proprement dit. Il était très chaud lui aussi.

— On dirait une casserole posée sur un réchaud.

Il tira de toutes ses forces et réussit à l'extraire de sa cache.

— Comme il est léger ! Je n'en reviens pas ! Quelques kilos. Facile à transporter.

Il le posa sur la terre meuble.

La voix de Mary était pleine d'impatience.

— Ouvrez-le. J'en ai assez d'attendre.

Les deux Légionnaires se trouvaient dans le chœur juste à côté du groupe de l'Assomption. Ils étaient en train d'ouvrir la trappe menant au caveau Saint-Lubin.

Ils avaient compris que le bourdonnement provenait des entrailles de la cathédrale.

— Vous vous rendez compte ? s'exclama le plus grand. Quelqu'un est entré sans que personne ne s'en aperçoive.

— Mais y a-t-il vraiment quelqu'un ? Êtes-vous sûr qu'il ne s'agit pas d'une machine qui s'est mise automatiquement en marche ?

— Une machine dans la crypte ? Quelle machine ?

Ils étaient décontenancés. Fous d'inquiétude.

— Qu'est-ce qu'on fait ? demanda le plus petit.

— On arme nos revolvers et on descend.

— On ne met pas nos gants ?

— À quoi bon ? Cette fois, il n'est pas question de laisser nos revolvers sur place. Il est plus facile de tirer les mains nues, voyons ! Et défense d'allumer nos lampes de poche.

— Et si ce sont des ouvriers du chantier ? Des gens qui n'ont rien à voir avec cette histoire ?

— Des ouvriers à cette heure ? Mais vous plaisantez ! Sortez votre arme.

Les Manurhin menaçants luisaient dans la nuit, comme jaillissant de l'enfer

Mary observait le Tabernacle posé sur le sol.

— Un cube parfait. Une hauteur égale à la largeur. Une pièce rarissime. Les coffres du Moyen Âge sont en général rectangulaires.

— Vous avez vu ? Le couvercle est plat. Aucun renflement.

— Quelle forme très moderne !

— La forme, oui, mais pas les bas-reliefs.

Les six faces étaient sculptées.

— La facture est très archaïque, murmura l'archéologue.

Ce genre de découverte était sa spécialité.

Elle observa les personnages attentivement.

— Les silhouettes sont simples et épurées. Sans en être certaine, je pense qu'il s'agit de sculptures datant de l'époque mérovingienne, mais il est possible qu'elles aient été façonnées loin d'ici, par exemple en Europe orientale où l'on trouve ce genre d'objets.

— Vous avez l'œil.

— J'ai étudié le sujet à New York. La sculpture mérovingienne est rarissime. Habituellement, c'est une simple technique d'ornementation des objets de culte. Il n'existe pas de statues à proprement parler.

Elle scruta l'objet. Elle le prit dans ses mains. Elle le fit basculer.

— La chaleur est partie comme la lumière. L'air ambiant a dû provoquer cette réaction étrange.

Fulbert contemplait les bas-reliefs.

— Trois personnages par face. Dix-huit au total. Tous différents. Très étrange.

— Le chiffre trois n'est pas surprenant. Les rois mages ?

Le jeune homme se gratta le menton.

— Impossible de savoir. Et d'ailleurs, on ne sait pas si ce sont des hommes ou des femmes. Aucun détail ne permet de le déterminer. Ils sont androgynes. Étonnant pour une sculpture chrétienne.

— Ils symbolisent l'humanité tout entière, s'écria l'archéologue sur le ton de la plaisanterie.

Les deux Légionnaires descendaient l'escalier en pierre légèrement courbé qui menait à la crypte.

— Il n'y a plus une seconde à perdre, s'écria l'homme de petite taille.

— Ne faites pas trop de bruit. S'il vous plaît. Parlez à voix basse. Il faut les surprendre sans qu'ils aient le temps de réagir.

— Comment savez-vous qu'ils sont plusieurs ?

— J'imagine ! Ça doit être Fulbert et cette folle d'Américaine ! Qui voulez-vous que ce soit d'autre ? Un plombier polonais ?

— Et quand on les voit, qu'est-ce qu'on fait ?

— On abat Fulbert comme un chien. C'est un chien. Une merde. Il a foutu un désordre indescriptible. Il est temps d'en finir. Quant à l'Américaine, on la ceinture, on la ligote, on la bâillonne et on appelle une camionnette. Elle viendra la chercher discrètement.

— Une camionnette devant la cathédrale ? Tout le monde va la voir !

— Nous prenons ce risque ! Mais en pleine nuit, je doute que quelqu'un s'aperçoive de quelque chose. La camionnette en question est un véhicule blanc appartenant aux éboueurs de Chartres. Il y a même le blason de la ville dessus. On nous prendra pour des éboueurs ! Nous sommes des éboueurs, nous débarrassons la cathédrale de ses déchets.

Mary retira les restes de terre en soufflant sur la Tabernacle. Elle était stupéfaite par la pureté de l'or.

— Les gens sont morts à cause de cet or ?

— Vous ne voyez qu'une enveloppe. Un contenant. Le prodige se trouve à l'intérieur.

— Dans cette si petite boîte ?

Elle avait utilisé le mot *boîte* par ironie. Le timbre de sa voix en disait long sur ce qu'elle ressentait, un mélange d'émerveillement et de déception.

— Ce n'est pas une boîte, rétorqua Fulbert. Il s'agit d'un reliquaire, d'une châsse.

— Eh bien, ouvrons-le alors ! J'espère qu'on ne va pas être obligé d'utiliser le marteau-piqueur. Ce serait dommage d'abîmer un tel chef-d'œuvre.

Ils observèrent attentivement chacune des faces, mais ils ne savaient comment procéder. Ils ne voyaient aucune ouverture, aucune trappe. Le cube en or semblait fermé hermétiquement. Les huit faces étaient soudées entre elles.

— Je m'attendais à tout, sauf à ça, murmura Fulbert, dépité.

— Aucune importance. Emportons-le. Il n'est pas très lourd. On demandera à des spécialistes de l'ouvrir.

Fulbert se mit à rire nerveusement.

— L'archéologue a-t-elle oublié les règles de l'archéologie ? Un objet mérovingien en or décoré de bas-reliefs ne sera pas éventré par les conservateurs du musée du Louvre. Ils ne vont pas abîmer la Mona Lisa du VIIe siècle juste pour savoir ce qu'elle renferme.

– Vous allez me dire enfin ce qu'il contient ? Assez de mystère !

Fulbert n'avait pas l'air d'avoir entendu.

Les Légionnaires traversèrent en silence, sans allumer leur lampe, le caveau Saint-Lubin jusqu'à la galerie creusée par Merlet. Au fond de celle-ci, ils aperçurent des lumières.

— On tape dans le mille, chuchota le plus grand. Ces salopards sont à l'œuvre. Avançons jusqu'au petit escalier en bois, et de là, nous tirons.

Ils tendirent l'oreille.

— Un homme et une femme ! continua-t-il. Mon intuition était la bonne. Il s'agit de l'Américaine et du traître. Nous visons tous les deux Fulbert puis nous nous jetons sur la fille. Elle ne devrait pas faire le poids. En quelques secondes, le problème sera réglé. Quand je dirai « top action », nous ferons feu en même temps.

Ils se rapprochaient comme des serpents du court escalier qui menait aux vestiges carolingiens.

Ni l'archéologue, ni le repenti n'entendirent les deux coups de feu. La première balle ricocha sur le casque de Fulbert et alla se ficher dans le mur du fond. La seconde pénétra dans son épaule gauche à quelques centimètres au-dessus du cœur. Le jeune homme s'écroula.

Au début, l'Américaine ne comprenait pas pourquoi la voix de son compagnon avait brutalement changé.

— Mary, ils sont fous, ils vont nous tuer. Deux balles en même temps. Ils sont au moins deux. Couchez-vous. Mettons nos masques. Appuyez sur la valve et respirez profondément.

Ils les enfilèrent à toute vitesse.

La jeune fille inspira un grand coup, elle sentit l'oxygène pénétrant ses poumons.

Ils devinaient une présence humaine à quelques mètres d'eux. Ils entendirent des voix. Un troisième coup de feu retentit.

Le cauchemar recommence. Le cauchemar recommence… pensa Mary. *La même scène. Exactement la même. Au même endroit.*

Elle revoyait Saint-Germain s'affalant sur lui-même avant de mourir.

Malgré sa faiblesse, Fulbert réussit à actionner le dispositif permettant d'envoyer le gaz lacrymogène. Il dirigea le tuyau vers l'entrée de la galerie.

— Attention, je vais balancer la sauce !

Un nuage orangé remplit la cavité avant de se disperser en quelques secondes.

Le visage déformé par la douleur, il balança une deuxième rasade.

Un nouveau nuage jaillit, aussi éphémère que le premier.

— Ils sont assommés, c'est certain, nous n'avons plus rien à craindre.

— L'effet dure combien de temps ?

— Une bonne heure, répondit-il d'une voix faible. Si on les voit bouger, j'enverrai une nouvelle dose. Ne retirez surtout pas votre masque, vous tomberiez dans les pommes immédiatement.

À travers les verres oculaires, elle regarda la blessure de son compagnon. Elle devinait que c'était grave.

— Vous avez mal ?

— Terriblement.

— J'appelle un médecin ?

— Mettez un chiffon sur ma plaie. Pas envie de me vider de mon sang.

Sur le sol, une mare rouge s'élargissait.

Elle posa son mouchoir sur la poitrine et caressa son beau visage.

— Ça va aller ?

— Je ne sais pas. Je me sens si faible.

À travers le masque, la voix était caverneuse.

Il poursuivit.

— Mourir… Mourir… Je vais vous…

Il respirait de plus en plus fort, comme si ses poumons n'arrivaient plus à aspirer l'oxygène.

Mary n'avait aucune notion médicale. Elle n'avait jamais été secouriste. Elle ne savait pas quoi faire.

Elle pensa à improviser un bouche-à-bouche, mais il aurait fallu qu'ils retirent leur masque, ce qui était impossible.

Elle le secoua.

— Fulbert, Fulbert, ne partez pas, je suis là… Je suis là…

— Mary… Mary…

Il se tut. Il ferma les yeux un instant.

Agenouillée, l'Américaine lui tenait le pouls. Il était faible.

— Vous voyez, dit-il en souriant. Ce tir prouve que je suis dans le camp des justes. Vous avez pensé que je vous mentais.

— Mais non, je n'ai pas pensé ça. Non, non.

— Je veux qu'éclate la vérité.

— Vous allez vivre.

La lampe frontale de Mary éclairait le sang qui ruisselait malgré le mouchoir. Elle voyait les gouttes tomber sur le sol. La terre était froide. Fulbert grelotait. Sa voix était de plus en plus hésitante.

— Je n'ai plus de force.

La jeune fille lui caressait le visage.

— Écoutez-moi, poursuivit-il. Courez jusqu'au commissariat avec le coffret.

— Je ne vais pas vous abandonner.

— Faites venir les secours. Nous ne pouvons pas les appeler d'ici. Il n'y a pas de réseau. Que la police prenne des masques à gaz et arrête les criminels. La balle que j'ai reçue, les armes que ces gangsters possèdent, tout prouve leur culpabilité et votre innocence.

Il respirait de plus en plus difficilement.

— Je serai peut-être mort quand vous reviendrez, mais qu'importe. J'ai accompli ma mission. Donnez ce coffre à des hommes de foi et de science. Dites-leur que le monde connaîtra un âge nouveau.

Il ferma les yeux. Il avait trop parlé. Il n'en pouvait plus.

Sa voix était méconnaissable.

— Mary, allez-y. Foncez. Foncez.

La jeune fille ne voulait pas l'abandonner.

— Cette relique, c'est quoi ?

Il aspira l'air qui l'entourait, un grand coup. Il concentrait ses dernières forces pour parler.

— Les rois mages…

— Allez, dites-moi. Dites-moi vite.

— Ils sont venus à Bethléem… Les trois…

Mary tentait de l'aider.

— L'or, la myrrhe, l'encens ?

— Non, non… Mieux que ça… La tunique…

Son visage était défiguré par la souffrance.

— Les tuniques… Les trois… Les vraies… Les tuniques des rois… Des trois rois…

— Le Tabernacle renferme les tuniques que portaient les mages à Bethléem ?

Il acquiesça des yeux.

— Les vraies tuniques ?

— Les vraies… Les capes, les trois capes…

Mary savait que d'innombrables fausses reliques avaient été fabriquées au Moyen Âge. Elle n'était pas certaine que Fulbert disait la vérité.

— Comment le prouver ?

— Carbone 14… Comme le saint suaire… Le suaire est vrai… Le linceul du Christ.

— Le carbone 14 prouvera que ces tuniques ont deux mille ans ?

Il ne répondit pas.

Mary se demandait pourquoi trois tuniques avaient fait couler autant de sang.

— C'est tout ?

Fulbert ânonnait.

— Le même Dieu… Pour tous les hommes…

La même rengaine, pensa-t-elle, agacée.

La respiration de Fulbert était hachée.

Il essayait de parler derrière son masque. Il avait le plus grand mal.

Avec son doigt, il dessina trois formes sur la terre meuble, côte à côte :

✡ ✞ ☪

— Que voulez-vous dire ? s'écria Mary. Les trois religions se trouvent dans le coffre ?

Fulbert respira profondément à plusieurs reprises. Il voulait parler.

— Sur la tunique des mages…

— Les mages portaient sur leur tunique le symbole des trois religions ?

Fulbert hocha la tête en signe d'approbation.

Mary était dubitative. À l'aube de l'ère chrétienne, comment les mages pouvaient-ils connaître l'existence des trois religions monothéistes ?

— Mais c'est impossible, s'écria-t-elle. À la naissance du Christ, ni la croix, ni le croissant n'existaient.

— Les mages ont deviné.

Il réussit à s'asseoir. Il appuya son dos contre le mur. Il respira de nouveau un grand coup.

— Je parlerai mieux comme ça. Allongé, j'étouffe.

Sa voix restait faible.

Mary appuya de toutes ses forces sur sa poitrine avec le mouchoir. Le sang s'était arrêté de couleur.

— Écoutez-moi bien, dit-il d'une voix plus assurée.

Il aspira à fond l'oxygène de son masque.

Mary avait l'impression qu'il reprenait ses forces. Elle était très surprise.

Il avait parlé des mages, et brusquement il allait mieux, beaucoup mieux.

Un miracle, pensa-t-elle. *Mais les miracles existent-ils ?*

— Les guerres de religion sont des guerres à Dieu, poursuivit-il. On ne tue pas en son nom.

Elle n'osait lui dire qu'il radotait.

— Les trois mages ont offert au Christ l'étoile de David, la croix du Golgotha et le croissant, chuchota-t-il d'une voix lente.

Il s'arrêta un instant avant de reprendre.

— Quand ils sont arrivés à Bethléem, ils ont retiré leur longue cape. Ils ont emmailloté le Christ. Trois longues capes ont enveloppé l'enfant. L'étoile de David, la croix, le croissant entouraient le corps du Christ. Le symbole est poignant.

— Comment le savez-vous ?

— Tout est là, dans ce coffre.

— Le Tabernacle contient les capes authentiques des mages ?

— Oui.

De lourdes larmes coulèrent sur ses joues.

Mary ne croyait pas aux miracles mais un miracle se produisait dans les entrailles de la cathédrale.

Sous le mouchoir, la plaie s'était cicatrisée en quelques minutes.

Assis contre le mur, Fulbert parlait presque normalement.

Il n'arrivait pas à se lever, pas encore, mais il avait les yeux grands ouverts.

Sa voix était calme et claire.

— Les mages sont des astrologues. Ils lisent dans les étoiles.

— Des voyants ?

— À Bethléem, les mages savaient que le Christ mourrait sur la croix.

Un silence, un long silence. Mary observa le jeune homme. À intervalles réguliers, il aspirait longuement l'oxygène qui pénétrait au plus profond de ses poumons.

Il reprenait peu à peu ses forces.

— Les mages savaient tout. Ils voyaient tout.

Mary n'était pas convaincue, toujours pas. Comme saint Thomas, elle avait besoin de voir pour croire, et elle ne voyait rien.

Elle lui caressa les cheveux.

Une belle légende, comme tant d'autres, pensa-t-elle. Elle ne voulait rien dire pour ne pas le vexer.

Il regardait le plafond. Mary avait l'impression qu'il récitait une histoire apprise par cœur.

— Les trois mages sont des sages, des rois et des savants.

Il tourna les yeux vers l'Américaine.

— Vous êtes convaincue ?

— Non.

— Toujours pas ? Il faut que je meure pour que vous changiez d'avis ?

Elle attrapa le Tabernacle, colla son oreille dessus et le secoua longuement.

— Il n'y a rien dedans. Rien du tout. Et de toute façon, on ne peut pas l'ouvrir.

— Vous pensez que je mens ?

— Vous avez le droit de croire à cette jolie fable. Cela ne me dérange pas.

À Villefontaine, elle s'était accrochée à l'idée qu'une relique christique était dissimulée dans la crypte mais elle avait changé d'avis depuis. Elle avait découvert un coffre mérovingien d'une très grande valeur mais ce n'était rien d'autre.

— Le surnaturel est votre spécialité ? murmura-t-elle.

— Je crois que Dieu est présent parmi nous et que nous ne le voyons pas.

Mary prit de nouveau le pouls de Fulbert.

– Comment vous sentez-vous ?

– Je vais mieux. Un peu mieux. Mais je n'aurai pas la force de marcher. Prenez le Tabernacle et quittez cet endroit. Appelez la police en arrivant dehors. Racontez ce qui vient d'arriver.

– Vraiment ? Et si les tireurs se réveillent ?

– J'ai de quoi les assaisonner. Dans trois minutes, vous êtes dehors. Les secours seront là dans moins d'un quart d'heure. Passez par la sortie située sous le portail nord, c'est la plus proche d'ici.

Mary hésitait.

– J'irai plus vite si je pars les mains vides.

– Ne prenons aucun risque. Si jamais je perds connaissance et que les tireurs se réveillent, je n'ai pas envie que la relique disparaisse.

Elle attrapa le coffret.

– Vous êtes sûr que je peux m'en aller ?

– Partez tout de suite. Ne perdez pas de temps. Courez jusqu'à la porte nord. Une clé se trouve…

Fulbert ne savait plus où. Il avait le cerveau encore endolori. Il essayait de se souvenir, mais il n'y arrivait pas.

– Elle est quelque part au fond de la galerie. Si vous ne la trouvez pas, appelez à l'aide avec votre téléphone. J'imagine qu'il y a du réseau là-bas.

La jeune fille serra le coffret contre sa poitrine. Elle braqua sa lampe frontale vers le couloir par lequel ils étaient arrivés.

La seule issue possible.

Elle craignait que les tireurs ne retrouvent leurs esprits et ne la tuent, mais une force incroyable l'habitait.

Elle arriva en haut du petit escalier en bois.

Le faisceau éclaira les deux corps couchés. Ils barraient le passage juste en bas des marches. Ils portaient chacun une cagoule. Leur respiration était irrégulière. Ils ne bougeaient pas.

Chacun avait un revolver dans la main.

Il fallait les enjamber.

L'un des hommes, le plus petit, avait le visage tourné vers le plafond. Il avait les yeux grands ouverts. Ils étaient bleus, d'un bleu intense. Elle savait qui c'était.

Il avait un énorme grain de beauté sous l'œil gauche.

Elle effectua un grand pas au-dessus de lui en essayant de ne pas le toucher.

Elle jeta un œil sur l'autre homme, bien plus athlétique. Il avait lui aussi les yeux ouverts. Il semblait la regarder.

Il est inconscient, il ne voit rien, se dit-elle pour se rassurer.

Elle devait s'enfuir le plus rapidement possible.

Elle l'observa de nouveau.

Qui est cet homme ? Ces yeux… Ces yeux… Je les ai déjà vus.

Elle arracha la cagoule d'un coup sec.

La lampe éclaira le visage.

Elle le reconnut immédiatement.

Elle était abasourdie.

Pascal Grange, c'était Pascal Grange.

Que faisait le commissaire divisionnaire à cet endroit, dans cette tenue ?

Pendant quelques secondes, pour se rassurer, elle se dit qu'il était venu dans la crypte en tant que policier, et qu'il avait tiré sur deux silhouettes qu'il avait prises pour celles de malfaiteurs. À la façon des hommes du GIGN, il avait enfilé une cagoule avant de faire feu.

Cette explication ne tenait pas.

Elle aurait voulu qu'elle soit crédible, mais elle n'était pas crédible.

La police ne tire pas sans sommation sur des individus qui ne les menacent pas.

L'explication était à chercher ailleurs.

Saisie d'effroi, elle comprit.

Pascal Grange appartenait à la Légion de Dieu. Sa fonction de commissaire divisionnaire lui permettait d'étouffer certaines affaires et dc connaître certains secrets. Elle se souvenait que certains meurtres n'avaient jamais été élucidés. *Et pour cause.* Grange renseignait la Légion. L'organisation pouvait couler des jours heureux à Chartres, ses exactions étaient couvertes par la police.

Elle repensa aux événements de ces derniers jours.

Grange avait beaucoup insisté auprès du juge d'instruction pour qu'elle soit incarcérée sur-le-champ. Il l'avait accablée. Sur le moment, Mary n'avait pas compris son acharnement.

La mettre en prison l'aurait rendu inoffensive.

Elle repensa au tueur à la moto qui avait abattu Flamel à Châteaudun. Comment avait-il retrouvé la trace de la voiture ? Elle avait vérifié à plusieurs reprises que personne, sur les chemins de terre, ne les avait suivis. *Et personne ne les avait suivis.*

Le tueur avait été informé de la progression de Mary par le commissaire divisionnaire qui la traquait sur un écran d'ordinateur.

Grange était une taupe au cœur des forces de l'ordre.

Il était impossible qu'il en soit autrement.

Il ne fallait pas qu'elle reste là, dans cette galerie, à se triturer la cervelle. Elle devait se sauver. Elle n'appellerait pas la police. Elle irait voir directement Lucas Jouary, le magistrat instructeur, et lui raconterait ses mésaventures, en espérant qu'il ne faisait pas partie lui aussi de la conspiration. Elle dénoncerait la tromperie de Grange à l'égard de l'institution qu'il était censé représenter et défendre.

Son corps couché dans la crypte, un revolver à la main, une cagoule à ses côtés, était la preuve indiscutable de l'incroyable machination.

Le coffret plaqué contre elle, elle s'apprêtait à courir vers la sortie.

C'est alors qu'une main froide et puissante lui enserra la cheville.

Pascal Grange la regardait avec des yeux glacés.

— Alors petite garce, tu t'apprêtes à nous dénoncer ?

— Lâchez-moi, lâchez-moi !

Elle lui donna des coups avec son pied resté libre.

— Mais non, je ne vais pas te lâcher. Tu vas rester gentiment avec moi cette fois.

À cause du gaz, la voix était faible. Il avait du mal à parler. Mais sa poigne était terrible.

Elle n'arrivait pas à échapper à son étreinte.

Derrière les verres de son masque, elle observait le visage de son bourreau. La lampe frontale éblouissait le commissaire.

Il leva son autre main vers elle, celle qui tenait le revolver.

— Chienne, tu vas crever.

— Si vous faites cela, on saura que c'est vous le meurtrier !

Le doigt sur la gâchette, il visa la tête.

Elle réussit *in extremis* à donner un coup de pied dans la main. L'homme hurla. L'arme valsa à plusieurs mètres.

Elle lui asséna un deuxième coup dans le visage.

Il lâcha son étreinte.

Elle ramassa le revolver et courut jusqu'au petit escalier rejoignant la crypte romane.

Avant de quitter le caveau Saint-Lubin, elle se retourna et braqua sa lampe sur le commissaire. Le coup de pied asséné dans sa tête ne l'avait pas fait perdre connaissance.

Il essayait de se lever, mais il n'y arrivait pas.

Le gaz. Le coup dans la figure.

Grange rampait vers elle comme un serpent.

Dans quelques mètres, il atteindrait une zone dépourvue de gaz.

Il retrouverait ses esprits et sa force, se dit-elle.

Elle avait le revolver entre les doigts. Elle se demanda si elle devait tirer, ou pas. Après tout, c'était de la légitime défense. Grange avait utilisé son arme à feu le premier.

Elle le visa, le doigt sur la gâchette.

Il n'était plus qu'à quelques mètres d'elle.

Tirer ou ne pas tirer ?

Sa conscience l'empêchait de tirer.

Elle baissa le bras.

Elle gravit les marches quatre à quatre.

Elle déboucha dans la crypte du XIIe siècle, puis courut vers l'entrée nord. Celle-ci se trouvait en contrebas du portail septentrional, appelé portail de l'Alliance ou des Initiés.

Dans sa course folle, elle pensa à ce portail. Il représente des hommes et des femmes de l'Ancien testament : Melchisédech, Abraham, Moïse, Aaron, David, Isaïe, Jérémie, Siméon, Job, Salomon, Gédéon, Judith, Esther, Tobie, Samson.

L'Alliance entre le judaïsme et le christianisme.

L'Alliance entre Dieu et l'humanité, celle du passé, du présent, du futur.

Elle se souvint que sur le tympan situé au-dessus de la porte gauche figure l'adoration des mages. La Vierge présente son fils aux nobles visiteurs. L'un des rois, Melchior, a retiré sa couronne. Il la donne au Christ. Melchior symbolise le judaïsme. Les juifs offrent la couronne de David au Christ. Les autres mages, Gaspard et Balthazar, attendent derrière lui. Les chrétiens et les musulmans ne sont pas encore entrés dans l'histoire des hommes.

Elle se souvint d'un détail qu'elle avait oublié. Sous le même porche se trouvent deux colonnettes sculptées de bas-reliefs. L'une représente un coffre posé sur des roues. Il est traîné par un couple de bœufs. À sa droite se trouve une scène de massacre. Le coffre gît à terre près d'un tas de cadavres, dont un chevalier en cotte de mailles.

Un coffre posé sur des roues.

La translation du Tabernacle entre Constantinople et Chartres.

Sur la colonne de gauche, il est porté en triomphe.

Sur celle de droite, il est jeté dans la poussière. Le fanatisme est victorieux, comme en témoigne l'affreux massacre. Mais un homme ramasse le Tabernacle *avec une tunique.*

Une tunique.

Celle des mages ?

Une étrange coïncidence.

Et si Fulbert avait raison ? *Je porte le Tabernacle qui contient la tunique des mages,* se dit Mary, très émue. Un Tabernacle caché dans la Merveille de l'art gothique depuis plus de mille ans.

Elle atteignit la porte en bois qui débouchait sur l'extérieur. Elle se trouvait en haut d'un petit escalier, au fond d'un couloir.

Elle devait sortir par n'importe quel moyen.

Où était la clé ? Elle balaya le faisceau de sa lampe sur les murs. Elle ne voyait rien de métallique, juste des pierres.

Si Grange parvenait jusqu'à elle, il ne la raterait pas. C'était une souricière. Elle imaginait qu'il avait pris l'arme de son compère et qu'il se dirigeait vers elle. La précipiterait-il au fond du puits des Saints-Forts comme on avait précipité les premiers chrétiens ?

Elle tourna la grosse poignée, la gorge sèche, et tenta de pousser l'énorme battant en bois.

Elle n'était pas surprise : la porte ne s'ouvrait pas.

Il n'y avait pas de verrou à l'intérieur, comme elle l'avait espéré.

C'était la fin.

Elle redescendit l'escalier et retourna sur ses pas.

Au loin, dans la lumière de sa lampe frontale, elle aperçut Grange qui marchait à quatre pattes vers elle, les yeux éclaboussés de haine.

Que faire ?

Le commissaire de police recouvrait peu à peu ses forces. Ici, il n'y avait pas de gaz, mais une odeur d'encens de messe. L'air était pur. Elle aurait pu enlever son masque, mais elle avait décidé de le garder, pour le cas où elle retournerait auprès de Fulbert.

Le corps de l'athlétique Grange se régénérait très vite.

Mary sentait qu'il allait bientôt se lever et fondre sur elle.

Elle toucha de nouveau le revolver. L'utiliser ? N'avait-elle d'autre choix que de l'utiliser ? Elle était coincée au fond d'une galerie.

Elle ne voulait pas mourir.

— Monsieur Grange, hurla-t-elle d'une voix forte. J'ai votre arme dans la main. Si vous faites un pas de plus, je vous abats comme un lapin.

Elle ne savait même pas s'il était chargé.

L'homme ne répondit pas. Il continuait à avancer comme un loup blessé. Sa masse énorme, musculeuse, progressait sur le sol froid et dallé.

— Vous ne m'entendez pas ? Je tire si vous avancez de nouveau.

— Petite Mary, tu n'oseras pas. Pourquoi n'as-tu pas tiré tout à l'heure ?

Elle ne savait que répondre.

— Ta morale de sacristie t'empêche de tuer. Tu es une chrétienne, une pure ! Aurais-tu déjà oublié tes croyances imbéciles ? Tu ne tueras point, dit la Bible.

Il éclata d'un grand rire.

Elle était désemparée. Elle tenait le revolver devant elle, à bout de bras, mais elle n'osait pas appuyer sur la gâchette. De plus, elle ne savait pas viser.

— Si tu me tues, tu seras de nouveau soupçonnée de meurtre par la police. La police, tu te rends compte ? Elle ne pourra rien pour toi.

Il reprit son souffle.

— Pauvre petite Mary, te voilà dans de beaux draps. La police t'accuse d'avoir commis deux crimes, et tu t'apprêtes à en commettre un troisième. Et cette fois, c'est le commissaire divisionnaire en personne que tu vas tuer, le chef de la police départementale. Réfléchis bien avant de tirer. Ta culpabilité ne fera aucun doute. ADN, et cette fois, de la poudre sur tes mains de criminelle.

— Vous n'êtes pas un policier, vous êtes un terroriste.

— Vraiment ? Personne ne te croira, voyons. Essaye de revenir sur terre.

— Vous n'avez rien à faire dans cette crypte en pleine nuit. Je raconterai ce qui s'est passé et Fulbert dira la même chose.

— Détrompe-toi, petite garce. Je suis censé surveiller cet endroit nuit et jour. Le fait de m'y trouver en tant que commissaire n'a rien d'extraordinaire.

Il n'était plus qu'à quelques mètres.

Il appuya une main contre un mur et essaya de se relever.

— Saloperie de gaz.

Il réussit à se mettre debout, et avança, tel un colosse chancelant, vers la frêle jeune fille. Elle remonta l'escalier et se blottit contre la porte.

Suis-je idiote ! se dit-elle. *Pourquoi est-ce que je n'utilise pas mon téléphone ?*

Elle fouilla dans sa poche et tenta de l'allumer. Il ne s'allumait pas. Elle comprit. Elle avait oublié de remettre la batterie. Celle-ci était restée dans la boîte à gants de sa voiture.

— Ne faites plus un pas ou je fais feu, hurla-t-elle.

— Ne te gêne pas surtout !

Elle tira un coup de feu en l'air.

— Raté ! ricana le colosse. Alors, ce coup de feu dans ma poitrine, il vient ?

Une idée fulgurante traversa son esprit paniqué. Elle éteignit sa lampe et changea de place.

On ne voyait plus rien. Rien, absolument rien. Le noir d'une tombe.

Tout à l'heure, assommé par le gaz, près du petit escalier en bois, Grange n'avait pas retrouvé sa lampe de poche, ni le revolver de son complice. Ils gisaient tous deux sur le sol dans le noir le plus total.

Où est passée cette folle ? se dit-il, désarçonné.

Il devinait le bruit de sa respiration, mais elle changeait sans arrêt de place. Elle était d'une agilité incroyable. Il n'arrivait pas à mettre la main sur elle.

Et maintenant, qu'est-ce que je fais ? se demanda Mary.

Redescendre dans le caveau Saint-Lubin et gagner la nef par la trappe du chœur ? Elle savait qu'un escalier partant du caveau débouchait près de la statue de l'Assomption, mais après, que faire ? Les portes de la cathédrale devaient être fermées elles aussi. Et là-haut, elle risquait plus facilement d'être vue car la pénombre n'est pas totale. Elle imaginait le colosse transformé en chasseur de jeune fille fragile sous les voûtes séculaires. Il allait bientôt retrouver toute sa force.

Elle regarda sa montre aux aiguilles phosphorescentes. Il était quatre heures du matin. Elle devait attendre une éternité avant que les premiers visiteurs n'arrivent.

Grange avait largement le temps de la tuer.

Elle allait être traquée pendant des heures par un homme fou de haine et de sang.

De nouveau, elle toucha la porte qui donnait sur l'extérieur. Ses yeux s'étant habitués à l'obscurité, elle aperçut un trait de lumière en dessous. La lueur d'un réverbère.

— Alors Mary, tu es heureuse d'être enfermée avec moi ?

Il espérait qu'elle réponde.

Elle ne bougeait plus.

Elle refusait de parler.

Elle essayait de respirer le moins possible.

— Belle jeune fille, continua-t-il, je ne te veux aucun mal. Je veux juste que tu abandonnes cette idée stupide de te mêler de ce qui ne te regarde pas. Je te laisse tranquille si tu acceptes de nous laisser tranquilles. C'est simple, non ? Il ne t'arrivera rien, je le promets sur la Bible, ancien et nouveau Testaments réunis.

Elle était révoltée par ses propos. Elle luttait pour ne pas répondre.

Il ne fallait pas qu'elle parle.

Elle était collée contre un mur, pas très loin de Grange. Elle entendait son souffle haché.

Comme la première nuit, je vais attendre le début des visites guidées, recroquevillée dans un coin, à l'autre bout de la crypte, se dit-elle. Elle ne voyait pas d'autre issue à son calvaire. Le sanctuaire souterrain, gigantesque, devait bien comporter quelque cachette. Grange ne la retrouverait pas. Quand le conférencier s'occupant des visites guidées arriverait, elle se jetterait dans ses bras. Les touristes déboulent par la porte sud du narthex, celle par laquelle elle était entrée avec Saint-Germain. À l'autre bout de l'endroit où elle se trouvait. Elle allait courir jusque-là dans le noir.

Elle se ravisa.

Elle était affolée à l'idée de rester enfermée plusieurs heures avec l'homme qui lui voulait tant de mal.

Celui-ci ne disait plus rien. Elle n'entendait plus sa respiration.

Où était-il ?

Tout était devenu silencieux.

Elle changea de place en essayant de ne pas faire de bruit.

Elle claquait des dents.

Et maintenant, que faire ?

Mary se triturait la cervelle. Elle serrait le coffre contre elle. Les bas-reliefs lui écorchaient les chairs.

Au bout de plusieurs minutes, le colosse rompit le silence.

— Alors Mary ? Que se passe-t-il ?

À sa voix furieuse, elle sentait qu'il perdait son sang-froid.

Il se mit à crier.

— Alors ? Tu vas me répondre ou je m'énerve ?

Elle estimait qu'il se trouvait à moins de cinq mètres d'elle.

Une idée lui traversa la tête : retourner à la porte, essayer de l'ouvrir en utilisant le coffre comme bélier, et tant pis si elle l'abîmait. Aurait-elle suffisamment de force ?

Grange continuait son boniment.

— Mary pleine de grâce, je suis un chic type. Je ne vous veux aucun mal.

La voix était odieuse.

Elle retourna vers la porte. Elle tâta la poignée en métal. Elle passa sa main sur le bois. Elle palpa la serrure.

— Alors, Mary ? Tu ne réponds plus ?

Elle sentait qu'il s'approchait d'elle.

Elle entendait sa respiration puissante, terrible.

Elle était la proie du loup.

Il n'était plus qu'à un mètre.

Sous sa main, à droite de la porte, elle devina une anfractuosité qu'elle n'avait pas repérée quand la lampe frontale avait balayé les murs.

Par hasard, elle y plongea ses doigts frêles.

Au fond, elle sentit une clé épaisse, énorme. Un sentiment de bonheur l'envahit. Elle réfléchissait à toute vitesse.

Il ne peut s'agir que de la clé dont m'a parlé Fulbert, une clé de secours, à utiliser pour les urgences, pour le cas où un incident malheureux se produirait à l'intérieur : un feu, une fuite d'eau, un écroulement, un meurtre.

Grange avait fini par l'entendre. Il était maintenant à une distance très faible.

Elle saisit la clé, la serra très fort dans ses doigts tremblants. Elle l'enfonça à toute vitesse dans la serrure. Elle essaya de la tourner, sans succès.

— Alors Mary, on essaie de partir ?

Un rire effrayant résonna.

Elle arrivait en enfer.

Le commissaire faisait un effort surhumain pour l'atteindre.

Elle hurla.

— Laissez-moi ! Dégagez ! Vous êtes un salaud, un criminel !

— Ma petite Mary, tu ne vas pas t'enfuir comme ça, ce n'est pas très élégant vis-à-vis de moi.

Il lui saisit la main droite, celui avec lequel elle essayait d'ouvrir la serrure. Sa poigne se referma, puissante comme un étau.

Dans un mouvement de désespoir, elle le mordit à pleines dents. Surpris, il lâcha un instant son étreinte.

Elle en profita pour tenter de tourner de nouveau la clé, une clé séculaire, avec un énorme anneau qui faisait mal aux doigts. Elle ne comprenait pas que ce soit si difficile.

Elle réussit à la faire pivoter un peu. Puis, dans un nouvel effort, elle la tourna une fois, puis deux.

Grange avait saisi les épaules de la jeune fille de ses grosses mains de gorille.

Il tentait de l'étrangler.

La jeune archéologue basculait dans une autre dimension, celle qui consiste à sauver sa peau à n'importe quel prix comme lors d'un incendie ou d'un naufrage. Plus rien ne comptait que sa propre existence.

Dans un mouvement désespéré, elle se retourna. Elle fit face à son agresseur. Elle leva sa cuisse gauche et asséna un violent coup dans sa virilité. L'homme hurla de douleur et lâcha son emprise. Puis, après avoir rassemblé toutes ses forces, elle l'assomma avec le Tabernacle.

Il s'effondra.

Elle tira la porte vers elle. Le battant s'ouvrit. Un souffle frais, délicieux, caressa son visage, celui de la nuit, celui de la vie, celui de la liberté.

Elle se retourna une fraction de seconde. Elle aperçut Grange allongé sur le sol. Il ne bougeait plus. Elle sortit, claqua le battant et le referma à double tour.

Puis elle serra le coffre contre elle et s'élança sur le parvis éclairé par les réverbères.

Le masque à gaz et le revolver ne lui étant plus d'aucune utilité, elle les jeta dans un caniveau.

Allongé sur un toit, le Légionnaire qui surveillait la zone aperçut la jeune fille qui sortait précipitamment. Il ne s'attendait pas à ce que quelqu'un *sorte*. Il s'attendait à ce qu'on entre. Il fut pris de court et n'eut pas le temps de réagir.

Il attrapa son téléphone et composa un numéro.

Mary courait à perdre haleine dans la ville déserte. La cathédrale ressemblait à un vaisseau fantôme. Les deux flèches gigantesques se perdaient dans le ciel peuplé de milliards d'étoiles.

Elle avançait en zigzags dans les ruelles, exprès, pour semer d'éventuels poursuivants, pour le cas où quelqu'un l'aurait vu sortir.

À un moment, elle déboucha sur un boulevard planté d'arbres. Elle était épuisée. Elle s'assit sur un banc. Elle ne savait pas où elle se trouvait. Elle n'en avait pas la moindre idée. Elle avait perdu la notion du temps et de l'espace.

Une voiture s'arrêta à sa hauteur, une Xantia grise.

Quatre hommes habillés de noir, gigantesques, se trouvaient à l'intérieur. On aurait dit des videurs de boîte de nuit.

Le conducteur ouvrit la fenêtre et la regarda fixement. Puis il dit aux trois autres.

— C'est elle. Aucun doute. Embarquez-la.

Les quatre créatures de cauchemar sortirent du véhicule et l'entourèrent. Elle ne pouvait pas s'enfuir. Elle n'avait plus aucune force. Impossible de résister.

Le destin s'acharnait sur elle.

Elle venait d'échapper à un homme d'une dangerosité inouïe. Tel David face à Goliath, elle l'avait terrassé, enfermé à double tour. Et quelques minutes plus tard, d'autres hommes surgissant de la nuit la cueillait sur un banc où s'attardait un rayon de lune.

Depuis trois jours et quatre nuits, en dépit de ses ruses, elle avait toujours été retrouvée. Toujours. Jamais un instant de répit. Elle était à bout de force.

— Tuez-moi si vous voulez, tuez-moi ! Je n'en peux plus, je n'en peux plus.

Elle se recroquevilla sur elle-même. Puis elle aperçut les arbres qui chancelaient. Elle n'avait plus la moindre énergie. Elle s'effondra sur le sol.

Cette fois, se dit-elle avant de sombrer dans le brouillard, *je suis définitivement foutue.*

Elle se réveilla dans une grande salle bleutée, couchée sur un lit. Où était-elle ? Combien de temps avait-elle dormi ? Elle n'en avait pas la moindre idée.

Au-dessus d'elle se trouvait un plafond en polystyrène. La pièce était éclairée par un néon.

Elle se sentait très faible. Elle avait faim. Elle avait soif.

Mes bourreaux ont réussi à me coffrer. Je suis enfermée dans un endroit secret.

Elle jeta un œil sur son bras gauche. Il était sous perfusion. Le tuyau était relié à un flacon suspendu.

Elle avait l'impression d'être dans un hôpital.

Elle regarda par la fenêtre. Des toits s'étendaient à perte de vue. Elle ne voyait pas la cathédrale. Elle ne reconnaissait pas l'architecture médiévale de Chartres. Au loin, elle distinguait des gratte-ciel. Était-elle retournée en Amérique ?

Elle essayait d'imaginer ce qui avait bien pu se passer après son évanouissement. Les Légionnaires l'avaient emmenée dans la Xantia grise, puis fourrée dans un avion privé à destination de l'Arizona. Elle comprit. Le chef suprême de la Légion, président de la multinationale la plus puissante du monde, l'avait placée en observation dans un hôpital qui lui appartenait. Elle imaginait la suite : un interrogatoire musclé, puis une mise à mort raffinée, dans l'esprit tordu de la Légion, avant que son corps ne disparaisse dans quelque fosse commune.

Elle pensait à sa famille qui la rechercherait pendant des années. Elle pensait à Saint-Germain, Flamel, Conte. *À mon tour d'y passer.*

Je suis à Phoenix en Arizona, capitale mondiale des Légionnaires de Dieu.

Un homme en blanc s'approcha d'elle. Elle tressaillit. Si elle avait pu se lever et s'enfuir, elle l'aurait fait. Mais elle n'avait plus aucune force. Elle était impuissante.

Il la regardait à travers de grosses lunettes en écailles.

— Comment vous sentez-vous ? dit-il d'une voix très aimable.

Il parlait français. Pourquoi parlait-il français alors qu'elle était américaine et qu'elle se trouvait en Arizona ?

— Qui êtes-vous, monsieur ?

— Docteur Jean-Marc Galinon, médecin urgentiste à l'hôpital de la Pitié-Salpêtrière. Vous êtes bien Mary Kennedy ? On n'a retrouvé aucun papier sur vous.

Elle hésita avant de répondre.

— Oui, c'est bien moi, chuchota-t-elle d'une voix stupéfaite. Mais qu'est-ce que je fais ici ?

Elle se souvenait que la princesse lady Diana Spencer était morte dans cet hôpital parisien.

— Je n'ai rien à vous dire concernant l'affaire à laquelle vous êtes mêlée. Je suis médecin, pas enquêteur. Je suis là pour vous soigner.

Il tenait dans la main une feuille A4.

— Les analyses de sang ne sont pas mauvaises, et *a priori* vous n'avez rien de cassé. Apparemment, vous souffrez d'une anémie provoquée par une carence alimentaire et sans doute le stress. Vous êtes épuisée physiquement et psychologiquement. Vous dormez depuis plus de vingt-quatre heures. Rien de grave. Dans quelques jours, vous serez de nouveau sur pied.

Il vérifia la perfusion, puis il susurra d'une voix douce.

— Je vais appeler votre ange gardien. Vous avez de la chance, il vient d'arriver à l'hôpital.

Elle ne comprenait pas ce qu'il voulait dire.

Il sortit quelques minutes, puis revint avec un homme habillé en noir, une montagne de muscles. Celui-ci prit la parole d'une voix sympathique.

— Ravi de vous voir réveillée. Je me présente. Je m'appelle Roland, chef de groupe au GIGN.

Il montra son insigne cousu sur le bras.

— Hier matin, vous nous avez fait peur.

— Peur ? J'ai fait peur au GIGN ?

— Quand nous vous avons retrouvée à Chartres, nous avons cru que vous étiez en train de mourir.

Elle repensa à la Xantia grise s'arrêtant devant elle, et à son évanouissement.

— Le GIGN m'a emmenée ici ? Vous n'étiez pas des terroristes ?

— Cela faisait des heures que nous vous suivions.

Elle n'en revenait pas.

— Vous étiez sur ma trace ? Comment est-ce possible ? Je ne me suis aperçue de rien.

Roland esquissa un sourire.

— L'invisibilité est notre seconde nature, sachez-le. Depuis plus de quarante ans, nous agissons dans le plus grand secret. Les hommes du GIGN sont indétectables. C'est l'une de nos forces.

Elle était de plus en plus surprise.

— Depuis combien de temps vous me traquiez ?

— La Mégane blanche de monsieur Conte a été repérée par hasard dans la nuit de samedi à dimanche devant le château de Villefontaine. Elle était vide. Nous avons vu que vous remontiez seule à bord. Juste avant, nous avons aperçu un homme déposant un papier sur le pare-brise. Nous en avons déduit qu'il s'agissait peut-être d'un comparse. Puis il est parti au volant d'une voiture. Hélas, à ce moment-là, nous n'avions pas assez d'hommes sur place pour le suivre, ni pour suivre une camionnette qui s'en est allée en même temps que lui. En revanche, nous ne vous avons pas lâché d'une semelle.

— Dans la mesure où je suis soupçonnée d'avoir commis deux meurtres, pourquoi ne pas m'avoir arrêtée à ce moment-là ?

— Tout simplement parce que nos supérieurs considéraient que ces meurtres avaient peut-être été commandités. Nous vous avons pris en chasse pour remonter jusqu'à vos éventuels complices.

— Vous m'avez suivie dans la plaine? s'écria-t-elle, interloquée. Mais je n'ai vu personne. J'ai souvent regardé autour de moi.

— Le camouflage est notre spécialité. Vous avez entendu parler de l'opération de Djibouti ?

— Non.

— En 1976, les hommes du GIGN sont restés en plein soleil pendant des heures dans le désert à quelques mètres de terroristes qui avaient enlevé des dizaines d'enfants dans un autocar. Les ravisseurs ne se sont aperçus de rien malgré notre proximité. Nous étions fondus dans le paysage, tels des caméléons. Puis, tout à coup, en une fraction de seconde, nous sommes passés à l'action. Les enfants ont été sauvés. Vous, à côté, c'était de la rigolade. À un moment, vous vous êtes accordé une pause sous un hangar à tracteurs. Dans la mesure où vous ne menaciez personne, nous vous avons laissé dormir. Mais vous étiez cernée. Nous étions à quelques mètres de vous. Nous avons même vu la carte routière posée sur le tableau de bord. Plus tard, à Barjouville, vous avez abandonné la voiture. Nous l'avons inspectée sans rien trouver d'anormal, pendant que trois de nos hommes vous suivaient à pied. Vous souvenez-vous d'un moustachu vous demandant si vous connaissiez la rue Saint-Brice ?

— Un membre du GIGN? s'écria-t-elle d'une voix éberluée.

— Il voulait juste s'assurer que c'était bien vous. Puis nous vous avons vu entrer dans l'église Saint-Pierre. L'un de nos collègues a même participé à l'office à quelques mètres de vous en chantant des cantiques un missel à la main.

— Est-ce vous qui m'avez coursée dans les ruelles ?

— Certainement pas ! Nous ne sommes jamais repérés, sauf au moment de l'assaut final. Vous êtes entrée au 13, place Billard. Une demi-douzaine d'hommes s'est postée à l'extérieur, en toute discrétion. Il nous était impossible d'entrer, nous n'avions aucun mandat pour le faire. Au bout d'un certain temps, nous avons vu arriver quatre hommes armés qui n'appartenaient pas aux forces de l'ordre. Ils ont défoncé la porte. D'autres hommes ont débarqué un peu plus tard et sont rentrés à leur tour. Nous ne comprenions pas ce qui se passait. Nous avons prévenu le patron du GIGN, qui a appelé le directeur général de la gendarmerie, qui a appelé le ministre. Tout le monde était dans l'expectative. À trois heures du matin, le ministre a ordonné l'assaut. À l'intérieur, nous sommes tombés sur des individus lourdement armés. Ils venaient d'ouvrir à l'explosif une grille donnant sur un escalier en colimaçon menant à un souterrain. Une fusillade a éclaté. Trois malfaiteurs ont été tués. Les autres ont été arrêtés.

Mary se demandait si tout cela était vrai, tant ce nouveau rebondissement semblait extraordinaire.

— Puis nous sommes descendus dans le souterrain, où nous avons fait sauter une herse, poursuivit Roland. Finalement, à notre grande surprise, nous avons atteint la crypte de la cathédrale. Ça puait le gaz là-dedans. Nous avons mis des masques qui font partie de notre équipement.

— Fulbert, vous avez sauvé Fulbert ? hurla-t-elle.

— Quand l'individu, assis par terre et blessé, nous a vus, il a d'abord braqué un pistolet dans notre direction. Même s'il avait tiré, nous ne risquions rien, nous sommes protégés par des gilets pare-balles. Nous avons crié « GIGN » en braquant nos fusils et il s'est rendu. Il nous a raconté la scène qu'il venait de vivre, les deux coups de feu contre lui et votre fuite pour tenter de trouver du secours.

Il avait entendu l'un des tireurs discuter avec vous. Son témoignage était accablant pour les deux individus retrouvés sur place sans connaissance. Le premier était couché sur le sol, coiffé d'une cagoule, au pied d'un petit escalier en bois…

— Fulbert est vivant ! s'écria-t-elle, folle de joie.

— Quelques minutes auparavant, un de nos guetteurs, caché dans une maison, vous a vu sortir de la crypte. Il a appelé quatre opérationnels qui attendaient dans une voiture banalisée devant le monument dédié à Jean Moulin. Le guetteur vous a suivie discrètement en informant ses coéquipiers qui vous ont appréhendée boulevard Chasles où vous étiez assise sur un banc.

— Moi qui croyais que vous étiez membres de la Légion ! murmura-t-elle, ébahie.

Roland ne semblait pas comprendre.

— Boulevard Chasles, vous êtes tombée dans les pommes. Les pompiers ont été appelés. Dans un premier temps, votre état a été jugé inquiétant. Vous avez été transportée ici en hélicoptère hier matin.

Elle regarda sa montre. Il était neuf heures. La journée de mardi commençait.

— Dans cet hôpital, vous avez été placée sous protection policière, précisa Roland. Deux gendarmes font le gué devant votre porte. Je tenais à vous voir. Je voulais vous expliquer comment le GIGN avait agi.

Sous protection policière, il avait dit *sous protection policière.*

— Maintenant, on me protège, c'est cela que vous me dites ? J'ai bien entendu ? Jusque-là, j'étais poursuivie pour un double meurtre. Des meurtres que je n'ai jamais commis.

Roland l'observa de ses grands yeux noirs.

— Mary, je vais vous rassurer tout de suite, mais sans m'étendre. Grâce à notre intervention, nous avons démantelé un réseau. Des gens ont parlé. Des perquisitions et des arrestations ont eu lieu et elles se poursuivent. À la lumière des éléments nouveaux en possession des enquêteurs, le juge d'instruction a décidé de lever les charges pesant sur vous. Il vous rendra visite à l'heure du déjeuner.

Un immense soulagement envahit l'Américaine. D'un seul coup, elle était débarrassée d'un effroyable fardeau.

— Et Fulbert, où est-il ? Et le coffre que j'avais entre les mains, qu'est-il devenu ?

— Celui que vous appelez Fulbert a été admis dans cet hôpital. Il a été opéré en urgence. La balle a été retirée de son épaule. Il est sérieusement blessé mais ses jours ne sont pas en danger. Quant au coffre que vous portiez, il a été placé en lui sûr.

Mary hésita un long moment avant de poser une question qui lui brûlait les lèvres.

— Et le commissaire Pascal Grange ? Qu'avez-vous fait du commissaire Pascal Grange ?

— Il a été retrouvé, inconscient, à l'entrée de la crypte. Au début, il a prétendu que vous l'aviez menacé d'une arme puis assommé avec un coffre, mais des traces de poudre ont été décelées sur ses mains. Il a probablement tiré sur l'individu présent dans la crypte et du coup, il a été placé en détention par le juge d'instruction. La suite de l'enquête déterminera sa responsabilité dans cette affaire. Nous avons découvert un revolver dans un caniveau avec votre ADN et celui de Grange, mais pendant votre sommeil, nous avons analysé vos mains : aucun résidu de poudre n'a été détecté, ce qui accrédite la version de l'homme touché par balle, qui vous a totalement innocentée.

À midi, le juge d'instruction entra dans la chambre. Un plateau-repas venait d'être déposé sur une table à roulettes au-dessus du lit. Un menu d'hôpital : carottes râpées, steak haché, purée instantanée, flan au caramel, bouteille d'eau en plastique.

— N'attendez pas que ce soit froid, mangez, s'écria Jouary avec son accent toulousain. Comment vous sentez-vous, mademoiselle Kennedy ?

— Très fatiguée.

Elle avala une bouchée de carottes.

Le magistrat la regarda avec compassion. Elle s'aperçut qu'il avait de très beaux yeux.

— Depuis hier matin, l'enquête s'est accélérée, chuchota-t-il. Nous avons découvert une machination. Les hommes du GIGN ont procédé à des dizaines d'arrestations en quelques heures.

Il se gratta le nez.

— Je vous présente mes excuses au nom de l'institution judiciaire. Nous vous avons accusée à tort.

Elle attrapa la bouteille d'eau, se servit un verre qu'elle avala d'une seule traite. Elle faillit s'étrangler.

— Je vous l'ai dit depuis le commencement, répliqua-t-elle, les larmes aux yeux, et vous ne m'avez pas crue. Je ne suis pas responsable du meurtre de Saint-Germain, ni de celui de Flamel, contrairement à ce que la presse a insinué en publiant l'avis de recherche.

Le magistrat était mal à l'aise. Il reconnaissait en lui-même que les articles étaient sortis un peu hâtivement. Tout cela, c'était de la faute de Grange, qui avait convoqué les médias – une pratique inhabituelle – pour jeter l'Américaine en pâture.

— Le commissaire divisionnaire a agi de manière précipitée, répondit-il d'une voix contrite, et pour cause, il était au cœur de la machination. Il voulait vous faire endosser l'habit de coupable. Il a martelé qu'il fallait vous coffrer en urgence. Aux journalistes, il a sous-entendu que vous étiez un serial-killer. Il vous a accablée. Il voulait que votre procès aux assises soit écrit à l'avance. En découvrant son double jeu, nous avons été stupéfaits. J'imagine votre surprise quand vous vous êtes rendu compte qu'il avait tiré sur vous.

L'Américaine s'arrêta de manger. Elle ferma les yeux.

— C'était un film d'épouvante.

— Nous venons de comprendre qu'il avait couvert un certain nombre de crimes commis ces derniers mois. Il a égaré les enquêteurs. Il a dissimulé des preuves. Dire qu'au sein de la police, il avait une excellente réputation.

— Qu'a dit-il lors de son interrogatoire ?

— Normalement, je n'ai pas le droit de vous en parler, l'instruction est secrète et je suis ici de manière informelle. Mais je vais enfreindre le règlement car j'ai une dette à votre égard. Cela doit rester entre nous.

Il inspira un grand coup avant de reprendre d'une voix décidée.

— Grange a été transféré au 36, quai des Orfèvres à Paris où il a été cuisiné par les inspecteurs de la police judiciaire. En habitué des gardes à vue, il n'a répondu à aucune question, du moins dans un premier temps. Son complice de la crypte a été nettement plus bavard. Il faut dire que l'interrogatoire a été particulièrement musclé.

Mary essayait de cacher son trouble.

— Ce complice a tué Saint-Germain et Flamel.

— Comment le savez-vous ?

— Je l'ai reconnu à l'énorme grain de beauté se trouvant sous son œil gauche.

— Eh bien, cela conforte notre enquête. Comme à l'accoutumée dans ce genre d'affaire, au début, l'individu a nié. Nous lui avons fait croire que Grange l'avait accusé de manière formelle et que nous avions des preuves accablantes contre lui. Un gros coup de bluff ! Il est tombé dans le panneau. Il a raconté dans le menu détail la façon dont il avait massacré Saint-Germain et Flamel, mais aussi Conte, ce qui vous a disculpée définitivement. Puis, à notre grande surprise, il a balancé des noms et encore des noms. Des arrestations ont eu lieu dans la foulée. Grange s'apercevant qu'il avait été trahi, a craché le morceau à son tour. En quelques heures, le GIGN a réalisé un formidable coup de filet.

L'Américaine s'attaqua au steak haché. Elle était assommée par ce qu'elle venait d'entendre. Elle n'arrivait plus à parler.

– Outre le commissaire, continua Jouary, nous avons mis la main sur des personnalités importantes : une députée européenne, dont je tairai le nom, très active au parlement de Strasbourg, et qui se fait appeler la Papesse par ses hommes. Elle dirige le réseau. Son second, surnommé Satolas, est un haut fonctionnaire du ministère de l'Économie. Nous n'en revenons pas. L'assassin, quant à lui, un simple homme de main, est serveur dans un restaurant de la rue Delacroix, *Au Pâté de Chartres*. Je déjeune souvent dans cet établissement et je le connais : un individu au-dessus de tout soupçon ! Son casier judiciaire est vierge. Je le vois encore me servant les spécialités locales, le pâté en croûte, le fromage de Dreux, le Mentchikoff, un chocolat enrobé de meringue… Je suis stupéfait.

– Au-dessus de la Papesse, s'étrangla Mary, existe-t-il un commanditaire qui tire les ficelles ?

– L'enquête le déterminera. Pour l'instant, nous ne sommes pas remontés plus haut. Des ordinateurs ont été saisis. Les échanges téléphoniques et électroniques seront épluchés. Il s'agit d'une très grosse affaire.

Les mains de l'archéologue tremblaient. Elle avait la chair de poule.

— Je crois comprendre que vous avez retrouvé le corps de Frédéric Conte…

— Une heure après votre départ du château de Villefontaine, des hommes du GIGN ont investi les lieux. Ils sont tombés sur le cadavre de l'historien, le visage arraché par une balle de gros calibre. Je ne devrais pas vous le dire, mais au début, les soupçons se sont portés sur vous.

Le cœur de la jeune fille battait la chamade.

— Le mobile de ces meurtres, vous le connaissez ?

Jouary fronça les sourcils.

— Nous émettons une hypothèse : le coffre trouvé dans la crypte a une valeur inestimable. Il est en or massif. Il est très ancien. Un expert va l'analyser. Nous supposons que le réseau cherchait à le récupérer et que ceux qui tentaient de s'en emparer étaient éliminés. Ce scénario tient la route. Pour l'instant, nous n'en avons pas trouvé d'autre.

Mary s'attaqua au flan au caramel.

— Vous savez ce que contient le coffre ? demanda-t-elle d'une voix faussement ingénue.

— Nous l'ignorons, mais il est sans doute vide. En le secouant, nous n'avons rien entendu. De plus, il est impossible à ouvrir.

— Roland m'a indiqué qu'il avait été mis en lieu sûr. Vous pouvez m'en dire plus ?

— Il se trouve quai des Orfèvres. C'est une pièce à conviction parmi d'autres. Il est ausculté par la police scientifique. Demain, si vous allez mieux, nous vous emmènerons là-bas et vous le verrez. Vous serez également interrogée sur votre implication dans cette ténébreuse affaire.

— Mon implication ? bougonna-t-elle, très surprise. Mais vous venez de m'annoncer que j'avais été disculpée.

— Implication ne signifie pas que vous être coupable. Nous allons tout reprendre à zéro. Vous nous raconterez votre version des faits, heure par heure, entre jeudi soir et lundi matin. Nous vous poserons des questions précises, mais je vous rassure de nouveau, vous n'êtes plus mise en examen pour homicide volontaire. Vous serez entendue en tant que simple témoin.

C'est reparti, se dit-elle. *On va encore me charcuter, me chercher des noises, trouver des failles dans mon récit.*

Elle n'arrivait pas à terminer sa part de flan.

Le lendemain, en fin d'après-midi, deux policiers en civil l'emmenèrent quai des Orfèvres dans une voiture banalisée. Elle avait retrouvé ses forces mais elle restait très inquiète. Elle craignait que l'enquête ne bascule en sa défaveur et qu'on l'accable de nouveau.

Le véhicule passa devant Notre-Dame de Paris. Mary connaissait le roman éponyme de Victor Hugo. Son destin lui rappelait celui d'Esmeralda : Quasimodo essaie de l'enlever, agissant sur ordre d'un mystérieux personnage vêtu de noir, l'archidiacre de Notre-Dame Claude Frollo, mais elle est sauvée par l'intervention d'un courageux capitaine, Phœbus de Châteaupers.

Phœbus, c'était Fulbert.

Que devenait l'homme qui l'avait disculpée ?

À la Pitié-Salpêtrière, on l'avait empêchée de lui rendre visite, sans doute parce qu'on ne voulait pas que les témoins se concertent. La veille au soir, un infirmier lui avait dit qu'il allait mieux, beaucoup mieux. Il mangeait normalement et arrivait à marcher.

La voiture entra dans la cour de l'immeuble de la police judiciaire.

La jeune fille fut emmenée au troisième étage, dans des locaux encombrés d'énormes dossiers. Jouary l'attendait, entouré de plusieurs inspecteurs. Il la fit asseoir sur un large fauteuil de couleur orange.

— Merci d'être venue, murmura-t-il d'une voix sympathique. Comment vous sentez-vous depuis hier ?

— Je recouvrerai ma santé quand ce cauchemar sera derrière moi.

— Un café ? Un thé ?

— Juste un verre d'eau.

Le juge posa seul les questions. Les inspecteurs écoutaient en silence en prenant des notes. L'interrogatoire était filmé.

Pendant plus d'une heure, Mary raconta dans le menu détail ce qu'elle avait enduré pendant plusieurs jours, en essayant de ne rien oublier. Elle se concentrait sur les faits et non sur ce qu'on lui avait révélé. À intervalles réguliers, des spasmes gonflaient sa voix.

— Pourquoi avoir accepté de creuser le mur de la crypte en pleine nuit ? demanda Jouary qui avait du mal à comprendre certains aspects de cette affaire. Il s'agit d'ailleurs d'un délit, comme le coup que vous avez porté à Grange, mais ces détails sont secondaires par rapport au reste.

— Parce que la raison de ces crimes se trouve dans le coffre exhumé. En l'ouvrant, vous comprendrez tout.

— Impossible de l'ouvrir, je vous l'ai dit. D'après un conservateur du Louvre venu ce matin, il s'agirait d'un objet en or massif fabriqué au Moyen-Orient entre l'an 600 et 700. Autant dire que sa valeur marchande atteint des sommets. Des millions, voire des dizaines de millions d'euros, sans parler de sa valeur historique et artistique. À ce stade, nous ne pouvons en aucun cas le fracturer juste pour savoir si quelque chose est caché à l'intérieur.

Un instant de silence. Il continua d'une voix gênée.

— Je ne cherche pas à vous accuser de quoi que ce soit, mais savez-vous si l'individu qui vous accompagnait dimanche soir avait des intentions crapuleuses ? Voulait-il voler l'objet pour le revendre ensuite ?

— En aucune façon, répondit Mary d'une voix excédée. Vous n'allez pas recommencer. Vos accusations me lassent. Vous oubliez que cet homme a été blessé par balle.

— Nous ne l'accusons pas. Nous posons juste des questions.

Voyant qu'elle ne dirait rien d'autre à ce sujet, Jouary n'insista pas.

– L’homme blessé à vos côtés va d’ailleurs nous rejoindre tout à l’heure. Son vrai nom est Cédric Murat, antiquaire, mais il ne doit pas être divulgué pour des raisons de sécurité. Quand il arrivera, nous descendrons dans le sous-sol de ce bâtiment où est conservé le coffre que vous avez déterré.

Quand Fulbert, alias Cédric Murat, arriva dans la salle d'interrogatoire accompagné par un infirmier, Mary se précipita vers lui et l'embrassa affectueusement. Elle le serra longtemps contre elle. Elle était tellement heureuse. Il avait un bras en écharpe pour éviter que l'épaule touchée par la balle ne soit sollicitée.

Jouary, suivi de trois inspecteurs, emmena ses invités dans la salle souterraine fermée par des portes blindées.

Le cube en or aux formes parfaites était posé sur une table en bois brut, éclairé par un projecteur halogène.

Il était encore plus beau, plus resplendissant, plus émouvant que dans la crypte.

Il avait été nettoyé méticuleusement.

Fulbert et Mary frissonnèrent. Ils avaient la gorge sèche et la chair de poule. Ils voyaient l'objet de tous les secrets et de toutes les convoitises. La jeune fille avait l'impression qu'il était habité par une présence invisible.

– Voilà la merveille ! s'écria laconiquement le juge. Quand on pense que le sang a été versé à cause de lui.

Mary s'approcha et le caressa du bout des doigts.

– Quel dommage que nous n'arrivions pas à l'ouvrir.

– Le plus important, le plus incroyable, le plus extraordinaire, le plus mystique se trouve à l'intérieur, s'écria Fulbert d'une voix exaltée. Il faut absolument découvrir ce qu'il cache. Messieurs les policiers, sans cela, vous ne comprendrez jamais pourquoi cette ahurissante affaire a eu lieu.

Il ne voulait pas dévoiler son savoir à propos de la relique enfermée par six parois en or massif. Les hommes de la PJ ne l'auraient pas cru.

En bonne archéologue, Mary observa chaque détail.

Elle sursauta.

— Vous avez une loupe ? demanda-t-elle à l'adresse de Jouary. J'aperçois quelque chose d'étrange.

Le juge demanda à un collègue d'aller en chercher une. Il revint au bout de quelques minutes.

L'Américaine promena le verre grossissant sur les trois personnages gravés sur le couvercle supposé du cube, car situé au-dessus de la tête des figures présentes sur les flancs.

— Incroyable ! Sur chaque tunique, il y a un signe gravé en tout petit.

Sa voix se troublait, ses mains tremblaient, son front devint moite.

— Une étoile de David sur le personnage de gauche, une croix sur celui du milieu, un croissant sur celui de droite. Sans la loupe, je n'aurais rien vu.

Elle appuya sur l'étoile. À sa grande surprise, celle-ci s'enfonça, avant de revenir à sa position initiale. Elle fit de même avec les deux autres symboles. La même chose se produisit.

— J'ai compris, dit-elle, il faut appuyer sur les trois en même temps. Fulbert, venez m'aider !

Elle devient folle, se dit Jouary intérieurement. *Elle est en train de péter les plombs.*

Elle appuya sur l'étoile et la croix avec ses deux index, tandis que son ami enfonçait un doigt sur le croissant.

Ils entendirent un déclic.

Le couvercle du Tabernacle s'ouvrit comme une porte tournant sur ses gonds.

Aucune lumière, aucune odeur, aucune musique, aucun son, aucune chaleur ne sortait de l'objet le plus sacré du monde. Mais une brume impalpable, d'une beauté bouleversante, montait lentement vers le plafond sans obscurcir la pièce. Elle semblait irréelle, à la fois blanche et transparente, comme venue d'ailleurs, d'un monde qu'aucun des gens présents dans la pièce n'avait jamais visité.

Tous se turent un très long moment.

Mary déchira le silence.

Elle parlait d'une voix calme, très calme.

— Trois tissus se trouvent à l'intérieur. On aperçoit trois couleurs différentes : le bleu, le blanc et le vert.

— Les couleurs des rois mages ! s'écria Fulbert. La légende était vraie. Voici leurs capes qui ont emmailloté le corps de l'enfant Jésus.

Sans savoir pourquoi, les policiers étaient émus. Ils ne comprenaient pas ce qui se passait. Ils assistaient à la scène sans rien dire comme on assiste à une représentation théâtrale.

Mary tira doucement sur le tissu bleu. Il se déplia de lui-même. De forme rectangulaire, il avait environ deux mètres de long et un de large. Il était d'une telle finesse qu'on voyait à travers.

En son milieu se trouvait une ouverture qui dessinait les contours d'une étoile à six branches.

La voix de Fulbert était sourde.

— Le bleu, couleur du judaïsme… Melchior le juif offre l'encens, symbole de la divinité de Jésus.

Les doigts tremblants, Mary attrapa le tissu blanc, de même taille que le premier.

Il était percé en son centre d'une croix latine. Quatre branches identiques.

— Le blanc, couleur du christianisme… Gaspard le chrétien dépose la myrrhe, qui embaume les morts, y compris le crucifié qui mourra trente-trois ans plus tard.

La troisième cape était trouée par un magnifique croissant de lune.

— Le vert, couleur de l'islam… Balthazar le musulman donne l'or, symbole de la royauté de Jésus.

Fulbert et Mary se regardèrent un long moment, abasourdis par ce qu'ils venaient de découvrir.

Au bout d'une dizaine de minutes, le juge Jouary, un rationaliste invétéré, surpris par la scène à laquelle il venait d'assister, et qui était resté aphone sans comprendre pourquoi, rompit le silence.

— Tout ceci ressemble à une belle découverte archéologique. Les symboles des trois religions monothéistes perçant trois tissus anciens retrouvés dans un coffret en or massif remontant au VIIe siècle. Sans nul doute, la place de cette relique sera au Louvre, aux côtés de la Joconde et de la Vénus de Milo.

— Cette relique vaut plus que tous les chefs-d'œuvre et que tout l'or du monde, s'écria Fulbert. Contrairement à la Joconde et à la Vénus de Milo, elle est d'essence divine.

Jouary était gêné par ce qu'il entendait. Il trouvait le jeune homme très exalté.

— Moi, j'ai les pieds sur terre, martela-t-il. Je respecte le folklore populaire, mais il ne changera rien à mon enquête.

— Justement si ! répondit le jeune homme d'un ton cinglant. Cette relique changera tout.

Grâce à l'insistance de Fulbert, les trois tuniques supposées des rois mages furent envoyées dans un laboratoire spécialisé du CNRS, le Centre de datation par radiocarbone, ou carbone 14, situé dans les locaux de l'université Claude Bernard à Lyon, une référence mondiale dans ce domaine. Mise au point dans les années 1950, la datation au carbone 14 est très efficace.

Une première analyse prouva que les tissus dataient de la fin du premier siècle avant Jésus-Christ, sans doute d'une cinquantaine d'années avant la naissance de ce dernier.

Une analyse plus poussée, réalisée par des experts différents qui n'avaient pas eu connaissance des primo-résultats, confirma de manière formelle les conclusions de la première équipe.

Une troisième analyse mit en évidence la présence de pollens typiques du mont Sinaï – le lieu où Moïse aurait reçu les Dix Commandements – et datant d'une période précédant la naissance du Christ.

Contrairement à l'analyse du suaire de Turin au carbone 14 qui avait déclenché une vive polémique, la datation des trois tuniques trouvées dans la crypte de Chartres faisait l'unanimité dans la communauté scientifique. Ces tissus en lin avaient été fabriqués par les artisans d'un village – on ignorait lequel – au pied de la montagne mythique, juste après la conquête romaine de la région par Pompée en 64 avant Jésus-Christ. La technique utilisée était connue des spécialistes de l'histoire ancienne. Vu leur âge, ils étaient dans un état de conservation prodigieux, comme frappés d'incorruptibilité.

Épilogue

Au mois de juin, des chercheurs du très sérieux CNRS annoncèrent que les symboles du judaïsme, du christianisme et de l'islam avaient été retrouvés sur des tissus plus anciens que le Christ lui-même. Ils avaient été fabriqués dans une bourgade du Moyen-Orient.

Le ministre de la Culture publia un communiqué de presse révélant que ces tuniques avaient été exhumées d'un coffret en or du VIIe siècle caché depuis plus de mille ans dans les entrailles de la cathédrale de Chartres.

Quelques jours plus tard, son collègue de l'Intérieur déclara à la télévision que les meurtres à répétition d'Eure-et-Loir avaient été commis par une mystérieuse organisation qui cherchait à cacher l'existence de ce coffret. Une enquête de très grande ampleur était en cours, des dizaines de gens avaient été arrêtés.

L'affaire eut un retentissement mondial. La nouvelle de cette découverte extraordinaire enflamma la Toile. Sur les réseaux sociaux, le débat faisait rage. Certains internautes se réjouissaient, d'autres criaient à l'imposture.

Les représentants des trois grandes religions monothéistes ne restèrent pas silencieux. Le grand rabbin séfarade et le grand rabbin ashkénaze de Jérusalem prirent les premiers la parole. Ils annoncèrent conjointement que cette découverte ne remettait pas en cause la religion juive, bien au contraire, mais qu'elle prouvait que Dieu avait la même passion pour tous les hommes, d'où qu'ils viennent, et que toute guerre en son nom était illégitime et contraire à sa volonté. Ils tendirent la main aux chrétiens et aux musulmans en les appelant les « autres enfants de Dieu ».

Du balcon de la place Saint-Pierre, le pape, qui avait été bouleversé par l'annonce de l'exhumation des tuniques des rois mages, répéta les paroles qu'il avait prononcées quelques mois auparavant à Sarajevo, épicentre d'une guerre interreligieuse qui avait tué des centaines de milliers d'innocents : « La Troisième Guerre mondiale se déroule par morceaux. Certains veulent créer ce climat de guerre et l'attiser délibérément en cherchant notamment l'affrontement entre différentes cultures et civilisations quand d'autres spéculent sur les guerres pour vendre des armes. C'est pourquoi les relations cordiales et fraternelles entre musulmans, juifs et chrétiens revêtent une importance capitale. Elles témoignent au monde entier que la collaboration entre diverses ethnies et religions en vue du bien commun est possible, qu'un pluralisme de cultures et de traditions peut subsister. Sans quoi, c'est la barbarie et la haine qui vont l'emporter. Pour nous opposer avec succès à la barbarie – qui voudrait faire de toute différence l'occasion et le prétexte de violences toujours plus féroces – nous avons tous besoin de reconnaître les valeurs fondamentales de la commune humanité, en vue d'un chant noble et harmonieux, au lieu de hurlements fanatiques de haine.[1] » Quelques jours plus tard, le primat des Gaules et l'évêque de Chartres s'inclinèrent devant le Tabernacle, que l'Église considéra d'emblée comme une « merveilleuse icône », symbole de l'humanité réconciliée.

À Moscou, Washington, Berlin, et dans des dizaines d'autres villes, les porte-parole des religions protestantes et orthodoxes, prononcèrent des discours solennels allant dans le même sens. La reine d'Angleterre, chef de l'Église anglicane, s'adressa à ses sujets en les appelant à la paix avec toutes les autres confessions.

1. Discours du pape prononcé à Sarajevo le 6 juin 2015.

À La Mecque, la plus haute autorité religieuse d'Arabie Saoudite déclara à la télévision que ces tuniques vieilles de deux mille ans, frappées du symbole des trois religions alors que deux d'entre elles n'existaient pas encore, démontraient par la science que les violences contre les non-musulmans commis par des musulmans au nom d'Allah étaient contraires à la volonté d'Allah. Au Caire, le grand imam de la mosquée d'Al-Azhar, la plus prestigieuse institution du monde sunnite, annonça dans un communiqué conjoint avec le grand mufti de Jérusalem que toute guerre interreligieuse était hors-la-loi et qu'il demandait aux chefs d'État du monde entier de les considérer désormais comme des crimes contre l'humanité.

Les peuples aiment leurs croyances, mais ils aiment surtout les preuves de ces croyances, et les tuniques des rois mages furent considérées par des millions de gens comme un signe de Dieu.

Les guerres ne s'arrêtèrent pas du jour au lendemain, comme par enchantement, mais la révélation de Chartres était un grand pas vers une humanité meilleure. Peu à peu, alors que le monde s'apprêtait à entrer en enfer, un nouveau souffle vint. Une ère nouvelle se leva.

La Légion, organisation occulte, fut démantelée, mais le Consortium, qui avait pignon sur rue et qui faisait vivre des millions de gens, ne fut pas inquiété. Les puissants restent les puissants et savent brouiller les pistes.

L'Empereur mourut l'été suivant d'une hémorragie cérébrale. Aucune richesse ne sauve jamais de la mort.

Début juillet, escortée par deux policiers en civil, Mary retrouva le chantier sur le parvis de la cathédrale. Elle fut assaillie de questions par ses collègues, elle ne répondit à aucune d'entre elles.

Il faisait chaud. Il faisait bon. L'odeur des blés mûrs venait jusqu'à elle.

Le chantier allait durer six mois. Elle découvrirait peut-être d'autres vestiges extraordinaires. Elle l'espérait.

Elle repensa à Charles de Saint-Germain, à Bastien Flamel, à Frédéric Conte et à tous les hommes tombés au champ d'honneur en essayant de révéler la vérité.

Elle observa la façade occidentale, le portail royal où trône le Christ en gloire, les statues-colonnes au visage d'éternité qu'on regarde avec des yeux intérieurs. Elle scruta le grand vitrail roman. Elle pensa aux trois mages apportant au Christ les trois dinars frappés du nom d'Allah.

Elle se mit à sourire timidement. Pour la première fois depuis longtemps, elle se sentit heureuse.

Chartres est la capitale de l'art gothique. Elle est aussi capitale de la lumière et du parfum. Les habitants en ont décidé ainsi.

Après l'exhumation du Tabernacle de sa gangue millénaire, elle devint la capitale de la paix.

Note de l'auteur

La quasi-totalité des éléments historiques et architecturaux évoqués dans ce roman existent vraiment.

Les trois rois mages sont omniprésents sur les vitraux et les sculptures de la cathédrale de Chartres. Ainsi, sur la grande verrière occidentale du XIIe siècle, ils apparaissent à six reprises. Sur le panneau situé à gauche d'une Vierge à l'enfant, ils apportent chacun un dinar au Christ. Ce dinar est bien frappé de la profession de foi islamique.

La description des autres vitraux est avérée. Sur le vitrail de Charlemagne, par exemple, on aperçoit Constantin VI offrant trois reliques au souverain d'Aix-la-Chapelle dans trois coffres posés sur un autel à trois colonnes. En haut de la rosace occidentale, la plus grande du monde, Abraham porte trois âmes dans un linge, qui peuvent être considérées comme le symbole des trois religions monothéistes.

Les vitraux ont bien été démontés pendant la Seconde Guerre mondiale et cachés, pour les uns dans la crypte, pour les autres dans des galeries souterraines. Les sculptures ont été également protégées. Les archives médiévales de Chartres ont brûlé lors d'un bombardement le 26 mai 1944. Le plan de Félibien, ou sa copie, a disparu à jamais ce jour-là.

Le jubé détruit au XVIIIe siècle comportait des sculptures des rois mages mentionnées dans cet ouvrage. La plupart existent encore, par morceaux, mais les visiteurs ne peuvent plus les voir. L'existence du petit bas-relief situé à droite reste une énigme.

Si les historiens ne sont pas d'accord entre eux au sujet de certains éléments architecturaux de la crypte, la description qui en est faite ici correspond à la réalité. Une vaste zone inexplorée se trouve bien sous la cathédrale, appelée le « tertre », qui contient probablement des vestiges très anciens.

René Merlet a bien creusé une galerie au début du XXe siècle, inaccessible aux visiteurs, à l'arrière du puits des Saints-Forts. À la façon des archéologues explorant les pyramides ou les tombeaux de la vallée des rois en Égypte, il espérait découvrir des merveilles archéologiques et un « passage » qu'il n'a pas découvert. Les fouilles se sont arrêtées brutalement et Merlet, un historien pourtant minutieux, n'a pas révélé le contenu des notes prises pendant ces recherches. Ces notes n'ont jamais été retrouvées.

Remerciements

Je ne peux pas citer tous les êtres formidables qui m'ont aidé dans l'élaboration de cet ouvrage. Ils sont trop nombreux. J'ai été très touché par l'accueil extraordinaire que m'ont réservé la Mairie de Chartres, le Rectorat de la cathédrale, le Centre des monuments nationaux, l'École nationale des Chartes. Qu'ils en soient vivement remerciés.

Pour leur précieuse assistance dans mes recherches, je tiens à exprimer une gratitude particulière à :

L'abbé Philippe Ferré, qui, le premier, m'a fait visiter le grand chantier de restauration de la cathédrale.

Patrick Géroudet, maire adjoint de Chartres chargé de la promotion de la ville, du tourisme et du patrimoine, à l'enthousiasme communicatif.

Gilles Fresson, du Rectorat de la cathédrale, érudit aussi passionné que chaleureux.

Philippe Fréneaux, un guide exceptionnel, qui lit dans les pierres et le verre ce que les profanes sont incapables de lire.

Christine Corbin, responsable éclairée du musée L'Esprit du Parfum situé face au portail royal.

Élodie Brefort-Moison, Aurora Martinez, Bruno Stragliati, qui, parmi d'autres, présentent les merveilles de la crypte aux visiteurs du monde entier.

Jean-Yves Laillet, admirateur éternel de la cathédrale.

Roland Môntins, ancien membre du GIGN, et Cyril Creugny, gendarme mobile d'exception, qui m'ont prodigué d'inestimables conseils.

Pour leur œuvre magnifique, je rends grâce à Joris-Karl Huysmans, Charles Péguy, René Merlet, Marcel Proust, Jean Villette, Auguste Rodin, Étienne Houvet, Robert Laillet, Julien Gracq, Diane de Margerie, amoureux, chacun à sa manière, de la Merveille de l'art gothique.

Je remercie également mon éditeur de m'avoir fait confiance en me permettant d'écrire ce livre dans un climat de passion partagée.

DU MÊME AUTEUR
AUX ÉDITIONS DE L'ARCHIPEL

LA PETITE FILLE DU PHARE

Un bébé de dix jours…
Dans la nuit, un berceau soudain vide…
Une mère soupçonnée par les enquêteurs…

Ploumanac'h, Côte de granit rose. Le temps d'une soirée dans un bar proche de leur maison, Morgane et Elouan laissent la garde de leur bébé, Gaela, à son frère adolescent.
Au retour, un berceau vide les attend. Aucune trace d'effraction, nulle demande de rançon. Les pistes se multiplient, mais l'enquête piétine.
Très vite, la police judiciaire pense que la petite fille ne sera jamais retrouvée.
Pour les parents de Gaela, l'enfer commence. D'autant qu'on fouille leur passé, et que celui-ci présente des zones d'ombre. Morgane est bientôt suspectée d'avoir orchestré la disparition de sa fille…

Un suspense au dénouement aussi stupéfiant qu'une déferlante sur les côtes bretonnes. Grand Prix de la nouvelle de l'Académie française, ***Christophe Ferré*** *est l'auteur de neuf romans, dont* La Révélation de Chartres *(Salvator, 2015).*

ISBN 978-2-8098-2510-7 / H 60-9801-2-1810 / 440 PAGES / 22 €

MORTELLE TENTATION

Connaissez-vous vraiment
la personne dont vous partagez la vie ?

« Hier après-midi, non loin du GR 10, un randonneur a repéré des vautours qui tournoyaient à basse altitude. Intrigué, il s'est approché et a découvert le cadavre d'une jeune femme entièrement nue. »
Depuis que le crime a fait la une des journaux, Alexia est sans nouvelles de son mari, parti quelques jours plus tôt marcher en solitaire dans ce coin sauvage des Pyrénées.
D'abord inquiète à l'idée que Peter ait pu croiser la route de l'assassin, Alexia en vient peu à peu à suspecter l'homme qui partage sa vie depuis vingt ans.
Les enquêteurs n'ont-ils pas recueilli sur place des indices qui l'accablent ? Comment se fait-il qu'il connaissait la victime ? Et pourquoi ne décroche-t-il pas lorsqu'elle tente de le joindre ? Quand l'homme que vous aimez est accusé du pire, la confiance et la raison vacillent. Déchirée entre l'amour et le doute, Alexia veut découvrir la vérité. Mais est-elle prête à l'affronter ?

ISBN 978-2-8098-2721-7 / H 88-0652-9-1910 / 480 pages / 22 €

Cet ouvrage a été composé
par Atlant'Communication au Bernard (Vendée)

Impression réalisée par
CPI France
en septembre 2020
pour le compte des Éditions Archipoche

IMPRIM'VERT®
Votre imprimeur agit pour l'environnement

Imprimé en France
N° d'édition : 643
N° d'impression : 3039325
Dépôt légal : octobre 2020